# 爱我少一点 爱我久一点

叶倾城 著

译林出版社

# 目　录
CONTENTS

❤

# 父母之爱

# 我有个无私的母亲

有一天，我妈突然对我说："不要叫我'姥姥'了。"

我随口答应，没当回事儿。

——不叫姥姥叫什么呢？从小年落地起，我每天都在喊："姥姥，你过来看她是不是发烧了？""姥姥，奶粉吃完了没？"习以为常。如果运气好，每家都有个奶奶或姥姥，全家人都异口同声这么叫她。

但是她终于跟我不高兴了："都让你不喊'姥姥'，你还要喊？没有别的称呼吗？"

我吃了一惊："那喊什么？"

她老大白我一眼："喊我'妈'。哼，我又不是你姥姥。"上阳台去，给种的菜浇一圈水拔一圈草，心平气和了，出来跟我说，"听着像很老很老了。"

呀，原来我妈也是女人，不愿意被人当作"很老很老"。这仿佛是我第一次意识到，我妈除了是妈妈和姥姥之外，还是个女人。

她对我来说，就是妈。

我记得她给我喂奶——我人生的最初记忆，是睡在托儿所的小床上，哺乳时间，大批女工涌进来，顿时周围一片白花花的大奶子。也包括我妈，抱我入怀，宽衣授乳。看到妈，觉得值得哭一场，我就扯开嗓子哭起来……

我问过我妈，我们三姐妹都是一出产假（当时产假一个月吧，她也记不清了）

就被送到托儿所，每天上下午，各有一次哺乳时间。但我总疑心我其实是看到过别家小弟弟小妹妹的喂奶，再加上道听途说、支离破碎的想象，虚构了记忆。

我还记得她做饭：昏黄灯下系着围裙的背影，不知多少文人墨客歌颂过；过年时我们都在看春晚，她在厨房炸翻饺、丸子，包饺子——很不幸，我自小挑嘴，丸子和饺子我都不吃，她总是边教训我边为我准备其他吃食；我上中学时，每天六点多上学，晚上七点多到家，记忆里的天色永远晦暗不明，起床后看到的第一个人是她，放学后看到的也是，她总是端着饭菜从厨房出来。

我当然也记得她做针线。埋首在缝纫机上的背影，轧轧轧，布片流水般地滑过。她试图教我，我被大针刺穿过手指后就再也不肯学了。现在她眼神不好了，但还没放弃缝缝连连，戴着老花镜，把一件件我曾经的少女华服改给小年穿。

如果是写作文《我的妈妈》，写完她的慈爱，就得笔锋一转，写她如何教育我了。

我上初一起就开始写小说，她半忧半喜，最后还是决定上大学图书馆给我借小说，以中年知识分子的眼光，理所当然地给我借世界名著，我十三岁，已经在捧读《神曲》。

她还给我做过性教育：总之就是我不知道胡写了些什么，无非就是些情情爱爱。她看到后，直接吓坏了。惊魂甫定后，于是吞吞吐吐、语焉不详地给我讲了发育、第二性征、初潮……关键是，我当时已经初潮至少三年了。

这是大部分妈妈的人生吧：生育、家务、教养孩子，无始无终，是每天的日常事务也是一生的规划。永无宁日，却实在算不得丰功伟绩。孩子们天然依赖她，也知道要感激——但知道是一回事儿，心里还是觉得：妈妈就是这样的。

但，其实，她不仅仅是一个母亲。

她是60年代的大学生，一流工科院校里罕有的几个女生，从来都是拿全5分，唯一4分的就是俄文。顺带说一声，2012年，我陪她参加大学校友活动，真正见识了老一代知识分子的风采：一个个耳聪目明、逻辑清晰、通情达理。他们每个都是学霸，但我总觉得，我妈比他们都优秀，因为除她以外，所有女生都来自城市，大部分本身来自书香门第，她是唯一的乡下女生，鸡窝里飞出的金凤凰。

不谈学历，也能看出我妈的聪明：她无师自通，学会大裁大剪，给大衣上袖子这么难的活计她一看就会。我小时候，邻居有新嫁娘，就请我妈去做衣服；她从杂志上看到日式大衣柜的照片，就和我爸通力合作，自家打了大衣柜，用到现在还没垮；小年五六月，要加辅食，我只会把手边的几本育儿宝典都读一遍，她听着听着若有所悟“这几本书都提到要吃豆类，其实就是为了胚芽嘛”，我大惊“胚芽是什么”；但凡地线火线、热处理、材料加固……她总是不经意间，说出她五十年前的专业知识。

这么聪明，为什么事业上毫无建树？

当然是时代之故：她一毕业就被分配到工厂做技术员，大锅饭下大家都是混饭吃。终于有机会去做科研，闭关锁国的前提下闷头干，一改革开放就知道了，这东西五十年前日本人就弄出来了。后来又去大学做科研，仍然接触不到第一手资料，做了四年后发现，美国人早就宣布，这玩意儿二百年内是做不出来的。

但如果我诚实，我得说：是因为我，我的姐姐们。

我们三姐妹挨得很近，又没老人帮手，我妈说当时“忙得裤子都提不上”。等我们稍微大了一点，国家恢复高考了，她看到同事们精心培育孩子，好不惭愧，也打定主意，要让我们上大学。

三份衣服饭食，三段青春期，三种截然不同的性格，三场叛逆、争斗、不省心……比如我自己：我高中时言行怪异，老师跟她建议带我去看心理医生，她听了极为伤心，耿耿于怀，觉得老师错看了我。够了够了，千手观音都应付不来。

耶稣新语录：一仆二主，人莫能为，人不能同时供奉事业及儿女。她选择了我们，对于工作，就只能做到兢兢业业而已，更高追求是奢望了。

五十岁过后，她一直想争取正高职称，大费周折，还是以副高退休。我那时已经工作了，有年轻人的不可一世，一方面心疼她的黯然神伤，一方面也有点儿不以为然：就算评上了，能多几个钱？有意思吗？

当然有，这是一个人一生的职业肯定。

但，我妈的终生职业，其实是“母亲”。

我开始根本没想到，生儿育女需要这么多时间、心力、精力、脑力，令人身心俱疲。我一直记得小年13天的黎明，我彻夜哺乳，终于不支地倒在床上，一想到这样的日子无穷无尽，几乎起心马上从窗子里跳下去。

我是很差劲的母亲。我看着左邻右舍，对孩子的精心致意，一年级就在上奥数，只能瞠目而已；我看到“别人家的孩子”，六七岁就崭露头角，语数外300分，文能拉小提琴，武能跳绳一分钟140个，无限自责却实在无能为力。

因为，我也有自己的一摊事：写作对我始终很重要——虽然在小年出生之后，它退居第二；我还想享受人生，饱腹、纵情、尝试各种可能性。我自私地，不肯为了孩子完全献出自己。

我百分百地认可，对孩子来说，最好的母亲就是我妈这样，智慧正直，无限付出，接近放弃自我。是从我妈身上，我才懂得爱的广大与包容：因为你是我爱的人，你做的一切我都认同。她未必认同我的人生观，却接受了我所有的重大选择。

但我，做不到。

而另一个角度，如果我做到了，我妈会高兴吗？陈丹燕写的《初为人妻》里面提到，她的妈妈打电话给她，说：“你不要丢了自己拼命建立起来的事业。”我相信，这也是我妈对我的期望。她乐意我有所成就，也乐意我活得开心。

而她对我唯一的要求就是：不要叫她“姥姥”，她不喜欢自己被看得很老很老。

# 爸爸再也不回来

年初，原本活得没心没肺的朋友家遇巨变，她父亲因病毒性脑炎入院，几番生死不知。她在病房旁的走廊上、在手术室外的等待里，偶尔发几个微博，把不能当众哭喊的绝望、恐惧和期盼一一表达。

我与她是异地，路遥山远，无能为力。我只能尽人事地输送几句无力的“会好的，一定会没事的”废话，给她打气。

一段时日后，她父亲终于从 ICU 转到普通病房，虽然还不认识家人，但医生说：“你爸已经在回来的路上。”

这是多么值得奔走相庆的好消息，我却不能自控地推开椅子起身，从电脑前走开，莫明其妙地去卫生间，一下把水龙头开到最大，水柱直冲池底，瀑布式反溅我一身花，我受惊才醒起来。我终于承认：我多么嫉妒她。我多希望那回来的，是我爸。她经历过的做过的，我曾像她一样全力以赴。但在概率论的世界里，我在 0 的那一方。

2003 年，也是年初，我爸好像一天都不高兴，在屋里走来走去，自言自语，我跟他说话，他像没听见，我去拉他，他不耐烦摔开我。忽然间，他往我床上一倒，就睡去了。

一睡睡到下午六点多，我妈说：“不行，人是越睡越迷糊的。”强行把他拉起来。我们俩架着他在客厅里穿梭。他任我们摆布，整个身子软软的，谁更用力就向谁那边倒。谁喊他，他都不理，眼睛半闭，眼皮扒都扒不开。

那年我三十刚过，始终是最受宠的小女儿，我爸曾带笑埋怨我是“长不大”——天知道我当年多讨厌他这样说我，每次一说必然吵架。我像大部分城里孩子，对生老病死毫无概念，什么事儿也没经历过，此刻只吓得手脚冰凉，脑子里模模糊糊转着“脑溢血”“心肌梗死”的名词，也不敢想深。

叫了120,送了急诊,脑CT说脑部有轻微阴影,要留院观察。和我想的一样，我因之有奇异的安慰：就算是半身不遂是瘫痪是偏瘫，我都应付得来。但身为医生的二姐摇头，坚持让他们检查父亲的肝功指标。我问她，她就摇头，什么也不说，我一直记得她灼灼的眼神、哀伤平静的脸容。很久之后我才明白：她的职业素养，让她从最开始就不曾抱过希望。

结果在第二天出来了：肝癌晚期。我爸的怪异表现，来源于一个我第一次听说却永远忘不掉的名词：肝性脑昏迷。

四个月后，我爸过世。

死亡之旅像过山车，安全带一扣上，就再也不能摆脱。分分秒秒扑向深渊，除了尖叫还能做什么。最后时分，我守在他身边，我看到医生拔下所有管子，仪器上的数字一一归零；我在太平间的冰棺边痛哭，他的脸是水泥惨白；我眼睁睁看着他的骨灰盒从窗口递出来，我们三姐妹轮流抱他上山，送他入土为安。但为什么，我始终觉得他没有死，时刻可能回来。

三日丧期一过，家里不再有宾客。那个格外燠热的夏天，我一个人日日夜夜躺着，谁也不想见，什么也不想说，放纵自己沉溺于幻想。

小时候，收音机里播放过一个泰戈尔的短篇小说《摩诃摩耶》。摩诃摩耶是一个年轻女子，却被哥哥嫁给一个垂死的祭司。结婚第二天就成为寡妇，要在柴禾堆上烧死为夫殉葬。那夜雷电交加，倾盆大雨，她从火葬堆上逃出来，以面纱蒙脸去找等待她的情人：“我已经不是原来的我了，只有我的心不变。”情人带她远走他乡，过着幸福的小日子，却不能容忍面纱将他与她分开。月明之夜，他撩开她的面纱，看到她被火焰吞噬了一半的容颜。摩诃摩耶一言不发地离开，再也不曾回头。

这个故事支撑了我的幻想：也许我爸也没死呢。我在幻觉中，看到他神奇地摆脱了火葬炉，想办法搭车（我们有没有在他寿衣里放上钱），机智地应对好奇询问的眼光，趁月黑风黑，或者某一个雷雨之夜，他来敲门了。

“谁？”

“是我。”

我会立刻去开门，不管他变成什么样子，哪怕面目全非，哪怕他完全不认识我。只要他回来，都可以，什么都可以。

疯子大概就是这样炼成的，为自己的幻想填砖加瓦，充实细节，最后不仅信以为真，还要抹杀现实社会，以避免对虚幻世界的冲撞。但我没有疯，还有专栏稿要交，单位打电话催我去上班，而且，我还有妈。

我从来没跟我妈讲过我的妄念：痛苦沉重如青砖，一旦传递就会变成两个人的负担。我只是，陪着她散步、看电视、扯闲篇，承受着胸口碎大石般的巨痛，任日子一天一天过去。

想念像潮汐，会定期涨落，每次到了一个顶点，我就会提笔书写他——这是不是一种对死者的消费？我又自我安慰：能帮我赚到钱，他会很高兴。而我的每一行字其实都是呼喊：你回来，好不好？他始终没有。我偶尔会梦到他，很偶尔。

痛苦总会习惯，逝者渐渐成为日常生活的一部分。给他扫墓成为逢年过节的固定仪式，在衣柜里发现老式男装，拿起来看看说：“唉，是爸当年的。”有一次我找到了一款他的灰色针织帽，像二战时飞行员戴的那种，刹时眼前掠过他戴着这顶帽子溜冰的身形——我爸会溜冰吗？从我自己笨手笨脚的劲儿来看，估计是不会的。我把帽子放到自己的抽屉里，到冬天翻出来试试：我头太大，戴着跟杏鲍菇似的。

我还会经常和我妈聊天，当年是有意避开我爸的话题，现在则是自然地，很少提起他。但是有一天，无意中，我妈说起我爸去世后她开始失眠：“两个人在一张床上睡了三十五年呀，突然变成一个人了。”到夜里想东想西，想她的姥姥、妈妈以及……丈夫。她长吁一口气说：“要是到最后，说发现是误诊多好呀。去注销户口的时候我还想：怎么能注销呢，他要回来怎么办呢？后来又一想：只要人回来，要户口干嘛呀。要是人口普查，我们就把他藏起来。”

我……全身剧烈颤抖，不能哭。

终于知道，生离是多大的福分。我希望他只是出走，像欧洲小说里常会有的，轻轻放下书卷就上路的那种父亲，再回来是从南美洲发来的电报；或者像《归来》里的陆焉识，被禁锢、失去自由，再回来，相逢已是不相识——好歹也回来了呀；走到疾病里去也可以，神魂不见了留个躯壳也行，这场与死神的拔河赛里，只要手里还留了个线条，我都可以当自己不曾输；走到淫逸里、走到海天盛筵里、走到人所唾骂里……都行。只要他肯回来。

但他，走到了死亡里去。死亡，比宇宙黑洞还要遥远，他真的，永远不回头了。

6 月 21 日，是他的祭日，我很想他。

他离开我，已经十一年了。

♥

# 人间天堂并不存在

# 边贫穷边快乐，这事你信吗？

——清迈散记：人间天堂并不存在

在我知道的所有去清迈的人里面，我是最 LOW 的一个。他们喝咖啡、学泰餐、修行、逛夜市、喝啤酒顺便捏脚；我骑大象，看人妖，在夜间动物园坐小火车看老虎，玩得热火朝天，忙得不亦乐乎。无他，我是带着老妈和女儿小年去的，这老少三代，还是参加个旅行社安妥些。

事先没做功课，直到第三天，导游才告诉我们：泰国是小费国家，每天早上应当在酒店房间里留下 20 泰铢（合人民币约 4 元）当作小费。刹时间，我想到了艾利。

## 【一】

我和阿西莫夫笔下机器人系列里的地球警察贝莱一样，喜欢用小说品味风土人情。因此，去泰国前，我专程找了几本泰国文学来看，《我是艾利：我在海外的经历》就是这样到了我手里。看到折页介绍是性工作者的自传，我犹豫了一下——我更想阅读的是泰国普通百姓的生活。但泰国文学可选项太少，我还是带走了它。而让我没想到的，性工作者，就是泰国人的普通生活之一种。

据一个调查报告显示：2003 年泰国全年有 500 万人从事色情业服务（包括性服务者及相关产业从业者），其中 80 万人年龄不满 18 岁（男女皆有）。而泰国《民族报》2004 年则援引朱拉隆功大学的统计数字说：泰国的性服务者多达 280 万；提供色情服务的场所多达 6 万个。泰国的全人口不过六千万人，竟有近十分之一的色情业从业人员，也就是说，刨去中高阶层，按一个家庭四个人计算，普通底层泰国民众，几乎每家都有人在做皮肉生意。

艾利就是来自这样一个底层泰国家庭：父亲是木匠，却贪杯好赌包小老婆，所以虽然母亲一直拼命工作，家里始终只维持在温饱阶段。十七岁那年，她与堂兄相恋，为他生了孩子，却被好色的堂兄传染了梅毒，孩子也是先天梅毒患者。堂兄不是能好好过日子的人，升学无望，打工收入低廉，出去卖，变成很自然的事。艾利在中国香港、日本、新加坡、巴林多地从事过色情业，也因为非法入境、抢劫嫖客等多次入狱。

三十来岁时，她大概算是厌倦风尘了，做过一家酒店的清洁工：负责八个房间，不能用电梯，不提供午餐，不提供咖啡且没有服务费。薪水是 7000 铢，每天还有小费 200 多铢。这比泰国普通工人的收入还要高一些，但委实不算高薪。

于是，几乎没有什么心理挣扎，四十岁的她重新下海，在日式酒吧里一晚就是 3000 铢，相当于清洁工干十天了。她很迷茫，叹息说：也许四十岁还出来做妓女的只有我一个。她把希望寄托到美国恩客身上：他看去像个老实人，像《阿甘正传》里的男主角，说过要把她办到美国去。但如果希望落空呢？到最后，她是不是还得回到某一家酒店的清洁女工位置上？

我当时还没适应泰国的小费习惯，还是按照国内的用钱作风，总把零钱先花掉，当晚费了好大劲儿，才搜出几枚硬币凑成 20 铢，放在桌上。第二天回房一看，原封未动。——导游也是后来才告诉我们：在泰国，硬币是打发叫花子的，不能充当小费。

临走一天，我在桌上放了一张 100 铢的纸币。

当然我知道，艾利不稀罕这点儿小钱，她在日本的时候，站街一次就是 5 万日元，而当时日本工程师的月薪不过十几万日元。

## 【二】

几乎是一进长颈村，她就向我迎面过来了。小年和小朋友们疯跑在前，我一边喊“别跑”一边追，她就追着我的脚步：“买绳子，老板娘，买绳子。”说的是中文。是个小女孩，五六岁、七八岁都有可能，大眼睛明亮得无可比拟。她的赤脚让我不由得站住，也同时看到了她脖子上一圈圈的铜环。

还在很小很小，我就从《我们爱科学》《少年科学画报》上知道：泰缅边界的夜风颂小镇上，有一支神奇的长颈族，该族的女孩子从五岁起就在颈上戴铜圈。每年多加一环，到最后，脖颈像天鹅一样被拉得长长的。（这个很可能不准确，因为在长颈村我也看到了老年人，脖子上并没有五六十圈。当然另一个可能性是，长颈族女性的平均寿命只有五十岁，我看到的“老年人”只是我以为的。）

我以为我早有心理准备，但是真切地看到，还是像当头一棒。我终于擒住小年，她们并排而站，她比小年还矮半个头，脸上用赭黄画着图案，脖子上的铜圈像生命不能承受之重。她显然早习惯了游客的目瞪口呆，伸手撩裤腿，我看到：她双腿小腿上也都是铜圈，缠得紧紧的——这还让肌肉怎么发育？她长大会是什么样？

我很快就知道了：长颈族村的女子个个都颈戴一层层的铜圈，分内外两层，里面二十几层，外面则相对大一些，大小及样式都像普通项圈。她们坐在开敞的茅棚里，有人在摇木制纱车，也有人在用非常原始简陋的竹木织机在织围巾，原材料是疏疏的纱，织得也松，横经竖纬织一截，下一截便只有经线没有纬线——这会极薄弱，一碰就勾丝。逛了一圈，每个女子织的围巾都是这样，也许是只会织这一种。她们身边挂满各种售品——花围巾、花包包，看去都是义乌货。

我问我妈：“她们为什么织得这么粗糙？”

我妈说：“省材料，省时间，”她是见过中国老式织机的，打量了一下她们的，“这梭子就是根木棍嘛。也就是勉强能用，厚实的布、复杂花样，织不出来的。”

我们大声喧哗，四处拍照，长颈族女子们不理会我们，仍然倾身纺织，铜圈一层层叠起来，有十几厘米高，令她们低头探首很困难，看上去像一支支被扼住喉咙的鸟。我对准她们拍照，又觉得自己可耻——但她们停下来，对着我露出恬美安静的笑容，一种全不曾被污染的纯净，一种对现实生活的极大满意，一种对外来者的天然好感，让我想起“我喜欢你是安静的”这种古老的调调。

但我看到她们的铜圈，被拉长的脖颈——我查过资料，脖子长度不会变，只是锁骨和肩骨被压塌，胸骨和肋骨也随之变形。这每一个女子，都是终生残疾。长颈就像旧中国的缠足一样是最可怕的陋习，当事人虽不知不觉，我没法不触目惊心。

而那个美丽眼睛的小女孩，她卖的绳子真的就是绳子，一小段彩绳，两头随便一截，就算个装饰品了。我问：“How much ？”

她说：“十块。”还是中文。

所有小孩都有语言天赋，想必买卖常用的中文泰文英文她都会几句吧。这么一个聪明伶俐的女孩子，她的一生却就在这村里了。她有没有机会走到大城市去？去了又有什么用？哪怕颈圈取下，已经变形的骨头不会复原，终身带着这人为的残疾，能做事吗？

我买了一根绳子，她低头找钱时，我赫然发现，她耳垂上嵌着一个巨大的耳环，如小儿拳头般大小，令耳垂被拉长变形，纸般透明。我再次，倒吸冷气。

她拿着我的钞票抬起头：“No money。”她身上没零钱了。我于是又拿了一根：“不用找了。”

关于长颈村的来历，导游给了我们一个不靠谱的解释：是男人用来保护女人不被异族人抢亲的。在村里我与另一支旅游团队擦身而过，听见他们在重述显然是来自另一位导游的另一个不靠谱解释：是为了保护脖子不给毒蛇猛兽咬伤的。

不知道，很多年前，关于缠足，中国人给世人的解释，是不是也是保护。

为什么这陋习至今没有禁绝？因为长颈族就是以此为生的。长颈村其实是个难民营，他们是因战乱逃离故乡的缅甸人，无田无地无出产，因为独特的长颈，成为旅游资源的一部分。她们构成病梅馆，而人类的好奇心，为她们提供了每日所需的食粮。

我们的每一张照片、每一份小费——合影 20 铢一次——都是戕害，都是一支加在女子颈上的铜圈。能不能效法鱼翅公益广告：没有观光客，就没有伤害？很可能……不现实。他们没有泰国国籍，无法在泰国打工，更何况，残疾要扼制，需要一两代人，但吃饭，是每天都要的。

## 【三】

我第一眼的直觉就是，她像我妈。

仔细打量一下，也不知道哪里像，大概因为她像我妈一样，穿凉鞋，又在里面套着棉袜。这是我妈夏天时候的固定穿法：布鞋太热，光脚又怕风湿。

也许是她挂在胸前的眼镜。她不看我们，专心捧着沉重的大木伞插在伞桶里，再戴上眼镜，细细端详伞面的情况，那当然是老花镜。我妈做针线时候也是要用老花镜的，看书则改用放大镜。

她的花白短发，她明明很瘦却看着像很臃肿的体形——老人就是这样，没肉，但哪里都是松的，她应该和我妈年纪相仿，七十多岁了。还在做这样吃力笨重的工作，我突然，心里很难过。

既然报了旅行团，就不可能不购物。最后一天的购物点是博桑手工制伞村。下车前，同行一位大哥频频叮嘱我们不要买伞：“伞就是散伙，没事儿买散伙干吗？”

“那下雨怎么办？”

“买呀。天要下雨娘要嫁人，该散伙就要散伙。但不能主动求散伙呀。”

停车场一辆辆旅行社的大巴，展示制伞工艺的场地上，全是乌泱乌泱的游客——有什么可看的？伞不是中国人发明的吗？

我没想到大部分制伞工人都是女工，老太太颇有不少，照样搬上搬下，做着粗工。这年纪为什么还不退休，回家带孙儿？这得回家查泰国的养老制度。当时我只想到我妈目睹此景，未免不同病相怜，几乎是拖着扯着，把我妈拉到了下一档。

那一档是削伞骨架的，半寸宽的竹片，全靠一把小刀削成细细竹签。是个中年妇人，赤脚坐在竹席上，脚上有大脚骨，大拇指上缠着厚厚的纱布。左右一看，大部分女工的手上都有纱布。全靠双手的作业，竹刺、刀片都会令她们伤痕累累吧。

我们看她削了很久，也不能完工。我突然毛躁起来：机器一秒钟能削五片，却偏偏要用人工五分钟削一片。一方面是给游客看的噱头，另一方面也证明了这里的人工不值钱，可以任意靡费。

我看不下去，我忍不了，我很想随便买一把伞当作心安。但大哥早有言在先：不能主动求散伙。

一狠心，扶老携幼回旅游车去了。

我其实还是很喜欢清迈的，到处是绿树红花，天蓝得像少年心事。人都很温和，小年在卫生间外排队，笑嘻嘻对一个陌生女子练她刚学会的泰语："萨瓦迪卡（你好）。"虽然是对小孩子，那位女子还是迅速双手合掌微鞠一躬。这份友善，令我立刻心生好感。

而清迈已经大热了好几年，我约略从杂志、微信、微博上看过不少清迈游历，赞叹那慢生活，说那淳朴民风，女子合掌的一句"萨瓦迪卡"真如一朵低眉的莲花。也不知道是他们写得疏忽，还是我读得疏忽，我从来没意识到，清迈并不富裕，甚至，相当贫穷。

这世上到底有没有"边贫穷边快乐"这回事？我存疑。

我只记得艾利自传里，说为了赚钱，她频繁接客，接得痛不可当，于是吃中药补品，后来又吃有麻醉效果的毒品：迷达唑仑，是最速效的安眠药之一。在泰国，只要 5—10 铢一颗，她和女伴们都是 100 颗 100 颗地买。

有朋友对我的观感很不以为然，说泰国国贫民富，清迈人民在路边烤肉串榨果汁一个月也有 4 万铢收入，把自己房子改装给民宿旅馆，虽然房价低，算下来也不错的。更何况清迈清莱消费都低，一个月 1000 多人民币也能凑合过。

我想，我与他一样，都是盲人摸象的一员，我们看到的，都是真相却也都不是。而甫进入工业社会的中国人，被污染、生活压力逼使，格外怀念农耕社会的甜美安宁。只是，就我所见，人间天堂并不存在。

# 岁暮乡关何处是？

我也是后来才知道，春节前，原来是离婚的高发期。

那时我在长沙做深夜谈话节目的主持人，打电话进来的，多半是学生、为情所困的女孩子、午夜还在路上的开车族和外地打工者。岁暮乡关，电话内容里有一个主题渐渐多起来：我要离婚。

多半是在打工者大批返乡之后，他们带着行李、长年劳作的疲倦寂寞和对家庭温暖的期望回家，却一回家就打架：

妻子手机里有说不清道不明的暧昧短信；

一见面，还来不及温存，都在家里留守了一年的母亲和妻子，就像见到包青天一样，争相向他诉说对方不是，逼他主持公道；

双方都是底层打工者，妻子节衣缩食攒下大部分工钱，老公却空手而返。钱到哪里去了？妻子没法有好脸色。男人脸色更难看：我是人，我在外面不开销吗？妻子大怒：我也是人，我就该不开销吗？

都累极了，在各种各样的血汗工厂拼死拼活，一天十几个小时，都想休息，但要过年了，还有许多不得不完成的家务。丈夫怪妻子不去腌鱼腌肉灌香肠："都等买外头的，有那多钱？"妻子说后阳台上那扇破了的窗一定要补："难道破着过年？去年就破着过的年，从初一到十五，给人笑死。"

一共在家没几天，他说有几房旧亲必须去去，她说一定要在娘家住一晚。

你的亲戚重要还是我的重要？他们是我家里人，不是亲戚。他们是家里人，那我是外人？

怎么会这样，不都说小别胜新婚吗？还有一句是：人间久别不成悲。三五天是小别，三五月就得算久别了，更何况一整年。

许多农民工十几岁就出外打工，二十几该结婚了，趁着过年回家匆匆相几次亲就定下了，婚后没在一起生活多久，又各自出外为生活奔忙，他去他的制造业，她去当她的店员或者成为留守妻子。他们看到人家恩恩爱爱，也着实羡慕，但一年只碰面一次，难得三五天耳鬓厮磨，光磨合都来不及，天天磨擦得电光石火的，不吵架是不可能的。

另一个原因，我想是希望越大失望越大吧。

家是中国人的信仰，对于在外的游子来说，它更是一个念想，一个天堂般的寄托。最累最苦的时候，脑海中会自动浮想出公益广告上的画面：白雪茫茫里，千山万水地回到家，门一推开，暖黄的灯光，妻儿的笑脸，热腾腾的饭菜端上来，红红的鞭炮在窗外炸响，鞭炮屑像桃花一样飞舞……

到他们真回了家，全不是这回事儿：灯可能是坏的，妻子第一句话是问他带了多少钱回来，饭得现煮，菜得现去买，现成的只有黑糊糊的剩饭剩菜。像当头一棒，像被谁诓骗了，想呐喊："我要的不是这样的。"满心委屈化成愤怒——谁不是累了一年！对方比他还委屈呢，不暴吵怎么可能？吵到天昏地暗时，一个人说："离婚。"另一个人说："离就离。"

我老记得有一个电话，年轻男人说，他没有手艺，只能在搬家公司出死力，黑汗水流的还赚不到钱。偶尔有一次，客户懒得打包梳妆台上的瓶瓶罐罐，手一挥："你都拿走吧。"

"那些我是不认得，但那个客户，家里好大，看着就很有钱，她的东西肯定是好东西。"

他巴巴地留了大半年，为了回家送老婆，细细捆扎好，用纸裹了好多层。一路火车转汽车转小巴，他老怕它们洒了，不时用手摸一下，又摸一下。

结果屁股还没坐热，话没说几句，他就和老婆大吵起来。一怒之下，他把瓶瓶罐罐都拿出来，当着老婆面，举过头顶，狠狠摔下。

“那玻璃渣飞的……”男人哽咽起来，“我巴心巴肝给她带的。我自己给打了……”几乎说不出话来。

一冲动就去办了离婚。一出民政门两个人都后悔了。到晚上就给我打电话。

我试图排解：“那明天再去拿个结婚证呗。”

“明天民政就放假不上班了……”

我渐渐发现：很多情况下，会不会真离婚，完全取决于，他们到家的时候，民政放假了没有。

而开年之后，电话内容的主题就很自然地成为：我要复婚。

这一个年，离了婚的两个人都没着没落的：千辛万苦地买火车票，找黄牛，各种转车，就为了大团圆，团圆却像一阵风，从手心溜走；万家灯火，自家黑灯瞎火，没有主妇的家，谁来下饺子煮汤圆？人家送年鞭炮齐放，大人孩子笑在一起，自己心累得一支鞭炮也不想放，孩子哭闹不休“妈妈呢，我要妈妈”，一难过抱着孩子哭一场；该去拜年了，长辈们要问起“他 / 她怎么没来”，怎么答？也不想在家等人来拜年，还是会被问一道，最后索性躲在家里，听见敲门声也不去开，假装出去拜年了……

不用人劝，他自己也知道是气头上做了糊涂事。他想起来的，全是她的好。她自责得比他更厉害，春节七天，她哭了七个晚上。

“那去跟你老丈人家道个歉，把她接回来。把话说开了，去复婚嘛。”

沉默。“我初六就要回去上班，民政初八才上班……”

我记得我问过一次：“不能拖到初九吗？”事后都想抽自己。太蠢了。大概就相当于问“何不食肉糜”。

只是，新春正月里，从乡村返回城里工作的人潮中，有多少人是哭红了眼睛？而明年，他们还有家可回吗？

我对中国农村很不熟，我没有过农村生活经历，也从不曾系统地做过田野调查。我对农村的了解，来自我的亲戚、出身农村的同学同事、在我家工作过的保姆钟点工……

做电台主持人那一年多，是我第一次有机会正面与外来打工者接触，听他们诉说心声，冒充他们的人生导师。很惭愧的是，我其实帮不上什么忙。他们的困境，各种各样，但大部分一语以蔽之，就是:“贫穷乃万恶之源。”

谁有头发愿意装秃子,谁不想小两口幸福地生活在一起?但就得各奔东西，为的不过是口中嚼身上裹。疲倦的时候、害怕的时候、孤单的时候，谁能不想回家，不想得到家的安慰?但家，不过是人与人的组合，当人都形同陌路，当人都天各一方，家还存在吗?

中国社会的根基一直都是家庭，我怀疑，目前这根基已经动摇了。该如何制止这动摇，还是大势不可挡，中国传统家庭正面临全线崩塌?亲，我真心不知道。

我不做主持人也有几年了，只是，每当年关逼近，想起那些匆匆离婚的打工者——有些,还是会复婚的吧?但大多数,应该就自此分道扬镳——我心里，还是会难过一下。

# 也许我们都不正常

讲台上，她的灰白头发，乱草一样蓬了一头。她的深灰套装，非常像男装——虽然她下半身明明穿的是裙子。她的眼神，她的笑容，她的高大身材……如果在马路上遇见她，我可能会警觉地抱紧钱包；如果在大学校园里遇见她，我多半当她是女爱因斯坦。总之，都是一种与世界的格格不入，自带的怪异光环。她开了口："我患有慢性精神分裂症，曾在精神病院里呆过数百天。"

是的，从二十余岁在牛津华恩夫特医院第一次入院，三十年来，艾琳·萨克斯的名字在各医生、各精神分析师的病人花名册上，她自称为"病历女士"。常常的，当她发病，她会觉得，"熊熊烈火将会燃起，上百人甚至上千人将横尸街头。而所有这一切——一切的一切——都是我干的"。

但另一个她，则是南加州大学法学院的首席法律教授、心理学教授、精神病学教授，因其卓越的学术成就，在 2004 年获得教师研究创新奖。她广受学生爱戴，后来又担任了主抓研究的副院长，极力襄助同事们的工作。

而亲密的人，叫她艾琳。这些人中，包括她的父母兄弟，若干终身好友，以及她的丈夫。当他们相遇，她已年近四十，第一次知道初恋的滋味。她向他坦白病情，男人并不诧异："你总是比轻微的怪异更怪那么一点儿。"知道她有多渴望婚姻的时候，男人给了她。她担心有外星人会入侵她的婚宴，是好友一直握着她的手，与她共同御"敌"。

疯狂与才华，共用她的大脑；病患与工作，借助同一个身体。这就是分裂，却并非一分为二，而是你中有我，我中有你。她说："作为一个精神分裂症患者，我没有康复，我也将永远不能康复。我的幸福之处在于，我已经找到了自己的生活。"

掷地有声，令人动容。

1956 年，艾琳出生在美国迈阿密一个富庶的中产阶级家庭，是三姐弟中的老大。父母深爱孩子们，从不吝于对他们说"我爱你"，给一个拥抱和一个吻。同时，父母的吃苦耐劳和进取心也对孩子们影响极深。艾琳认为：自己对努力工作的喜好以及追求成功的动力，便直接源于父母。

她本应像弟弟们一样健康长大，但一些小小的怪癖从童年起就断断续续侵入：不把鞋整理好，她就出不了门；洗手要洗二三遍；每晚她都怕得发抖，"知道有一个人就在窗子外面，伺机会突然闯进来"。有一次她感觉到意识在融化，"自我"在消失，世界变得光怪陆离。她怕得发抖，打定主意：永不告诉任何人。这一决心，贯穿她半生。对疾病的掩饰，成为她生活中的主要项目。

步入青春期后，她曾因厌食瘦得骨肉嶙峋，又因吸食大麻被父母送入康复中心。无限惭愧的她，仿佛听见房子在对她说话，指责她有多糟糕。在当时，这些均被视为青少年反叛期的常态，若干年过去，当她对精神分裂症有所了解后，才知道，这些都是疾病的前驱症状。

精神分裂症像一层雾一样慢慢向她袭来，她渐渐迷失。当她离家在范德比尔特大学上大一时，已经无法保持个人卫生了，同学婉言告诉她："我们宿舍里有个人……味道不太好。"但她没听懂。事实上，这种日常生活技能的减退，是大多数精神分裂症的最初迹象。

她隐隐约约觉得自己不太对劲，一种"我是不是疯了"的耻感令她没勇气开口求助，她只能更多地躲进学问的大海里：文字从不嘲笑"哲学家都是疯子"，创造力与神经错乱之间只是一纸之隔。四年下来，她不曾交到朋友，却收获了一纸几近完美的成绩单、牛津大学的录取通知书和全额奖学金。

就在牛津，她第一次入住精神病院。异域他乡，陌生的脸孔，繁重的学业，把她往错乱的边缘又推了一大步。她已经无力继续学习，只得去医院看诊，却拒绝吃药："人应该靠自己的努力好起来。"直到她在镜中看到自己：非常憔悴，完全不像二十出头，而像六七十岁，脸枯瘦，眼神空洞而且充满恐惧，头发蓬乱肮脏，衣服到处是皱褶和污渍。"这俨然是疯人院被人遗忘的后院病房里的一个疯子的形象。"

她害怕死亡，更害怕镜中的自己。别无选择，她开始服用药物。这一用，就是一辈子。她曾多次试图减量直到戒断，但皆未成功。

住院期间，她无数次自残，用烟头、打火机、电炉、滚烫的水，烫灼自己。护士给她处理伤口时问她："你不担心吗？夏天穿泳衣时，伤疤会露出来。"

她答："我想你不明白，我活不过今年。"

住院四月，毫无进展。令她意外的是，精神分析竟然对她有效。

精神分析师告诉她，她必须说出她脑子里想出的所有事情，不管这些事有多么难堪，多么琐碎，或者看上去多么不恰当。

每周五次精神分析，她渐渐吐出了那些怪异想法："我在控制这个世界。"精神分析师说："你想要拥有控制感，因为事实上你感觉无助。"她说："我梦见我用胎儿打高尔夫球。"精神分析师说："你嫉妒你的弟弟们，嫉妒我的其他病人，你想揍他们。你想让你妈妈和我都只爱你一个人。"

之前，这些狂野幻想就是她脑海中的怪兽，她要用尽各种方法锁闭它们，这耗尽了她的力气，让她无力应对现实生活。而把怪兽一一从口中吐出，再由精神分析师说它们不过是伪装成大灰狼的小白兔。这令艾琳如释重负，她又可以读书写作，完成学业了。

1981 年，来到牛津四年后，艾琳终于拿到硕士学位，论文被评审委员会认为"拥有博士论文的质量"。这四年来，她付出的时间和努力比之前的预期多了一倍。她说："我的疾病夺去了我整整两年的时间。"

她始终不承认自己有病：所有人都有疯狂一面，许多人都因一时愤激闯下滔天大祸，诗人在幻像里看到天国——我与他们有何不同？但也明白自己应付现实生活有困难，也许，终老于书斋、做一个与世无争的知识分子，对她更加合适。她于是决定继续攻读下去。

回到美国后，她进入耶鲁大学法学院。离开她视为主心骨的精神分析师，她制不住脑中怪兽了。一天下午，与同学们在图书馆学习时，她开始胡思乱语："你有没有杀过人？天堂，还有地狱，谁是什么，什么是谁。"她从窗子里钻到外面的平台上，扯下一根 2 米长的电话线绑在腰上，认为是条时髦的腰带，还拔下一根 15 厘米长的铁钉放进口袋里，作为防身武器。她像鸟一样挥着双手，唱着："这才是真正的我！快来看佛罗里达的柠檬树！这里出产柠檬，这里也有恶魔。"病历女士，艾琳生命中的恶魔，掉落在世人面前。

在急诊室里，艾琳受到平生最粗暴的对待：几个大汉把她狠狠扔到铁床上，粗皮带绑住她的双手双脚，苦涩的液体往她嘴里强灌，她发出了一声半是呻吟、半是尖叫的声音。她在捆缚里无助地蠕动着，像一只被大头针钉住的小虫子，有人费尽心机要揪掉她的脑袋。

两度住院，第二次长达五个月，其中大部分时间她都是在捆缚中度过的。医院认为她病情危重，需要特别护理，故而病历上特别注明：多使用束缚。

她拿塑料餐叉和医护人员开玩笑，被束缚；

她焦躁地在楼道里踱来踱去，被束缚；

她试图逃跑，被抓回来，被束缚；

她说出自己那些有暴力倾向的幻觉，被束缚；

她曾被连续束缚超过 30 小时。手脚都被紧束着，胸前还罩着床单。

关于这段不堪往事，她后来在演讲中这样说道："我没有打任何人，我没有害任何人，我没有直接威胁任何人。如果你没有被捆缚过，你可能觉得也没什么。但其实糟透了，在美国，每周都有一至三个人死于这种束缚，他们吸入了自己的呕吐物，被窒息，心脏病发作……我非常赞同心理治疗，但极其反对强制型治疗。"

后来，她和一位心理健康专业的同事聊天时提起："难道你不觉得被束缚很伤病人自尊吗？更何况很疼，令人恐惧。"

那位教授用貌似了解的眼神看着她。"艾琳，你不明白，"他心平气和地说，"那些人和你我不一样，束缚对他们没什么影响。"

"我当时没有勇气告诉他：我和你没有什么不同，我不喜欢被束缚，正如你。"她说。

这次住院，给她开出的诊断为：伴有急性发作的慢性偏执型精神分裂症。而她早从图书馆借阅了《精神疾病诊断与统计手册》，读到恐怖的真相：精神分裂症是一种让人彻底丧失与现实联系的脑部疾病，且终生无法治愈。预后不佳，病人在很大程度上将丧失照顾自己的能力。也就是说，她可能无法与人交往，跟人保持友好关系，不会有人爱她，不能建立属于自己的家庭。事实上，一位医生曾经断言道：艾琳·萨克斯将永远只能在严密看管下生存，和一堆病人一起看看电视，就是她的结局。

某一瞬间，她认命了："就这么着吧。做什么都没用了。"

父亲立刻制止她："不要这么想。"这是父亲一生的准则，她已经听过许多遍，"这不是癌症晚期，即使是，许多人也顽强地挺过来了。只要你态度正确，你就能够战胜它"。

她痛恨父亲为她制订了一个她可能无法抵达的目标，但同时也是莫大的肯定——他坚信女儿能行。再一次，艾琳鼓起全部勇气，向命运说：我不放弃，我不认输。

在停学一年之后，艾琳重返耶鲁法学院，从此不曾在治学道路上停步过。一周五次精神分析，每天服用氨乙基纤维素，而她没有落下一堂课，聆听大师的指教，孜孜求学，与志同道合的好友倾谈学业及人生……

精神病院中的噩梦之旅，令她亲身体验到在美国精神疾病患者的遭遇。其他同学去律所实习，她却选择了收容精神疾病患者的过渡疗所，为他们提供法律服务。而她后半生的治学方向，也以精神疾病患者的法律权利和权限为主。嗣后又进修了精神分析。

毕业后，艾琳进入南加州大学任教，校方要求在四年内提交三篇长论文，才可谋取终身教职。但她，为自己预估的时间是：三年间完成四篇长论文。这背后是悲哀的自我计量——总得留出生病的时间呀，谁知道魔鬼几时来袭。

对药物，她始终抱着排斥心态。每次服药，都是一次小小的折辱，让她想起：自己是被那些聪明理性的人确诊的有病之人。每剂药都是在让步，都是难堪的屈服。她一次次自作主张减药量，渴望最终能摆脱药物，像其他人一样健康完整，全靠自己的意愿生存。每次的停药尝试都变成浩劫，总在最后崩溃之前，她又捡起药片。

也好，朋友称她为无所不能的小引擎，每次被打倒，都能重新站起。

2001 年，一种新出的抗精分药物“再普乐”对她产生奇效，她身心达到了前所未有的平静，也终于令她真正接纳了自己的病症：既然药到病除，当然就证明了我确实是这种病。而令她意外的是，一旦接受现实，她反而不再焦虑矛盾了，她与精神分裂症的距离倒仿佛越来越远了。她终于在漩涡间找到了平衡，激流让她获得了自由。

而现在，她要做一件真正疯狂的事，那就是，告诉所有人，自己是个精神分裂症患者。

多年来，这是她最深的秘密。她不敢告诉熟人们，怕他们排斥她，轻视她；她不敢告诉同事、同学们，怕任何她投稿的学术机构、她打算面试的单位都会直接拒绝她，学术生涯化为泡影。她怕路人的鄙视，怕身边人的厌恶，怕所有人离她而去，只剩她自己。

而现在，她拥有了一份稳定的、不会失业的终身教职，深爱她的丈夫就在她的身边。没什么可怕的了，病历女士已经渐渐淡出，是时间让艾琳出来和大家见见面了。她就这样，站在了全世界的讲台上：“我是教授，是女儿是姐妹是妻子，我也是……精神分裂症患者。”马索克曾勇敢地说：“我是变态，但我更是一个作家。”一模一样。这是对自己最深刻的肯定。

即使抛开她的疾病，她也算是功成名就了。她将此归因于：一、得到极好的治疗。每周四到五次的精神分析和心理治疗，持续几十年。二、家人亲友的支持，他们令她的人生有意义与深度，帮助她找到生活的方向。三、身处一个支持她的环境。大学既满足她的各种需求，也刺激她思考。这一切，都是最强有力、最有依赖性的抵御。而她还要感谢父母经济上的鼎力相助，训练有素的专业人士的大力帮助，以及令她缺乏女性魅力的、对她有益也同时有弊的倔强性格。

艾琳反复强调，全世界，像她一样受精神分裂症困扰、和魔鬼共处一身的人有 2400 万（另有数字认为是百分之一，也就是 6000 万），他们分散在社会各个阶层，“可能是你的配偶，也可能是你的孩子、邻居、朋友”。

在中国，他们都在哪里？

我的一位邻居，应该是精神分裂症。他刚发病的时候，大家还当笑话传：他如何向领导举报同事的莫须有罪行，他在盛夏为了保护地球环境不让家人开空调……不知哪一天，他从生活中消失了，再回来，已经是一个苍白肥胖的老年人。每天下午固定时间在院子里散步，呆滞冷漠的脸上有非人的迟钝。他从不和我打招呼，可能早就不认识我，虽然，我与他曾经是中学同学。

我的一位大学女同学，也许是精神分裂症。起先是言谈怪异，后来莫名其妙开始追逐某个貌不惊人的男生。该男生情急躲到卫生间里去，她就站在卫生间外等，脸上挂着恍恍惚惚的微笑，嘴里不知在说什么——全楼师生都被吓得只能去楼上解手。在我们当时的认知里，她被称为“花痴”。学期终了，她离开学校，从此再没听说过她的名字。

我一个朋友的老公，已经被确诊为精神分裂症。他本是高材生，在科研单位工作，但越来越行事癫狂、语无伦次，自说自话辞了职，自认是国家特工，在行使伟大任务，妻儿都是敌国派来的，饭菜都要看着妻子吃一口，才肯动筷。送过医院，他竟能把医生辩得哑口无言，明知他有病，也不敢冒法律风险收留他，只能放他回家，他从此成为施施然的自由人。离婚是不可能的事，他的妻子，索性把生死置于度外了：你要杀我，就一了百了；你不杀——就这么着吧。日子继续过下去。

甚至，那人就是我自己：慵懒与低潮时时来袭；家人经常发现我处在自言自语、心不在焉的状态；我老听见有个严厉的男声在呵斥我——正如艾琳听见房子在说话——我一直以为那是我的良知之声，但或许那就是传说中的幻听？

我会不会像艾琳一样，有什么药令我豁然而愈，事后看看说明书：啊，原来我就是这个病！在想象里，我清清楚楚看到未来：新药物都是昂贵的，我怎么付得起？要变成家人的负担不如去死。

我曾以为这都是天经地义的事，不幸总会落在某人身上，宿命的残酷就是这样。总有些人生来残破，必将沦为被淘汰者，再爱他们再愿意帮助他们，也无能为力。

但看到艾琳·萨克斯的例子，我在想：有没有其他的可能性？病患中，有多少人天赋聪颖，有多少人像艾琳一样与命运殊死搏斗过。是什么，令艾琳成为特例，而他们没有？

要说到全中国对精神疾病的无知，医疗保障系统的不得力，个人幸福的不被重视，以及贫穷——这万恶中的万恶，毒魔中的毒魔。

但我，还是对未来有结结实实的信心。首先，我至今还没疯掉，很可能就不会疯掉了。其次，中国始终在进步，精神疾病如抑郁症之类，已经得到了普遍重视。而最重要的，大概是去工作去爱，永不言败的决心。

每一种疾病，都是上帝的剥夺，但能不能，从上帝手里生拉死扯回一点儿？人的小宇宙能否与大宇宙对抗？这是必输的战役，但至少，要先试一试。

也许我们都不正常，但我们努力地，带病生存，开出不完整的花朵，像缺口的碗，也能盛饭装水，甚至有别样的美。

# 桃源地狱，一线之隔

## ——让人脊背发凉的绑架与性虐

扫码分享电子版

图书馆藏书过千万，一张借书卡只能借四本书，在茫不知情的前提下，居然在同一批借走两本说着同一个主题的小说，这概率是多少？如果要与在青天白日，好端端被变态掳走的概率比较呢？

这两本小说一本叫《房间》，另一本叫《请你帮我杀了她》。后一个书名劲爆得很，书页也翻旧了，一看就知道是老少咸宜、居家必备的惊险推理；前者封面则是夏夜晴空的黝蓝，淡白线条画出寂寥的飞机、云彩和树，典型纯文学读物的拒人千里之外——我不希求你的随手翻阅，我只等待一个苦苦寻觅我的人。《房间》在欧洲文学架上，《请你帮我杀了她》在北美文学架上，隔了过道，更是山长水远，毫不相干。谁也不知道，藏在书里的，竟是极其类似的哭喊。

《请你帮我杀了她》的女主角叫安妮，是个房地产经纪人，天天要与看房子的陌生人打交道，倒也习以为常。她万万没想到，只是下班后多逗留五分钟推销房子，竟被伪装成客户的变态绑架，带到与世隔绝的小木屋。她经受百般虐待以及各种怪异的规矩，变态甚至逼她喝马桶里的水。在一次次的强暴后，她怀孕了。

《房间》一开始，就是一个五岁小男孩杰克，与“妈”和一台电视机相依为命。“妈”是真的，每天偎在她怀里吃奶也是真的。但“爱探险的朵拉”是假的，人类是假的，药店、超市、滑滑梯，都是电视里的事物，也是假的。这个 11 尺乘以 11 尺的房间就是全世界。终于，“妈”艰难地说出真相：那年她 20 岁，风华正茂的大学生，好心想救助路人的狗——狗是假的，路人是货真价实的豺狼。她已经被囚禁了七年，杰克的生父是谁，不问可知。

多么凄厉的小说，但真相比小说更恐怖。1984 年，一位 18 岁的奥地利女子被父亲关进了地窖，开始了 24 年不见天日的囚禁生涯。其间，她被强暴三千次，七次怀孕，一次流产一次夭折，而另外五个孩子，没有名字，没有户籍，没上过学，没试过轮滑的御风快乐。他们是实验室的小白鼠，笼中生，笼中养，天花板、日光灯、解剖刀与死亡，就是真实宇宙。

1991 年，一个 11 岁的美国小女孩在上学路上遭到绑架，被禁锢在一座有隔音设备的窝棚里。18 年后，她终于获救，已是两子之母，却一直保留小女孩的发型和吱吱喳喳的样子。原来他是恋童癖，她害怕自己一旦长大，就会像失宠的洋娃娃，被抛弃被肢解，尸块扔得东一块西一块，于是努力地，不让自己长大。她是被冷冻的植物，不及开放就僵在含苞的状态。

更不用说洛阳性奴案，还有我一想起来就发抖的《盲山》：女子被拐到大山里，被卖给赤贫愚昧的农民当媳妇，毫不客气地沦为性工具和生育工具——说白了，在中国传统观念里，性、生育和家务，是女人唯一的功能。一整座大山，一整个村子，人人都是禽兽和畜生，却心安理得，完全不自觉有何罪疚：他穷，他难道就不应该有个媳妇吗？妇道人家也许会哭会闹，打什么紧，女人也能算人吗？

回到小说的世界里，女主角们叫天不应叫地不理，脱逃无计自杀无方，求生本能令她们想方设计要活下去，以最柔顺的态度，假装已生是他的犬，死是他的死犬。而孩子来了，血里有原罪的小生命，是否真的无辜？不能问，也无人有回答的资格。

为自己的被迫受孕，安妮曾痛不欲生，但随着胎动、阵痛、分娩等一系列成为母亲的节奏，她竟渐渐爱上了这个撒旦之女。即将为人父，令魔鬼也似乎有绽放人性的可能性，但他很快烦了孩子的哭闹、畏惧，孩子重病，他置之不理，最后，才出生没几天的女孩夭折。身为母亲最强大的恨，令安妮逮着机会杀了男人，逃了出来。

而“妈”两次怀孕，其中一次死产——她的“狱卒”甚至不肯费心上网查查该为生育准备些什么。怕男人对小杰克下手，每次男人来的时候，就让孩子躲在衣柜里。地牢暗无天日，孩子像豆芽菜一般成长，为了不让孩子长成萝卜头，她用尽所有积累的心力和知识，带他在狭小房间里跑步，训练他刷牙，教他认字。最后，她设计让杰克装死，赌男人一眼也不会看这具“裹在毯子里的童尸”，就带出去掩埋。聪明的杰克跳车呼救，母子双双摆脱囹圄。

而囚禁还没有结束，安妮根本不敢睡在床上，一晚晚蜷在衣柜里，任何风吹草动都让她觉得快要窒息。明知变态已死，仍不敢违背变态给自己制定的时间表。而最大的困局是，我是被随机选中的受害者吗？背后到底有没有更大的阴谋？

“妈”在脱逃后第六天，勇敢地上电视代所有强暴受害人发声，却被主持人不怀好意的问题逼得崩溃，仰药自尽——地狱之外，也并非处处天堂，人的恶意无处不在。她幸而遇救。年方五岁的杰克，脱离她的保护，必须睁眼面对真实的、无遮无拦的世界。被称为“盆景男孩”的他，该如何长大，总有一天，他终将知道生命的另一半，来自最黑暗的罪恶。

自救何以完成？我想起又一部小说《魔鬼的羽毛》：战地女记者康妮身心俱疲地由伊拉克回到英格兰，发生过什么她绝口不提。有些事太可怕，是最污秽的记忆，她宁愿掩埋，成为心里的新坟。倾诉别无用处，亲人的冷漠、陌生人的好奇窥视，会更加雪上加霜。谜底一点一点揭开，一场无端绑架，几条馋涎滴滴的大狗，一个魔鬼般的男人——他竟然追上门了。再无退路，挺刀对决，康妮战胜了披着人皮的恶魔，也战胜了被囚禁被重创带来的巨大羞辱与挫折感。

我能胆大妄为说一句吗？也许被囚禁的女子，远比我们想象中多得多，只不过大部分不是被拐走，而是自己心甘情愿投到不见底的深渊。被家暴、被欺凌、因男人的外遇酗酒吸毒赌博而伤心欲绝、日日夜夜徘徊在死亡的边缘。是什么困住了她们？枷锁并非有形，有时是经济困窘，有时是文化与谋生能力的低下，也有时，就是恐惧、惯性、自卑的混合，男人长期的羞辱嘲笑、耳提面命给她们洗了脑。语言毒品也会令人生理依赖，摆脱需要很多智慧、意志及外界的帮助。

小说里的变态者说：“我想你并没有感恩你在这儿过得有多好：在地面上，

有自然光，有中央空调，新鲜水果，卫生纸。多少女孩会因为拥有这样的环境，这样一个安全的房子而感谢她们的幸运星。尤其是和孩子一起，不用担心碰到酗酒司机、毒贩子、变态狂。”另一个则说：“我想你应该知道，我让你的女儿远离了什么，疾病，毒品和满街乱跑的流氓。你应该问问什么，什么对她最好，什么对你最好。”

施虐者以恩人自居，受害者反而要心存感激。但你——是否觉得有些耳熟？有没有人这么告诉你，和他在一起，是你烧了高香，你这么矮这么胖这么丑，人见人烦，是他把你从男人的厌弃里拉拔出来。他给你一个“家”的幻象，有时候还大慈大悲，附加一个“妻子”的名分，于是就可以肆意践踏你的自尊，侮辱你的审美，剥夺你的自我空间，禁止你自行对人生做出决定。

在事后，你将觉得那是黑暗时光，在当时你只是渐渐的，活动范围越来越狭窄：与闺密们好久不见，因为与她们见面，要请示汇报受冷言冷语；父母每次来看望你，你都十分为难，你既怕他给老人家脸色，也怕父母说出心疼你的话；总有些事，你需要找他帮忙，但想到他的脸色，那些难听话，畏之再三，算了吧，你卷起袖子自己来了……

到最后，你的世界只有他。这是感情的桃花源吗？不，桃源地狱，一线之隔。

自由是人类永远的主题。每个故事都不过是人生的隐喻。所有被“爱”压得喘不过气的女子，都可以想一想：是否，你是在被囚禁中，只是不自知。要不要脱困，完全取决于你自己。

书上说：如果把一只鸟在笼子里关了很久，再放出来的时候，它会忘记飞翔——没关系，它总会想起来的。

史上最伟大的脱困小说《基督山伯爵》，最后一句话：人生的一切智慧是包含在这四个字里面的：“等待”和“希望”。

自由多么宝贵，希望永生不死——不分男女。

# 我 不 要 十 三 为 君 妇

2006 年，诺珠可能 8 岁，也可能 7 岁——她不知道自己的出生日期，因为她的母亲有十六个孩子，每个都不曾登记在册。有一天，父亲对她说："现在，轮到你结婚了。"

你也许根本没听说过也门这个国家。那是一座位于阿拉伯半岛南端的古老国家，曾有千百年的繁盛，现在却沦为赤贫的不毛之地：石油含量稀少、多次战乱的遗骸、过度放牧带来的沙漠化、大部分地方都没通水电、半数以上的女性为文盲……贫穷是愚昧的根源，而愚昧又成为贫困的帮凶。

诺珠一家，就生活在这里。

诺珠的父亲有两位妻子，二十多个孩子，他原本是个农民，放牧八十只羊和四头牛来供养家人。但是一桩"丑闻"令他在老家立身不得：他的二女儿被人强暴了。正如中国一样，强暴最后总变成受害者的耻辱，是她一生不能自赎的罪，嫁给强暴犯成为唯一出路。二女儿草草嫁人后，父亲率全家搬到了首都。

父亲一直找不到正式工作，只能偶尔打打短工，家人靠母亲典当和孩子们上街乞讨勉强维持生活。烦躁、郁闷，令父亲嚼卡特叶（一种轻型毒品，俗称"阿拉伯茶"）的习惯加深，他越来越把时间和金钱耗在上面。

正是在一次嚼卡特叶的聚会中，一个三十多岁的摩托车快递员走到他身边说："希望我们两家可以结亲。"父亲同意了。八岁的诺珠，就这样嫁给这个年长她三倍的男人。

诺珠的母亲和姐姐们向父亲恳求，说诺珠年纪还小，父亲用所有穆斯林父亲送女儿童婚时的借口反驳她们："穆罕默德先知娶阿依莎的时候，她才九岁呢。"没错，当时穆罕默德五十二岁，并留下一句世代相传的谚语："娶妻九岁，夫妻幸福平安。"另外，这也是一种对诺珠的保护，至少嫁人之后她就不会再遭遇二姐的不幸了。

诺珠的聘礼为15万里尔（约合700美金，相当于当地普通工人一年的工资）。作为附加条件，男人的妹妹，也与诺珠哥哥订了婚。考虑到诺珠的年纪，男方答应说：将在诺珠初潮后一年再圆房。

那之前，诺珠只上过一年学，只能数到一百。她并不知道婚姻到底是怎么一回事儿，甚至怀着朦胧的期待：家里已经山穷水尽，结婚就像通过一扇救生门，也许那边风景独好呢。

新婚次日，诺珠的母亲便用黑色面纱把诺珠整张脸遮盖起来："从今天起，你上街得戴着面纱，只有丈夫才可以看见你的脸。"结婚，就是与世隔绝？

远嫁到没有水电的山间，八岁诺珠在严苛婆婆的管教下忙碌于家务：切菜、喂鸡、给访客备茶、拖地、洗碗。干完了所有的活，一次她想出去找小朋友玩儿，被婆婆劈头痛斥："结婚的女人怎么可以随便见人？你会坏了我们家的名声。"结婚，就是一夜长大？

还有最可怕的事情等待着。新婚当晚，男人逼近，身上是混合着烟草与洋葱味道的难闻臭气，有如野兽。她逃跑，被抓回；她挣扎闪避，被按在床上；她喊救命，大声喊婆婆，但周围一片寂静。

她幼稚地威胁道："我要告诉我爸爸。"

男人回答："随便。他跟我签过婚姻合同，你是我的人了。"

暴行一夜一夜，同样的粗鲁，同样的烧灼感，同样的疼痛，同样的悲哀，滚到地上的油灯，凌乱的床单。"喂，那个丫头！"每次他都这么喊她。他从未叫过她的名字。到后来，每当听到他回家的声音，诺珠就从骨髓里怕起来。结婚，就是酷刑？所有女孩都一样？

诺珠徒劳的反抗招来了殴打，开始是手，后来是棍子。有时候婆婆还会怂恿男人："打吧！用力一点！她是你妻子，本来就该听你的话。"——好眼熟的一幕。想起来了，赵树理的《登记》里面，小飞蛾挨丈夫打，就是婆婆挑唆的："人是苦虫！痛痛打一顿就改过来了！……快打吧！要打就打她个够受！轻来轻去不抵事！"为什么婆婆这么有经验呢？年轻时候也是被自己丈夫打出来的。

旧伤还不及愈合，新伤又在加添，拳头、棍子随时落下。诺珠天天想着逃跑，可是村里一个人也不认识，也没人会帮助别人妻子逃走。向娘家求援？村里不通电，没有电话，地面也没有汽车行驶。写信？诺珠只会写自己的名字。

差不多过了一年，男人终于准许她回娘家看望父母。她以为有出生天的机会，可是父亲说："绝对不准离开你丈夫！"母亲说："这是你的命。"才抓住希望的气泡，又直坠深渊。

诺珠向更多人倾诉，但是叔伯、哥哥、邻居、全社会都懒得听她废话：吃苦不就是女人本分吗？就像马生来该被驱策、牛要在田地里耕作一样。

父亲的另一位妻子给她出了主意："如果没有人听你的，那去法院吧。"法院？诺珠曾经在邻家的电视里见过。她坚信那就是正义的化身，会把坏人抓起来。

趁家人让她去买面包的机会，她勇敢地走出街角，第一次搭上公共汽车，又第一次独个儿搭了出租车，到达法庭。徘徊了一个上午，终于得到了见法官的机会。

法官问她："我有什么可以帮你的吗？"

她答："我要离婚。"

这是2008年，诺珠10岁，是全世界年纪最小的离婚者。在好心的法官、律师及公益组织的帮助下，诺珠心愿得偿。

诺珠挣脱命运的非凡勇气震惊全球，她因此当选美国女性杂志《魅力》评选的"年度女性"，同时当选的还有希拉里·克林顿、妮可·基德曼等。2009年，希拉里在一所女子大学毕业典礼上致辞时表示："勇敢也门女孩的声音随着电波和网络传遍全世界，这种情况令当今女性明白，自己的声音可以摆脱狭小的环境传播出去。”

不久后，诺珠自传《I'm Nojood，Age 10 and divorced》（中文书名《十岁我离婚》）出版，版税及好心人的捐赠足以令她重返校园。家人也因之受惠，从郊区搬到市区，住在出版商帮忙购买的两层小楼里。

但仅仅一年后，诺珠就离开了校园。

她的说辞是：父亲不给她钱上学。

出版商每月提供的一千美金都在父亲手里，父亲立刻又娶了两房妻子，同时拿更多的钱嚼卡特叶。父亲贪得无厌，总是抱怨她去了一趟纽约，至少应该拿一百万美金回来，又私下对人说：女孩子读那么多书有什么用？

但父母那一方的说辞是：诺珠自己不想读书了。有人不理解她的行为，常在上学路上对她指指点点，令诺珠对那条路望而生畏。再加上不断抛头露面，与媒体接触，也令诺珠贪慕虚荣，没法再静心念书了。

也许，双方说的都是实话。总之，现在诺珠是下金蛋的金鹅了，家人亲戚会牢牢守着她，要从她身上刮走所有黄金的碎屑。只是，绝大多数畅销书都会慢慢绝版，拿不到版税了怎么办？诺珠只有 10 岁，可能想不到那么长远的事。

从她离婚到现在，已经六年。现在诺珠怎么样了？查不到。速食时代，每个人在聚光灯下只有 15 分钟，然后便陷入深深的黑暗。

我在新加坡樟宜机场遇到诺珠的书，迟疑了一下，没有买：周围一派纸醉金迷，全是国际大牌的免税店，买书像一种文青的故作姿态，显得很不真诚。再一个原因是，封面上的诺珠头巾下的脸孔，似乎在对西方游客无声谴责：你们的吃喝玩乐背后，另一种人如生活在地狱。但我，不是“西方游客”。我来自另一个多苦多难的东方古国，诺珠故事的所有元素，我都不陌生：一夫多妻、男尊女卑、家长制、男权社会、包办婚姻、换亲、聘礼、嫁妆、打老婆……这全是中国人司空见惯而且至今不以为非的事。

我其实不理解许多国人的优越感，当他们说到印度说到比我们更穷的国度。印度脏，中国清洁吗？也门童婚令人惊怖？但中国废除童养媳制度，从 1950 年《婚姻法》颁布算起，到现在不过六十多年。而且事实上的童养媳，仍未完全绝迹。

就在几年前，我看过赖东进的《乞丐囝仔》，他的父亲是走街串巷算命卖唱的瞎子，母亲是父亲捡来的弱智。他们生下一堆有各种残障的孩子，自生自灭，蚯蚓般爬着滚着长大。他的姐姐十三岁就被卖到雏妓馆，极受嫖客欢迎，传统迷信是："呷幼齿，补眼睛。"漠漠然的残酷，完全不把她当作人，就相当于乳猪乳羊般的补品。故事发生在台湾，不是什么穷乡僻壤。

还有朱自清的《七毛钱》：一个父母双亡的五岁女孩，被哥嫂以七毛钱的价格卖给银匠店的伙计。"男人没有老婆，手头很窘的，而且喜欢喝酒，是一个糊涂的人！……那边恰要个孩子玩儿，这边也乐得出脱，便半送半卖的含糊定了交易。"然后呢？会发生什么？一思及此，毛骨悚然。豺狼遍地都是，不见得中国狼就格外耐心。这篇文章大概写作于 1927 年，离现在并不算遥远，也就是文人们经常歌颂的"民国范儿"年间。

无论当下有多么不好，我都感谢我生在此时此刻，不至于沦为诺珠，不用承受中国女性几千年来的命运：七岁缠脚；十三为君妇；十四岁，便以未长成的骨盆迎接新生命——如果死于难产，据说还会堕入血盆地狱，永不得超生；十五岁再次怀孕；十六岁就开始受妇科疾病的折磨，也许死于血山崩；一辈子，十余次怀孕生产，谁知道哪一次就儿奔生娘奔死了……

曾经有记者打电话问我："如果能够穿越，你想穿越到哪个年代？"我反问："以女性之身吗？哪个年代也不想去——百年之后还可以考虑下。"

此刻，我活着，受过高等教育，有职业，能自食其力，我是我家的主人，所有重要文件都自己签。我的自由虽然还不足够，但确实比百年前有质的飞跃。我为此，感谢为女性解放做出贡献的一切人，包括斗士也包括炮灰，包括以血荐轩辕的义士也包括无名的牺牲者。我知道没有一桩福利是天赐的，每一步小小的向前进，都是多少人的前仆后继换来的。

正如后来者会感谢诺珠一样：她的勇敢自决，激励了更多阿拉伯社会的童婚新娘，为保障自己的权益走上法庭。甚至令也门政府考虑修改婚姻法，将原定的女性最低婚龄从十五岁升到十八岁。

她更激励了全球各地的许多平凡女性：你的敌人看去坚不可摧，你的呼求听来像个笑话，你的力量如此渺小而且无人援手。但其实，只要你走出第一步，为自己而战，也许，铁门会訇然倒下，幸福是等在门外的曙光，比你想象的还要明亮。

十岁女孩能有的勇气，你为什么没有？谁说你的人生理想是痴心妄想？实现给他们看看。你不用懂得太多，一往无前就好。

而我，希望诺珠一切都好。

# 那个拯救弃婴的摩西是谁？

## 【一】

前两年有一则新闻，我一直很不喜欢。

1992 年，一个不满月的女婴被遗弃在武汉宗关办事处附近，一个月后，她被一位美国女性收养。二十年后，已在耶鲁大学人类学专业攻读的她，回到中国，寻找生身父母。

关于她，大部分人用“幸运”来形容。是的，有 44 个家庭登门认亲，故事大同小异：因为贫困，因为想要儿子。某种意义上，被遗弃给了她新生活的可能性，她写在血里的命运就是：生为农家女，在打骂疏忽里长大，在田地里耕种一生，要么十来岁就辍学打工，供养要成为顶梁柱的兄弟。

总之，不会是现在的她，笑容阳光，心地良善，读名校，即将前程远大。无数中产家庭用毕生心血和全部积蓄，尚不能为儿女铺就的道路，一个或者一群自私的人，用抛弃实现了。

我也怀疑他们想认回她的原因，真是亲情作祟吗？抑或是新的贪婪？有一个家庭说：“她成绩好，像我们家人。”36 次 DNA 比对，其中没有她的生身父母，面对他们的愧疚，她说：“你要相信我已经原谅你了。”优裕的生活、良好的教养令她宽容。于是“一些多年来为遗弃女儿而心存不安的人们，也得到各自内心的宽慰”。但，她并不是他们的女儿。他们那个真正被遗弃的亲生女儿，也许已经死去，也许正流落在这星球的不知哪个角落，是黑童工、失足妇女、童养媳，对生而不养自己的父母恨得血海深仇。

不能说，你没看见尸体，罪行就不存在；洗干净双手，就假装从来没握过刀。

这条新闻令我心底不舒服，多少认为它客观上起到了鼓励弃婴的作用：你看，给不了好的生活，不如给孩子另寻出路。你之砒霜，人之珠宝。弃婴不是作孽，反而是造福人类。

我却不能吐槽，因为这不是虚构的剧情，而是新闻，是活生生、发生在当下的真人真事。如果你要指责三观不正，那是你的三观太幼稚可笑，偏离真实人生。

## 【二】

不久前，一个朋友突然打电话给我："姐姐，"——就在几个月前她才告诉我怀孕的消息，我想当然准备说恭喜，立刻淘宝搜索喂奶枕——"我的孩子，出问题了。"

最后一次产检后，丈夫温柔地跟她说，推算过八字，想让孩子提前出来。她取笑丈夫的迷信，还是顺从了。当时她很奇怪为什么不是剖宫，让她痛了六天六夜。——以我多舛的产育经验，这是为她孕育第二胎做准备。因为剖宫产之后至少要一年，最好三年才能再次受孕，而顺产几乎没有时间限制。

来不及喂奶，不曾亲眼看到孩子的样子，到底怎么回事儿谁也不肯说。家人一直骗她说在 NICU（新生儿监护病房），到她以绝食拔管相胁，实在瞒不下去，才说："这个孩子，和我们家，没缘分。"

她哭成泪人："他落地时候是活着的，我听见了他哭。我听见了。"

有什么可说，这是命。我唯一的安慰是："孩子还会来的，听话，你养好身体。月子里哭会伤眼睛的。"

她听而不闻："就算他有病有残疾，没有第二种选择吗？姐姐，如果是你，你怎么做？"

我明白她为什么打电话给我，因为我也曾是被命运捉弄的人。从孕五月起，我每天都在问:“怎么办怎么办?”十万个“怎么办”最终的答案是,如果揭盅真不堪如此,我带孩子一起死。

有没有第二条路?有没有?

我庆幸那只是一次生命中的模考,最严峻的考验,没有发生在我身上。

我实话实说:“你没有做错什么。我的选择,会和你家人一样。”

## 【三】

大约就是朋友电话前后的事儿,我看到了广州弃婴安全岛的消息。还是很反感,生而不养,是犬兽猪马的行为。中国已经是一个很不爱惜生命的国度,一个不被期许的小生命,就像一团宿便,人流、堕胎以及遗弃,比排泄还轻易。前一段时间的中关村约炮事件(关键词:何红卫),女主角生下孩子,所有人都说:她为什么要生?她生就是她活该——生育反而变成反人类的行为?而繁衍种族,不是每个生物的天性吗?

我断断续续追着新闻看,看到那些母亲恸哭的脸孔,小小明黄色的襁褓,安全岛墙上的八个字“关爱弃婴、生命至上”。“哗”一下,我热泪漫出。

我仿佛突然间开始原谅:如果不是走投无路,谁也不会做这么残酷的事。

就像奶牛场里的乳牛,要不断怀孕分娩,才会不断产奶。起初一两次分娩,新妈妈们会爱怜地舔舐小牛犊身上的胎膜,牛犊被抱走,它们碎步追赶,一路哞哞呼唤。但一次又一次,母性就算坚硬如石,也被磨成麻木,母牛一边分娩一边吃草,生完了一眼都不看自己的小宝宝,照旧无动于衷地吃草——不,那不是它们的孩子,是我们的财产。我们就是这样,得到了每天必喝的牛奶。请原谅,请原谅我们为了自己,为了我们的孩子,做出这样残酷的事。

遇到了什么发生了什么,让母亲做出母牛的反应。

## 【四】

我看过那么多跟弃婴有关的故事。《不存在的女儿》:美国,被遗弃的唐氏儿在爱她的养母身边得到幸福。《车票》：台湾，被遗弃的酒鬼之子，有机会在修女开办的孤儿院健康长大。他最后甚至感谢母亲，“她的果断和牺牲，使我能有一个良好的生长环境和光明的前途”。《消失的女儿》：印度，低种层夫妇，因为筹不起嫁妆，活埋了第一个女儿，把第二个女儿送到福利院，女孩被一对印美夫妻收养，二十年后回国寻亲——如果把地点改成中国，这就是让我不喜欢的那篇新闻。也许，所有第三世界国家，哪怕肤色不同、文化迥异，因为有相似的贫穷，就有相似的冷酷。《孽火照出我的美丽》：美国，一个高中女生瞒着家人娩下一对双胞胎，先出生的姐姐被溺死，她把后出生的弟弟交给令她受孕的男人。河中的婴尸被发现，她因杀婴罪获刑，若干年后被假释的她，遇见了自己的亲生儿子。后者曾被弃置于安全岛，现在正和养父母过着幸福生活。

所有故事都是同一个主题：遗弃总比杀戮好。只要孩子还活着，哪怕残疾哪怕非婚生哪怕是被歧视的性别，就有希望。遗弃是罪，但杀戮是更不可原宥无法拯救的罪。

而我，想起朋友的问题：有没有，第二个选择？

## 【五】

这是一个真实的社会，最真实处大概就在于它没有正确答案，做什么都会是伤害，总有人要受损有人获益。没有最优解，但我们都在摸索着，想知道，有没有哪一种举措，能令痛减到较低——不敢说最低。

我不知道。

报纸上说，广州的弃婴安全岛，在试运行 50 天后，暂停了。

中国不是第一个有弃婴安全岛的国度，美国早就有各种《婴儿摩西法》《安全交出婴儿法》等，依各州具体情况而异，允许父母将初生婴儿放置于警察局、消防站等安全场所，配合美国完备的福利系统，可算是畅通无阻。他们的口号：无罪、无辱、匿名。

婴儿们的摩西，究竟是谁？能带他们出苦海。

# 母子一场，只余一张照片

她的手一直没有松开那张照片。

一直没有。

照片上有一个敞着口的红色纸袋，里面胡乱塞了一团紫红色的东西，要仔细辨认，才能看出，那东西可能是个毛巾被，中间有半张红彤彤的小脸和浓密的胎发——他，已经死了。某一个中午，他就以这样的形态被放置在广州弃婴岛的门外。而她，是婴儿的母亲，某种意义上，也是杀害婴儿的凶手。

此刻，媒体在逼她，面对孩子的死相，何其残忍。她却说："谢谢你们，"哽咽着，"我，都没来得及看他一眼，也没给他拍照。我的孩子，来世上一遭，只有这一张照片……"

她与丈夫都是外来务工人员，她流产过两次，第三次，多么珍贵，她给未出世的孩子起小名"小金边"，取"每朵乌云都有金边"之意。但乌云，不顾人的期望，黑压压地盖顶而来。临盆在即，她被告知："孩子有问题。"孩子呱呱坠地后，答案摊破在他们面前：多脏器不明原因畸形。怎么治疗？去儿童医院问儿科大夫。能治好吗？那取决于"好"的定义是什么。会死吗？每个人都会死的。她问：那我们该怎么办？去找谁？谁能救我们？现代医学沉默不语，连苍穹也寂然无声。

绝望时刻，她看到了报纸上关于弃婴岛开放的新闻，抓住空气却错当作那是希望。她泣不成声："我不想他死。我看报纸上说，弃婴岛有暖箱、有氧气、有医护人员，我们是没有办法了，我想送过去，说不定有一条生路……"

那时，孩子出生才十四个小时。

山崩地裂般的瞬间，他们来不及思考来不及判断，心慌意乱到甚至没有细看新闻。大难当头，每个人都只能像野兽般，凭本能行事。丈夫抱着孩子去了，他不知道弃婴岛仅在晚间开放，还有一件他不知道的事：孩子已经死了。死亡时间连警方都无法判断，到底他的罪行是弃婴致死还是恶意抛尸，一时半会儿还定不了。

这个小小的生命，在母亲体内孕育了九个月，在世界上停留的时间，却以小时计算。他有哭过吗？他看到正午的阳光了吗？他像一阵烟般消散，只有一张照片，薄如蝉蜕，紧紧地捏在母亲手里。

广州婴儿安全岛关闭之后，当地媒体邀请了我去做一台关于弃婴的节目。我在台上，她也在，演播室的大灯无情地照彻一切，我看到她的产后臃肿、她化过妆也看得到的黄褐斑、她的哀伤与倔强——她知道这是她唯一发声的机会，她必须为自己代言，说：不，我不是一个狠心的母亲。事情发生得那么快，我和我老公都慌了手脚。我们不知道安全岛还没开放，没有人告诉我们……

我能感觉到泪水的蓄积，像小虫想爬出干燥的地表。我不知道该同情谁，那个来不及喝一口奶的孩子，还是被噩运击垮的父母。究竟哪一种死亡更残酷，是被不管不顾地扔到门外，还是在家里，死在束手无策的母亲怀里？

作为女性，我早知道优胜劣汰往往以生育的方式展现：每个女性携带的三五百颗卵子，只有 1%，会与精子相遇；早期胚胎有 15% 会自然流产；我见过羊水穿刺后，哭成泪人一步步挨下楼梯的产妇——是什么状况，不敢问，不必问。

母子是缘，注定有些缘分虚晃一枪，命运动动小手指，就把世间人弄得痛不欲生，它一定笑得很没心没肺。

两个半小时的节目，我一直不自觉地打量她。她没有注意到我的视线，每个没轮到她讲话的时刻，她都在全心打量着照片，轻轻地、笨拙地摸过纸面，仿佛指尖触及的，是那个曾经属于她的孩子。她在想什么？如果时间重来，她的选择是什么？不，如果真能重来，回到最开始，但愿这一枚精子与这一枚卵子擦肩而过；但愿它们虽然携手，但一直不曾安家立业；但愿能在最早最早，当孩子还仅仅是胚胎，就发现不祥的征兆，以伤害最小的方式斩断孽缘……

母子一场，只余一张照片。

该如何评判？法律有法律的立场，道德家们会争得面红耳赤，而我，一直看着她，看着她的手，那一双始终不曾放下照片的手。

❤

## 你的锅巴粉，我的豆丝

# 在比北极更寒冷的地方做年饭

我对武汉过年的记忆，与鲁迅先生对鲁镇过年的记叙完全一致："杀鸡，宰鹅，买猪肉，用心细细的洗，女人的臂膊都在水里浸得通红。"而武汉，虽然纬度比绍兴南上一度，但作为千湖之省的百湖之市，我打赌它比绍兴冷。

要解释武汉之冷，先得从我前几天的北极圈之游说起。在那里，我平生第一次住了冰屋：房屋、床铺、四壁全用冰筑成，室温零下 5 摄氏度，冰榻上铺张兽皮，一人发个睡袋，OK，可以入住了。如果能坚持到天亮，他们会送杯热热的浆果汁来。

冰屋内没有卫浴设施，一想到会起夜，我就大为紧张，就寝前频频入厕。结果可能紧张过度，半夜两点多就被憋醒了，忍到四点，我绝望地发现，只有两个出路：一是就在床边做一座蓝色的小冰山；二是抱着大无畏的决心，穿着内衣跑到冰屋外五米处有暖气的酒店解决。我选了后者。

就这样，跑过寂无一人的冰屋长廊，推开覆着厚厚兽皮的大门，穿过一小段露天庭院——夜色一深到底，无星无月，透出异样的黝冰蓝——冲进大堂。完事后，再这样咚咚咚跑回来，爬上冰榻，钻进睡袋，拉上拉链。

我一边重又睡下，一边想：咦，还好呀，这不就跟我小时候在武汉起夜是一样的吗？而且很明显，武汉比这冷得多，要这么折腾一趟，会一路哆哆嗦嗦，满身的鸡皮疙瘩，进被窝后半天都消不了。难道说，武汉比冰屋更冷？

过一小时我又去了趟卫生间。这一次，明知不算冷，从容多了，还站在院中看了会儿夜色，又起意要拍照，折回去拿了趟手机——可惜我手机太烂，只拍出一片漆黑。嗯，我确定了，武汉之冬，往往风雨交加，确实比冰屋还要冷得多。

绝无虚言。因为同去十余人，抗不住的是两个北京人，一个两点多就起来了，穿得密密实实，在有暖气的酒店大堂坐到天亮；另一个倒是睡到天亮，但随即患上重感冒，吃掉了所有人随身携带的所有感冒药。而久经考验的武汉人，全部若无其事，证实武汉天气真是：才上油锅，又下冰川。

过年，总是在最冷的三九，还有那么多食物要在冷水里洗了又洗。

我记得，那时我还小，年货主要靠单位发放。每年寒假，一定有个大日子，爸妈单位发鱼发肉。肉好说，剁肉馅、灌香肠、做腊肉，最后只剩下一小部分放冰箱。劳碌不假，但好歹在室内或者阳台上，风不打头雨不打脸。

鱼就麻烦了，必须立刻开腹、去内脏、去鳃、刮鳞……不管怎么吃，这一道程序必须履行，还得彻底，否则，必腐无疑。

年复一年都是相似的，家家户户都在楼下，就着公用的水龙头，老小一起出动，分工协作，那热火朝天的场面就像建设四个现代化。我从小爱吃鱼，爱吃还不想做？哪里有这个道理，又不是大小姐。所以再满心不愿，也只能二话不说，挽袖管，换套鞋，系围裙，提刀上阵。

数九寒天，自来水哗哗地冲下来，水里几乎带着冰棱。青鱼、草鱼、鲢鱼、胖头，都要用刀从背后把它剖开，再把手伸进去掏出内脏，一不留心，就被鱼鳍或者鱼刺割破了手指，“啊”一声惨叫，大人会说：“让你小心你不小心。”不知道为什么，没戴现在常用的橡胶手套——也许当时没有这玩意儿？双手在冷水里冻得发木，小破口越来越痛，像有什么东西在拼命压榨，又像有什么东西死命要钻出来。大家都忙着干活，撒娇也不会有人理，只能时不时，把手伸到嘴里，稍稍用力地咬咬伤口，止血也止痛，再继续干下去。

一字以蔽之：冷。

伸手去盆里捉鱼时，有些大鱼会剧烈挣扎，尾巴拍打在我脸上，溅我一身水，冷；提鱼清洗时，冷水冲在双手双臂上，冷；满手都是小伤口，鱼腮旁有骨，腹内有突如其来的大刺，冻得快僵掉的手一偏，刮鳞刀嗖地刮上手指背，到最后却不觉得痛，就是冷；全部弄完，才发现连裤脚都是水——家家杀鱼，水到处泼，彼此祸害的后果。一边上楼，一边觉得湿透了的袜子正在一点点结冰；手好痒，痒得必须在裤子上擦来擦去，还不解痒，一看，红肿得半透明，是冻疮正在啪啪地生成开放。

那鱼的味道怎么样？还不就是鱼。不见得亲手杀的，就比鱼贩子杀的更好吃。

我有一次过年的记忆，也跟食物有关。

忘了是腊月二十几了，总之，年货差不多备齐了。我爸在楼下高高兴兴喊我们，一听就是打了年货回来。我们跑下去一看，他手里不知道拎了个什么黑东西。"什么？""八戒。"我爸答得真无厘头。

原来，菜场来了一批没处理过的猪头，年关近了便宜卖卖，两元一个。我爸这么节俭会过日子的人，哪里肯放过，马上冲锋陷阵抢了一个回来。然后，大工程就开始了。全家围在脚盆旁，夹了一下午猪头上的毛。我现在唯一的疑惑就是：我爸到哪儿，弄到了那么多镊子？难道把左邻右壁的都借来了吗？

那时没有热水器没有小厨宝没有浴霸，我爸用水壶把水先烧开，哗哗地浇在猪头身上，让我们趁热立刻拔。滚烫的水，怎么下手，拔几下就赶紧缩手，再迅速拔几下再缩手。这大冷天的，祖孙三代、上下六人齐动员，也赶不上水凉的速度，水几乎很快就冷下去了。我爸立刻心疼起来：加上水费、加上烧水的煤气费，这猪头可就不止两元了。他一边亲力亲为狠命拔，一边教导我们："看我看我。"他真能把猪毛一撮一撮揪下来。到连他自己都拔不动了，再去烧一壶水来。

大面上还好处理，看着已经是个白白嫩嫩的猪头了，结果一翻过来：哇，耳朵缝里、眼睛下面、脖梗子里——就是你小时候洗澡时从来不记得洗、要被妈妈反复提醒的那些位置——全是细细的毛。而天，看着就黑了下去。还得开灯。猪头的价格里又要加上电费。这下，我爸更心疼了。

后来那猪头的滋味怎么样？我都不记得它在餐桌上出现过。

《醒世姻缘传》里面有个财主人家，家里也有几百亩地，但说起日常伙食来：

“咱这小人家儿勾当，待逐日吃肉哩？”读到这一段，我只觉得我妈可以与狄员外引为忘年知己：我家也是，从不曾每天吃肉。而且，从来没有大块肉完整上桌的场面，总会以菜蔬或者豆制品为主，肉成为一种作料，少少放一点，提味而已。像最珍惜的盐，或者贫窘日子里的爱情。

想来，猪头也一样，被千刀万剐，切成无数片片丝丝，进入了年夜饭以及正月每一天的菜谱。今儿一口，明儿一口，这猪头真是物有所值。

另一个我老记得的过年之吃，则几近笑话。

还是单位发年货的年头，我爸妈单位来了一个东北领导，那一年年货里面就多了一种谁也不认识的东西，塑料袋封面上写着“肉皮冻”。当时没有网络，我们也没想到要打听一下吃法，反正热热总不错。

午饭时间，开了一袋，往锅里一放，小火咕嘟了几分钟，揭开盖一看：咦，它不见了，锅底只剩了一碗水。

这是怎么回事儿？一定是打开方式不对。

于是下一袋就没拆，连袋放到了微波炉里，中火热了一分钟后，剪开袋口，“哗”，流出来的，还是一碗汤。

我们面面相觑，才不得不接受现实：难道，这玩意儿是不能加热的？那怎么办？从小到大，除了盛夏的西瓜和汽水，南方家庭从来不知道有食物是可以从冰箱里拿出来直接吃的。更何况，这是耳朵正在刺痒、快要生疮的深冬。

东北领导，可能完全不知道武汉的冷，从来没想到室内会比室外冷：在户外穿大棉袄，进家改羽绒服。连橘子都最好在火盆上烤烤再吃，年轻孩子逞强从结霜的阳台上拿进水果就吃，能感觉到一条冰线从喉咙口笔直通到胃肠。

剩下的皮冻怎么解决的？以我对我妈的了解，它不是在包子馅里用来冒充灌汤包子，就是在烩菜里面成为浓厚的汤汁。人家吃鱼头烩大白菜，我家吃鱼头皮冻烩大白菜。

所以，为什么以前的年，会让人觉得“年味”浓厚呢？大概就来源于，当时物资匮乏，购买运输储藏都困难，难得吃个好的，非得打着逢年过节的旗号。千辛万苦买回来，大浪淘沙般洗干净，在厨房里一站几下午，劳动成果当然甘甜。久而久之，我们都像巴甫洛夫的狗一样，牢牢地树立了条件反射：过年，就是好吃的，就是与平常日子完全不一样的新鲜、热闹、吃饱喝足。

到了现在，随随便便就能下馆子。《创业史》里有个老农民，平生大志就是想过年时候做一件里外三新的棉袄，三十年不能实现。而我们，上淘宝一晚上能买十件。不把所有心愿都堆积到过年解决，当然也就不会一次性享受心愿得偿的 HIGH 感。

我还是喜欢现在的生活，哪怕年味淡薄。因为薄味远比高糖高盐健康，永远微笑也好过痛哭终年只有一次欢笑。年味越浓，越意味着日常生活的贫瘠，越珍贵，越说明它的罕有。就好像，我在冰屋耗到天亮，最后服务生送来一杯热热的浆果汁真是暖人心脾——味道像加热了的酸梅汤——这是难忘的经历。但老实说，坐在暖烘烘的小木屋里，看窗外大雪盈膝、小径两旁跳动的烛火、圣诞树上的灯光，一书在手，喝一杯热可可，顺带浮想联翩，还是惬意得多。

其他人爱怀旧让他们去，我不爱雪中送炭，只想锦上添花，甚至刻意地，绕开太过浓烈的事物，因为不想承受那之前之后的旷漠。说“最爱”，往往只意味着一生缺爱。说“刻骨铭心”说“空前绝后”，多半不过是见识浅陋——除非你是阿姆斯特朗，曾经上过月球。

当然了，说穿了不过是我懒。反正，要在比北极圈还寒冷的地方，洗手作羹汤，哪怕是过年，哪怕是年夜饭，我都不太愿意。

有朋友对我嗤之以鼻，说：“女人一生的幸福，就是为心爱的人亲手做饭，再看着他一口一口吃下去。”

我看着他，微微一笑，答：“其实，我是直男。”

# 你的锅巴粉，我的豆丝

地是湿的，以为下过雨。原来是洒水车，早早来过，为了给小城一份湿意。来贵州一周，一次雨天也没遇见，看来“天无三日晴”的古话已经失效了。

在镇远，清晨略有凉意，我约上女伴，去街边小店吃昨天已经看好的枞树菌子粉。一呼一吸间有水的味道，想是不远处的舞阳河。日头还早，大部分门面都关着门，只有门两旁的红对联，红红火火着。

坐定等人家上粉，我忽然看到隔壁桌的男人，面前的大海碗里，是一碗绿绿的、宽面条一样的东西。我直觉：豆丝。

——豆丝是武汉小吃，用绿豆与大米制成的绿豆米粉，跟我现在看着的，几乎一模一样。但我从小就知道，面窝、豆皮、豆丝，是武汉独有，怎么会在边陲小城的镇远遇见？

男人碗里的“豆丝”，有一两厘米宽，说是绿更接近灰，像树阴下深深的水潭，幽沉的绿，加了多多的辣椒酱，更是碧波上落满桃花瓣。男人没觉得这画意，筷子搅搅，胡噜噜吃起来。

老板端碗过来，我向她指指男人的桌子：“那是什么？”

老板回头一看：“锅巴粉。”

锅巴能做粉？那一壳金焦只怕下锅就散了。要不然是指用锅巴当配料，相当于牛肉粉、鸡杂粉的意思？伸长脖子也没看出碗里有锅巴。

“怎么是绿的？”

老板已经走开，没听见我。同行女伴看一眼：“菠菜面吧，用菠菜汁，要么其他菜汁也行。”

不，那表面上海绵一般疏疏的印子，是我从小看熟的，米粉蒸制过程中留下的气孔。

菌子粉很美味，但我的胃似乎还有一点儿空位，我像个贪婪的男人，才下了原配的床就幻想小三的身体。我蠢蠢欲动，想再点一碗锅巴粉。但当着朋友面，这么早暴露我大肚汉的本质，以后还能愉快地玩耍吗？

犹豫再三，最后毅然决然，跟女伴……回酒店了。拒绝近在眼前的诱惑，真需要勇气。

中午饭桌上，我特意问陪同的宣传部长：“锅巴粉是用什么做的？”

她的答案证实了我的推想：“绿豆和大米。”

回汉后在电脑上一查：绿豆锅巴粉……首先将大米、绿豆根据需要按一定比例用清水淘净，除去杂质、泥砂、糠皮等，用约30℃的温水浸泡24小时，待完全泡胀后，磨成稀稠适度的绿豆米浆，斟入铁锅内烙成……因制作过程跟用饭蒸锅巴相似，故名之曰“锅巴粉”。

是的，这就是豆丝。异名同质，就像Bruce Lee和李小龙，或者凤梨与菠萝，顶多配方略有区别。

豆丝是个几乎无厘头的名字，很难想象它其实是指绿豆米粉。武汉之外的人，都会毫无疑问地当作豆腐丝。和朋友说“我爱吃豆丝”，他们就会好心好意地给我叫一盘凉拌豆腐丝或者大煮干丝。只有唐鲁孙几次提到：“武昌的牛肉豆丝，远近知名。”

还有一次，他在1930年代的旧上海，想吃武昌谦记牛肉和汤糊豆丝。朋友便打电话为他安排了一家湖北家常菜馆。“这家饭馆没有门面，是一栋三楼三底石库门住宅。门口虽然挂着漆有‘小圃’两个字的门灯，要不是熟人引领，谁也不会注意……我们那天吃的是珍珠丸子、粉蒸子鸡、鱼杂豆腐、糊汤豆丝……汤糊豆丝的豆丝，更是湖北省的特产。有人说山东龙口的粉丝，江苏扬州的干丝，湖北武昌的豆丝，这三丝都具有地方性的特点，别处人仿制也仿不来的。”

除了在唐老书中，在哪里我都没听说过汤糊豆丝。但想来就和糊汤粉一样——用两三寸长的小鲫鱼，小火彻夜熬制，熬到骨肉鳞鳍尽化，整锅浓汤如羹如糊，能鲜掉眉毛，回味还带点清甜。用这浓汤下米粉，端出来一碗素白，热气缭绕。不必其他佐料，加一勺胡椒、撒一把葱花，是银白群山上露出一点两点雪松的苍绿。有的店，还会放红红的辣萝卜，便是《红楼梦》了：白皑皑一片大地真干净，贾宝玉一身大红袈裟倒身下拜。糊汤粉是下米粉，汤糊豆丝当然就是下豆丝。

馋虫早被勾起，几天后我上街，专程找个粉面馆要了一碗牛杂豆丝。拈起筷子，热气腾腾，我突然想对豆丝说：“知道吗？我在镇远，遇见了你的同胞双生兄弟。万里迢迢，山长水远，你们是如何失散的？谁是你们共同的那个母亲？”

忽然心念一动，想起离开镇远前的一天，我随众人参观镇远万寿宫：倚山而建，本是道观却供有观音，是对俗世的将就；建筑全曲曲折折、忽高忽低，是对山势的迁就；岩石上飘然而立一枚三角型小亭，是对地势的俯就。内有中元洞，传说张三丰曾经在洞中炼丹传拳。石缝间一线平坦的石床，便是他老人家当年坐关处——我一听吓一跳：张三丰不是武当派开山祖师吗？再不熟他身世，《倚天屠龙记》还是看过的，怎么会到镇远处？元明两朝又没高铁，难道他靠道家神功御风而行？

女伴笑我太唯物主义：“世外高人有什么做不到的？”

我反正不信，就像我不信张三丰活了两百多岁一样。但此刻，狠狠吃一口豆丝——好喜欢它韧厚的口感，在齿间似断非断；也爱它淡淡的绿豆香，像把五月初夏压缩保存，随着一咀嚼，解压释放——说不定，女伴说对了呢？

不仅镇远有锅巴粉，铜仁、湖南新晃也有，而且都当作本地独一无二。也许是人民群众同时心有灵犀，在不同机缘下发明了类似食物；也许是在那浩渺的时间长河里，有人曾一袭蓑衣、一把雨伞走天涯，除了口传心授的几部经卷在脑海、喜爱的食谱在肚囊以外，不带一物。他所到之处，脚印里都开出花来，是他留下的文化，一如蜜蜂授粉，或者大雁报着春的信息，也许就是张三丰呢？

更可能是成群结队的移民。在中国几千年来的动荡里，总有人，为了求一线生机，扶老携幼，带上所有家当，正在下蛋的老母鸡便揣在怀里。可能他们自己也不知道，他们把说惯的语言、视为理所当然的风俗、从小吃到大的口味……也随身带上了。

我幅员广阔的故国呀，曾有多少甘愿不甘愿的旅人。他们来自哪里，最后埋骨于何处，到底“豆丝”是最开始的小名，还是“锅巴粉”是？再没法知道。

而作为吃货，我还有一件念念不忘的小心事：在镇远街头，我还看到了“黄锅巴”的字样，难道是指黄豆米粉？不亲口尝上一回，不甘心呀。

我想，我还会再去镇远，哪怕只为了锅巴粉与黄锅巴。

# 你要甜还是咸？

## ——经济适用男伺候不起豌豆公主

去绍兴第一天，当地朋友请我吃饭，我一看到菜单上有“黄鱼鲞蒸百叶包”，眼睛一亮：“就要这个。”

我少时爱读林斤澜，他反反复复说过好几次黄鱼鲞——在他们家乡叫白鲞。小时候他馋肉，不爱吃，长大后客居北京吃不到了，一辈子耿耿于怀。到老了与故里乡亲们说起童年时自己的不分好歹，带笑自斥：“憨得像宝。”少年轻离别，到老不能忘，能让人记到骨头里的美食，不可错过。虽然林斤澜是温州人，但与绍兴同属浙东，不过三百公里之遥。

菜式很雅致：鱼身银青，百叶沉黄，汤汁静如平湖，油花便是水面倒映的圆月。细品品，应该是暴腌了两三天，刚刚带点儿咸意思，恰能抛砖引玉，更好地衬托黄鱼本身的清甜。腌过的鱼肉略略收紧，正像短跑运动员在发令枪即将响起之前，全身绷劲的紧张与优美。

真好吃，我一口一口吃个不停。当地朋友客气让着我，另一位同行的女伴吃不惯南方菜，于是，整盘鱼鲞，我一个人干掉。

第二天不劳朋友作陪，与女伴逛过书圣故里后，我还念念不忘黄鱼鲞，特意在网上挑了一家注明“绍兴传统风味”的馆子吃晚饭。

黄鱼鲞烧肉热腾腾地上桌，老板娘边布菜边跟我们说：“这个很香的。”我眉开眼笑夹一筷子，一入嘴——人“乒”一声冻住了，半天眉眼口鼻都舒展不开，齁得说不出话来：我完全就是吃了一整块盐嘛。

我想喊老板娘："是不是盐放多了？"但汪曾祺自然而然浮现在脑海："周作人说他的家乡整年吃咸极了的咸菜和咸极了的咸鱼，浙东人确实吃得很咸。"毫无疑问，我昨天吃的，是为游客设计的改良版，今天的才是原装正版。汪老诚不我欺，除了"咸极了"，再找不到其他形容词。

这黄鱼鲞，绍兴人也吃了千百年吧，尼姑摸得，我摸不得；本地人吃得，我吃不得？定定神，喝了一大口甜酒，我开始一小口一小口艰难地品尝：不知道腌了多久，已经完全不像鱼肉了，口感跟土一样，腥咸淹满喉咙，我隐隐尝出即将腐败的味道。嚼呀嚼，一会儿觉得在吃积满灰尘的抽屉，一会儿觉得在吃血垢成泥的古战场，好久好久，终于触到隐约的……回甘。好家伙，咸死我了。

老板再上菜时，我忍不住问："这黄鱼鲞，那么咸？"老板一脸茫然："不咸呀，那个好香的。我跟你讲，有些男的，就那个，能吃三碗饭。"三碗都算少的！我打着减肥之名，没要米饭，为了压住咸劲儿，足足喝了一瓶半甜酒。

女伴只舔了一口，就大叫咸，一口不吃。霉菜梗蒸黄豆腐、椒盐小土豆……无菜不咸，她提着筷子张望满桌的花红柳绿，筷子硬是放不下去。

她愁容满面："绍兴菜怎么咸到这程度？"

我说："这说明绍兴以前穷，穷地方的菜都咸。"

她白我一眼："以前中国哪里不穷？"

我想都不想："苏州。上有天堂，下有苏杭。"

那一年我去苏州，大清早就拎着小手包满街找吃的，细雨沾我一身。找一家老字号，很土豪地点了一堆。鳝糊面上来，我吃一口，大吃一惊：鳝糊怎么是甜的？小笼包上来，再次一惊：小笼包也是甜的？到焖蹄上来，我已经受惊疲劳了……

晚上与朋友吃饭，当然也是诸菜皆甜，她还特意为我要一碗糖粥：白粥上浇了红豆沙和赤砂糖。我满口甘香甜糯，由衷地说："苏州菜真是甜，甜到心里去了。"她本能地护卫本地，答："苏州菜不算甜，无锡菜才甜。"想一想又说："也可能是我吃了几十年，习惯了，对甜味不敏感了。"

她告诉我：苏州自来是温柔富贵乡，明清年间，大户人家普遍抽鸦片。那物儿抽久了嘴里发苦，必得吃个甜口解解闷。积久成习，苏州菜越来越甜。原来如此。

关于绍兴吃食，周作人写过不少，《故乡的野菜》《萝卜与白薯》等，有一篇《记盐豆》："小时候在故乡酒店常以一文钱买一包鸡肫豆，用细草纸包作纤足状，内有豆可二三十粒，乃是黄豆盐煮漉干，软硬得中，自有风味。"他写得诱人，细想想不就是孔乙己的茴香豆吗，有什么可吃？难怪张爱玲刻薄他："周作人写散文喜欢谈吃……不过他写来写去都是他故乡绍兴的几样最节俭清淡的菜，除了当地出笋，似乎也没什么特色。炒冷饭的次数多了，未免使人感到厌倦。"二先生应该是吃不厌的，并且从这节俭清淡里得到教训"第一可以食贫，第二可以习苦"，而苏州，包天笑的《钏影楼回忆录》里面一说到吃就是："新年里还有种种的点心。有规定的年初一、年初三要吃圆子（一种小的汤圆）；年初五要吃年糕汤；元宵节要吃油堆之类。不规定的，则有年糕、春卷、粽子、枣饼、鸡蛋糕、猪油糕之类，名目繁多。"后来他家道中落，不得不去人家做教书先生，这是寒酸卑微的营生，却满纸都是吃吃吃："膳食的确是很好，每天三荤一素，饭是开到书房里来，我一人独食，学生们到里面去吃，不陪伴先生。最初几天，在吃饭以后，他们的厨子，到书房里来问道：'师爷明天想吃些什么菜呀？炒腰虾好吗？鸭杂汤好吗？韭芽炒肉丝好吗？'……除了午饭、夜饭两餐之外，还有两顿点心，即是早点晚点，（早点）他们便送粥进来了，常有很好的粥菜，如火腿、熏鱼、酱鸭、糟鸡之类。晚点不能吃粥，那就无非馒头糕饼等等。"一个人，三荤一素，还外加两顿点心！看得我恨不能穿越过去当家庭女教师了。

那越咸的菜式越少，甜蜜蜜的花样百出。显然是：一咸一甜，贫富立见。

大概，跟苏州的甜一样，绍兴的咸也是一种需要而非爱好：第一物产不丰富，必得腌制食物才能度过青黄不接或者漫漫长冬。盐是防腐剂，非得多放盐才能储存很久。第二咸菜下饭，能省下不少菜金。第三体力劳动者会大量出汗，也必须补充盐分。

我突然心念一动，问女伴："你要甜还是咸？"

我在长沙工作的时候，吃过一种糯米粉团，叫"姊妹团子"。分两种，一种捏成石榴模样，是香菇鲜肉馅；另一种捏成蟠桃形式，是红枣麻仁白糖馅。都一样皑皑如雪，一盘子白石榴、白蟠桃端出来，服务员挨个儿问："你要甜还是咸？"

为什么叫姊妹团子呢？传说曾经是两姐妹开的店，大姐贤惠能干，小妹甜美活泼，正如"张恨水的《秦淮世家》里，调皮的姑娘叫小春，二春是她的朴讷的姊姊"。爱吃粉团的客人，每天都要犹豫：要甜还是咸？爱慕两姐妹的少年郎，更得思索了：要糖心佳人娱情娱色还是贤妻良母家中宝？附近的女子们，仿佛也被天天提示：你要成为人家掌心的蜜糖儿还是天天操持井臼的贤妇人？

还用问吗？若长了一张李双双的脸、一副郑海霞的身板，一看就是大义凛然的生产队妇女队长，必须选择贤呀，哪儿有卖相这么差的甜品。反之则海阔天空，够甜就是贤惠，对大部分男人来说：美貌即美德，魔鬼身材天使面孔一定有一颗金子般的心。

同理，经济适用男伺候不起豌豆公主，能勤俭持家的贤惠人儿才是标配。而对王思聪来说，甜妞儿、辣妹子、酸溜溜的女文青……可以通吃，他大概不知道贤惠是什么意思。

不管爱与不爱，最终选贤还是甜，其实只取决于：你是什么人，是挥汗如雨的苦力还是安居终日的富贵闲人；你面对的是什么，是生存还就是给日子调味；你最终要到哪里去，这一生的食粮与陪伴，是盐分还是糖。

而其实，咸与甜，不可或缺。

# 美食亦要文人捧

冬日天黑得早，才傍晚六点多，书巷故里已经寂如深夜。我与女伴在旁逸斜出的巷弄里，用手机导航，找一家在网上看好的绍兴土菜馆。

小城想是睡得早。家家闭门闭户，巷弄里看不到行人，只有红灯笼轻轻摇摆，小路尽头一片幽暗。突然听见清脆的自行车铃声，一辆骑得飞快的车从我们身边经过。前头蓦地大灯雪亮，是到菜馆了。

我专程点一份“霉菜梗蒸黄豆腐”：大粗碗里，黄黄的大豆腐上面，垒满寸许长、细竹节样、马克笔粗细的菜梗。夹一根，就像吃竹竿，硬硬的。试咬一口，咬不动，一粗丝一粗丝全是纤维，更像竹子了。吮吮，倒还有滋有味，汁水滑腻腻地进了口，确像咸味果冻。

我一眼没留神，就看到女伴一根一根把菜梗全挑出来扔掉了，大骇：“你干什么？”

她说：“这个又不能吃。”

我啼笑皆非：“不能吃我点它干嘛？”

——不怪女伴，这老得跟竹鞭似的、完全咬不动的东西，要不是我读过汪曾祺，我也不会知道它是臭苋菜梗，更没想到它能吃。

汪曾祺写道：“臭物中最特殊的是臭苋菜梗。苋菜长老了，主茎可粗如拇指，高三四尺，截成 2 寸许小短，入臭坛。臭熟后，外皮是硬的，里面的芯成果冻状。噙住一头，一吸，芯肉的即入口中。这是佐粥的无上妙品。我们那里叫做‘苋菜秸子’，湖南人谓之‘苋菜咕’。因为吸起来‘咕’的一声。”

他的书，我反反复复读过不知多少遍。今天一看，实物与他笔下所写，几乎一模一样，我有一种“不出所料”的得意。

点这个菜，像朝圣。汪曾祺写吃食的散文，很是影响过我的饮食结构。

我小时候，家旁边全是荒地，家家都辟成菜园，我家也不例外，春天是莴苣，秋天是洋姜，一到夏天，竹叶菜（即蕹菜）、汤菜长得满山遍野，这俩东西都贱生贱养，掐了长，长了掐，一家人吃一个夏天。书上说：“革命党人像韭菜一样，割了一茬又一茬！”比喻成竹叶菜也行。

汤菜又叫木耳菜，长得厚嘟嘟，确实像大片绿木耳。它入口滑溜，我不太喜欢那口感，还要连吃三个月，越吃越烦，最后只要在餐桌上看到它，我就使性子：“天天吃这个！”

直到有一天我读到汪曾祺：“我有一回住在武昌的招待所里，几乎餐餐都有一碗绿色的叶菜做的汤。这种菜吃到嘴是滑的，有点像莼菜。但我知道这不是莼菜，因为我知道湖北不出莼菜，而且样子也不像。我问服务员：‘这是什么菜？’——‘冬苋菜！’第二天我过到一个巷子，看到有一个年轻的妇女在井边洗菜。这种菜我没有见过。叶片圆如猪耳，颜色正绿，叶梗也是绿的。我走过去问她洗的这是什么菜，——‘冬苋菜！’我这才明白：这就是冬苋菜，这就是葵！那么，这种菜作羹正合适。”——这不就是汤菜吗？

采葵持作羹，羹就是汤，难怪我们叫它汤菜。它也确实适合煮汤，盛夏天气，切块嫩豆腐，氽点儿瘦肉，下一把汤菜，煮出来汤清叶绿豆腐白外加肉色隐隐，简直像淡笔白描的国画。

我仿佛今天才认识汤菜，激动的心情难以平抑，主动要求去掐汤菜为晚饭做准备：汤菜生得矮，密匝匝一地碧绿，连日晴旱，那叶片却像刚淋过雨，冗自绿得油光水滑，汪了一园子。这不就是“青青园中葵”的景色吗？

突然间，觉得对它好抱歉：你是这么古典雅致的植物，像公主落难在民间，恕我眼拙，没有从你的蓬头粗服认出你千年一系的高贵血统。

我从此开始喜欢吃汤菜。

吃鱼腥草，也跟汪曾祺有关。他写过：“有一个贵州的年轻女演员上我们剧团学戏，她的妈妈远远迢迢给她寄来一包东西，是‘者耳根’，或名‘则尔根’，即鱼腥草。她让我尝了几根。这是什么东西？苦，倒也不要紧，它有一股强烈的生鱼腥味，实在是招架不了。”

20 世纪 90 年代，我第一次去贵州，桌上有一小盘凉菜：黄黄的小菜梗，圆珠笔芯般粗细与颜色，弯弯曲曲，像缩微的山药，弯弯曲曲。众人一尝，纷纷大呼“受不了”，“呸呸”吐。主人赔笑介绍：这是鱼腥草。我眼前一亮：原来这就是汪老也招架不住的鱼腥草，赶紧尝尝——我是惯吃鱼虾的南方人，还真不讨厌那鱼腥气。

因为老舍与梁实秋，我在北京一定要喝豆汁。所有人都说：“你吃不下的。”他们是对的。但不试一次，我简直对不起《四世同堂》和《雅舍谈吃》。有多少人，像我一样，只因读过他们的书，捏着鼻子尝一口豆汁后，就全碗倒掉？

因为白先勇，我在桂林坚持要找马肉米粉，最好是“花桥荣记”——没有？真的没有？真的只是他虚构出来的一爿店？陪我的当地朋友失笑，头连摇，大波西米亚金耳环直甩直甩，却让我想起玉卿嫂的一双杏仁大的白耳坠子，刚刚露在发脚子外面。

看土耳其作家的《七屋》，我立刻上网买土耳其软糖（Lokum）：厘米大小的小方糖，像浴室壁上的小块方砖，软咚咚的。一块块玫瑰红、柠檬黄，又洒了糖霜椰粉，是方砖上雾了层水气，朦胧中更显娇艳。看着就觉得甜得牙疼，果然。

北欧作家常常提到甘草糖（salmiakki），我怎肯放过：那味道，像八角、桂皮、各种作料裹了糖衣，我全因为好面子，才不好意思当朋友面吐出来。说不出是咸是辣是甜，只能称为怪味，跟它比起来，怪味豆的滋味是多么和谐统一。

岂能读过《追忆似水年华》而不想吃马卡龙（Macaron）：七彩缤纷的小圆饼，合盘端上来像德加名画《粉红与绿》，既诱惑又无邪。味道如何？一个字：甜。三个字：太甜了。甜得让我为血糖担忧，一个都吃不完。

会沿着书本觅食的，不止我一个。民国才子苏曼殊酷爱小仲马的《茶花女》，茶花女最爱摩尔登糖，恩客上门莫不送上大包糖果。曼殊爱茶花女及摩尔登糖，日食三袋，自称“糖僧”。当时女仆月薪不过一元，他坐船外出时却会买几百元的摩尔登糖当零嘴——船未到岸，糖果已尽。有钱的时候，他买数千元的摩尔登糖分给众人。没钱怎么办？从朋友口袋里硬抢！还有一次，他索性把口里的金牙敲下来变卖，就为了买糖。拔钗沽酒是雅事，拔牙换糖可真的太那个了。

他原本就是嗜甜之人，贪嘴不自律。柳亚子有一次送他二十包芋头饼，他一顿干光，第二天肚子疼得起不了床。这种暴饮暴食绝对是对身体的摧残，他在 35 岁那年就因病去世。包天笑曾这样写过他：“松糖桔饼又玫瑰，甜蜜香酥笑口开。想是大师心里苦，要从苦处得甘来。”

摩尔登糖是什么？原来是法式名点糖渍栗子（Marron Glacé）：栗子去皮后保持完整，煮熟后，投入 10% 浓度的香草糖浆中小火煮沸，再浸泡 24 小时。捞出后，把糖浆加浓到 20% 浓度，再次投入栗子煮沸浸泡……反复若干次，糖浆浓度次次加高，又加入朗姆酒，最后一次捞出晾干至不沾手即可——是不是很像糖葫芦？只不过把山楂换成了栗子，想起来也很让人流口水。

我馋痨病发，立刻上万恶的淘宝——居然无售。真是欲剁手亦不可得矣。

我是武汉人。武汉是鱼米丰美之乡，佳食甚多，武汉人爱吃爱喝，对本地的饮食文化也颇为自得。只可惜欠缺懂吃会写的食家代为扬名，因此不太为众人所知。

与武汉吃食有关的文学作品，我印象较深的，当属池莉的《生活秀》，女主角是在吉庆街卖鸭脖子的。小说反响不俗，搬上银幕后，小陶虹操刀剁鸭脖的风采，几乎算得上飒爽英姿，鸭脖在大银幕上看上去，也像格外好吃。

这部小说对武汉的鸭脖事业，绝对功不可没。到现在，鸭脖已成为我会友时最常带上的本地土仪，惠而不费的手信。满街的鸭脖品牌，我挨个儿全给朋友们快递过。凭这个，武汉鸭脖协会——如果有这个机构的话——就应该给池女士赠块匾。

杭州西湖的风光与武汉东湖几无二致，但前者名动天下，后者不过是一个湖。这没什么可说，郁达夫有云：“江山也要文人捧，堤柳而今尚姓苏。”去西湖，为的是梁祝、白娘子与许仙、苏轼与白居易，这才是它的核心竞争力。

我借用一下："美食亦要文人捧，鸭脖人说武汉好。"作为文人，我能为武汉吃食，做些什么?

我爱吃，虽然怕胖。我也爱我的家乡，虽然人微言轻，没啥用处。但如果能够，我也愿意多写写武汉以至湖北的吃食，总归会有人读了食指大动，淘宝下单，或者到武汉的时候，买上一两次。也算我为拉动家乡的 GDP，稍尽过绵薄吧。

# 汪曾祺笔下的地瓜究竟是什么？

1948年，汪曾祺在上京途中，给黄裳的信中写道："我对于土里生长而类似果品的东西，若萝卜，若地瓜，若山芋都极有爱好，爱好有过桃李柿杏诸果，此非矫作，实是真情。"萝卜人人都知道，地瓜在很多地方——比如河南山东——就是番薯（文中食物皆有异名，故而尽量采用学名，以下均按此原则），但又提到了山芋，这是江苏上海一带对番薯的称呼。汪老是高邮人，他当然也会用山芋这个词。问题就来了，如果山芋是番薯，那地瓜是什么？

因为他说到"类似果品"，我便想起，今年夏天，暑假将尽时，朋友来看我，我带着她去买菜，顺带参观世情。快出菜场时停步："我们买点儿地瓜当水果吃。"朋友以为本地有生吃番薯的习惯，小吃一惊，但也打算入乡随俗。不料看我捡起几个矮矮扁扁、像白色小南瓜、也像放大的蒜头的东西——她有恶趣，说像"几个屁股连在一起"——她大吃一惊："这是地瓜？"

我才意识到她不认得："这里叫地瓜，我也是后来上网查到它叫凉薯的。"——学名是豆薯。

不过有时，卖菜人也叫它白薯。理由显而易见，白色的薯嘛。他们并不知道，在北京，白薯是指番薯。

小时候过北京不算，二十年前，大约是我成年后第一次上北京。朋友请我在小馆子吃火锅，涮菜里赫然列着：白薯。我好奇心重，立刻就问服务员，服务员想来被我问蒙了，不知道如何解释，转身登登登走了，亲自抱着实物出来给我看——哦哦哦，原来就是无人不知谁人不晓的番薯。好丢脸。又像装高贵，假装五谷不分以彰显自己是豌豆公主。

回想起来，不知白薯是红薯，是没道理的事。因为我从小看“京派小说”，老舍、邓友梅、叶广芩、王朔……个个都提过烤白薯。

老北京城的记忆，是冬天的吆喝声：只要兜里还有个制钱，一听“烤白薯哇真热乎”，非买不可；饿瘪得像臭虫的穷人，瘦得起棱的狗，买不起，围着烤白薯的挑子，靠那一点热香苟延残喘；大院里的穷孩子，有时候只能买一斤麦茬白薯（山东、北京等地，番薯分冬春两季，麦茬白薯指收麦之后种植的冬番薯），连皮带须子都吞了下去；当今盛世，过健康生活、青春活泼的女孩子，“跑完步气喘吁吁，站在路边吃焦脆的炸油饼和松软的烤白薯”，还最爱吃烤白薯焦黄的皮，男人就把皮都剥给她。

我看书从来喜欢看吃，读得津津有味，但当时没有网络，我又不求甚解惯了，从来没想过那是番薯——在湖北，它被称为红苕。苕是个古字，《诗经》有之：“苕之华，芸其黄矣。”但此处苕念“条”，是凌霄花。湖北话里的苕念“韶”，就是番薯，别无他意。“苕粉”是番薯粉，“苕面窝”是番薯面窝，“苕货”是不严重的骂人话，是“笨蛋”的意思，可能是一场大架的开头，也是对爱人对小孩的亲昵称呼，且笑且嗔。

不过我很早就知道地瓜是番薯。因为我妈是河南人，她就是这么说的。四岁那年，外婆去世，我妈带我和二姐回家奔丧。丧事长短一概不记得，就记得我在蓝天下打秋千——清寒的冬天，天蓝得让人别无他想；另一个细节是，床边堆满地瓜干，我整天不住嘴地吃。都睡下了，嘴里还在嚼呀嚼，嚼着嚼着睡过去了，第二天醒来，地瓜干还在牙齿间。满嘴皆酸，是糖被唾液里的酶分解了，又发酵了一夜的后果。——活该我中年之后，要一次次去口腔医院。年少时的愚蠢，老了都要买单。

知道“山芋”是番薯，比知道“白薯”更晚。虽然我也是十来岁就看张爱玲，里面屡屡提到“烘山芋”，但当时我没想到它就是“烤番薯”。

关于烘，南方人很熟悉。武汉和上海一样，冬天没有暖气，时常连日雨雪，被褥只能将脏就脏，一冬不能换洗。衣服洗过了经久不干，只能放炉子、火盆上烘一下，借人工热度，烘出袅袅湿气，逼它渐干。一冬天，满屋子铺天盖地都是这些半湿半干的衣物。

现在科技进步，烘的工艺不变，器具变成电油汀、电暖炉、电加热器。费电得很，一晚上十几度电。又不安全，说明书上都三令五申表示：禁止搭衣服。而且一般只能烘干，烘出一段微热的烟火气就不错了。要到能烧熟食物的程度，非着火不可。估计上海话里面的“烘”跟我们说的“烘”不完全一个意思吧。

但一旦知道了，再读张爱玲的《道路以目》：“烘山芋的炉子的式样与那黯淡的土红色极像烘山芋。”还真是。从小看到大，烤红薯的炉子都是直直的大圆筒，多半是汽油筒，外面刷了砖红的漆。卖的人不时伸手或者钩子进去探摸，把烤好了的番薯，垒垒地堆在炉口上，一种惨淡的大丰收景象。

有山芋，自然就有洋芋。也是快二十年前，我第一次去昆明，晚上脱离大部队和朋友吃烧烤。把所有我不认识的东西都点了一遍。端上来一看：啊，烤洋芋就是烤土豆片，洋芋粑粑就是土豆饼。

之前我顶多知道土豆又叫马铃薯，还是我第一次吃肯德基被人家教育的结果。店员递出薯条来，我不接，与他大眼瞪小眼：这是什么薯？这是土豆。为什么不叫土豆条？土豆学名马铃薯。现在当然大家都习以为常了，薯片是土豆片，炸洋葱薯圈是洋葱土豆圈。

倒是有一次我在一家写着台南盐酥鸡的小店，点甘梅薯条和椒盐薯条各一份，结果前者是番薯条，后者是马铃薯条。平时不理会，这么放在一起一对比：番薯条香润满口，是憨笑着的红脸大汉，魁梧身形下有一颗甘甜的心；马铃薯条则是黄种美人儿，黄白瘦高，看着如枪似棒，入口真面，可以随便欺负。

总之，我在昆明的时候，边吃边想：番薯叫山芋，马铃薯叫洋芋，是否可以证明，番薯传入中国在前，已经抢先被国有化了，马铃薯则一直被当作外来品？不好说。

又情不自禁想起芋头来了——还是它最老实，就叫芋头，偶尔叫个芋艿啥的，也不大会有歧义。白芋长得寒酸，荔浦芋头真像番薯——一查，不同目不同科不同属。

中学时候，学过一篇古文叫《芋老人传》，是个类似翡翠白玉汤的故事：穷书生在风雨之夕，“衣湿袖单，影乃益瘦”，遇见贫家老人的“煮芋”，连吃两大碗。书生登上天子堂后，以宰相之尊，还记得煮芋的“香而甘”，以怀旧之心一尝，“辍箸”。

芋老人趁势进谏：芋还是那个芋，变的是大人你呀，“时位之移人也”。可不是，小时候再怎么巴巴盼望迪斯尼乐园，为人父母后带小孩去玩儿，只觉得排队累如狗，毫无兴致。

而我好奇的仅仅是：老人煮的，到底是山芋、洋芋还是芋头？番薯、土豆和芋头，这三种都能白煮。

番薯最可爱，也最“香而甘”。但其实还是芋头最有说服力，白芋面面的，口感就是“淀粉”二字，白煮一点味道也没有。闽南佳肴“芋泥”，要放很多很多能甜死蚂蚁的糖。所以，如果觉得它“香而甘”，才真是力透纸背的饥寒交迫。

类似这样的食物异名，还有吗？多得是。

我刚去北京时，在餐馆说莴苣没人理会，点青笋——上来的是莴苣。也有理，莴苣也叫莴笋，而且确实一根碧青。竹笋倒是粉白的，所以笋片又叫玉兰片，大朵大朵的。

客居近十年，也习惯了。后来有一年我在长沙工作，那天大约是小年，天色灰暗，下着茗粉般微灰黑的雨，满地泥泞，可是街上的人都穿得喜气洋洋，手里大包小包，全是年货。我独在异乡为异客，未免有些自怜，就找了个街坊小馆子，打算给自己过个年。

点个“干笋肉丝”——上来的是干竹笋，我居然愣了一会儿才反应过来。这不是人家的错，叫竹笋是笋天经地义，干笋笋干都指同一种东西。莴苣干就是莴苣干或者莴笋干，从来没见过叫笋干的。叫青笋干也不像，因为晒干后的莴苣是暗绿色。

但可能我当时心情不好，提筷在手，心中更黯然：你以为向命运下定单，就能依照“宇宙吸引力法则”心愿得偿？你和老天，用的不是同一个命名体系，你要的，它给的，不是同一件东西。你乞请牡丹与玫瑰，得到的不过是链与鞭。最后只能对自己说：失望，对于生命来说，是很平常的事。

那天没吃完就走了。下着雨，一气走了好远回租屋，大衣浸得精湿，沉重如盔甲，如生活本身。

最近读台湾女作家陈淑瑶的《流水账》，书如其名，娓娓道来的流水日子。她写了十年，我断断续续，看了四个月才厘出头绪、品出味道：开篇就说向农会借花生贷款，文中一直在种土豆。“忙种土豆啊，趁下雨土湿要连快种，踢土豆，把土豆踢进土里”；小情人缠绵，在银白色、会哗哗作响的土豆藤上；年轻人出外打工，抱怨辛苦，老太太答：“会比掘土豆艰苦？”奇怪，既然种土豆，为什么借花生贷款？

终于看到一段：“去年我那拣起来的土豆一斤可以剥仁十二三两，普通的嘛有剥八九两，土豆仁一斤四十块咧！挂壳的一斤嘛卖二十几块！去年土豆仁卖三百斤，挂壳的卖两千外斤。”才恍然大悟：他们说的土豆就是花生。真也形象，土里的豆子，而且也是外荚里仁，和黄豆、四季豆一样。意象上远不如落花生美，但更老实本分。

好奇一搜，淘宝上真有“土豆酥糖”卖，点进商品页面上，认认真真介绍着：花生糖、镰刀、牛杂，曾并称“中坜三宝”。“在那没有机器代劳、凡事全靠手工的时代，作贡糖的花生都是在石臼上一杵一杵研磨成粉末的，灶下烧的从木头、木炭、煤炭、重油、柴油、一直到现在的瓦斯，往往大热天前头炒花生，后头背孩子，孩子热得哇哇叫，自己更是汗水淋漓，浑身湿透。”

商品名称是土豆糖，介绍却是花生糖，进店客人估计看得一头雾水，以为是复制粘贴错误，老板也不晓得要说明一下。大概他以为尽人皆知，从没想过，中国幅员广阔，很多家喻户晓的事，那家与户都只限于你府上方圆五公里。

就像我以上说的这些，可能也有很多人嗤之以鼻：也值得拉拉杂杂说这么些吗？这不是常识吗？我只想说明：中国太大，世界更是比大还要大，你以为的常识，只是你以为的。你叫它是地瓜，但在其他语境里，地瓜是其他东西。你认为别人错了，但在别人的世界里，他是对的。在争论、指责甚至决战之前，最好先弄清楚，你们说的，是不是同一件事，同一个概念。行万里路，读万卷书，吃万家食，才是增长人生智慧的至理。

写到这里，我自己都写饿了，但我还得惭愧地承认，我仍不知道最开篇时，汪曾祺提到的地瓜究竟是什么。

# 脚背上的朱砂痣

# 穿穿脱脱之间

——内裤与女人的数世缘

20世纪70年代，新锐派女作家出诗集，题献给自己的祖母，标题刻意标新立异:《不穿奶罩的诗人》。够前卫够恣肆吧？但是，三十年后，仍然没人敢出一本诗集《不穿内裤的诗人》。

周杰伦在小S节目上坦承不穿内裤，除非开演唱会；卫慧曾经把自己的照片和一段小说印在白色男式内裤上；莎朗·斯通扮演的女杀手在《本能》里自然地一跷腿，对面的检察官全春心荡漾——她没穿内裤。

爱人尚且不曾了解我身体的全部柔软，不能承接它所有的芳香，而内裤，默默地做到了。因此，也许内裤是比爱人更亲密更不可缺，是最温柔与最残忍的最后一道防线。

俄国沙皇彼得大帝1717年访问巴黎，骑马走过万众欢呼的街道，一位妇女一不小心，在他坐骑前方摔了一跤，顿时春光大泄。美丽女子窘极了，沙皇却只带着玩味的心情在回忆录中写下："天堂之门在我面前訇然打开。"

这一跤，是一个明证，让我们知道，18世纪，全世界最时髦的城市——巴黎，女性是不穿内裤的。而事实上，当时整个西方世界皆如此。我们现在朝夕相处、须臾不可离的内裤，原来历史这么短。

考古学家们发现过7000年前的兽皮缠腰带残片，古希腊的男人用麻布缠腰带，我们也在电影或者电视上，见到非洲蛮荒部落，男女们缠腰的厚布，但那是作为外裤而存在的，而且是劳动人民为了防止下半身受伤的工服，相当于牛仔裤。因此有历史学家怀疑，古希腊只有奴隶才用缠腰带，而自由民在长衫下面是一无所有的——无论男女。赤裸，显然是一种权利。

这种权利，一直延续着。西方社会学学者威勒所著的《内衣史》这样说："直到18世纪晚期，（女用）内衣只有一些罩衣、紧身内衣，以及很重要的、各种各样的衬裙。"很明显，这里没有内裤。偶尔看到古装色情片，也可以看到这样的镜头，女主角解开她累累赘赘、重重叠叠的长裙，哗一下堆成一座裙山，而她瞬间全裸。

整个中世纪的欧洲都没有内衣的概念，里衣只是为了保暖，以及在外衣跟从不洗澡的身体之间进行隔离，以便不用常常洗外衣。妇女穿用的里衣就是视保暖需要一层层添加的衬裙。

有作者在《来自底部的历史：妇女内衣及妇女体育的兴起》里分析说，真菌感染和阴虱可能是妇女两腿之间空空荡荡的部分原因，"20世纪之前的妇女所以不能穿短裤，是因为阴道炎总在威胁她们……阴道本身温暖湿热，被任何东西覆盖后，都会引起温度上升，令真菌利于生长，从而引发感染"。他们同时指出，因为当时的欧洲缺乏沐浴习惯，我们现在视为平常的每天洗澡换衣，在当时，即使贵妇名媛也做不到。那么，一条不经常换洗的布料在私处，确实比什么都不穿更不卫生。

这个解释不能说明一切，但应该有一定道理。因为较炎热地区的东亚女性，洗澡频率要高得多，她们就在裙子里面穿长衬裤，这种长衬裤，有人称之为闺衣。闺衣在文艺复兴时期传到了欧洲，慢慢改装成了束裤，长及脚踝，用带子在腰部和腿部束紧，形成灯笼状。这种束裤，在当时主要被视为东方情调的一种。

内裤，像其他流行一样，是从妓女、演员或其他色情业女性开始的。1727年，一位芭蕾舞女伶正在台上献艺，长裙被舞台布景绊住，她无可奈何地大走光，引发哄笑。更不用提卖大腿的康康舞者，在台上把大腿能踢多高就踢多高，裙子甩过头顶，她们的下身当然寸缕不着。巴黎因此通过一项治安规定："女演员或舞女，不着束裤不得登台表演。"束裤于是成为一种时尚服装，在追时髦的女性间流行开来。

到 19 世纪中期，妇解分子开始呼吁女性走出闺房，更多地参加社会活动和工作。要干活，身手轻便是第一要素，因袭千年的及地长裙，是极其不利于行动的。于是妇解分子们建议女性们改穿及膝中裙，同时配合一条宽松的、长及脚裸的裤子。这种裤子被称为“PANTS”，即便裤，此后成为家居裤、休闲裤及秋裤内裤的通称。

人类文明的进化，往往来自于一些极微小的事，仿佛蝴蝶抖抖翅膀，会引来暴风雪一样。1876 年，英国植物学家亨利·威克汉姆爵士花言巧语说服巴西政府容许他带着橡胶种子回国，假称要当作珍稀植物送给皇家花园，但事实上，他把种子运到了马来西亚。英国的橡胶园顿时突飞猛进，打破了巴西对橡胶业的控制，加速了廉价橡皮筋。到 1900 年，束裤已经缝上了松紧带，彻底摆脱了烦琐且容易污染、打死结或者掉进马桶的裤带。“内裤”一词也历史性地收入了词典。

而彻底结束女性下空状态的，也是一件不值得一提的小事，那就是自行车热的兴起。看过《飘》的读者都应该知道，旧时代的淑女骑马，是并着腿、侧坐在偏鞍上的，但任何人都不可能取这个姿势骑自行车，穿长裙骑车又很危险，有裙摆绞进车轮的可能性，于是，女性只有一个选择：穿裤子。

1896 年 11 月 15 日的《纽约日报》这样写道：“当自行车变成时尚，巴黎的女大学生也采纳了这项运动。”同时，《纽约太阳报》还注意到，巴黎妇女骑车时穿的灯笼裤，在其他公众场合也流行起来：“她们非常喜欢这种很随便，穿起来很方便的衣服。”巴黎在过去在现在，都引一代风气之先，渐渐地，全世界女性都开始效仿了。女性终于有了与男人一样的权利，那就是：穿长裤，而且在长裤里面穿内裤。

19 世纪法国女作家乔治·桑，饮烈酒，骑快马，放浪形骸，且一生以男装示人。一次她来到法国乡间一所教堂，看门老人阻止她入内，情不自禁地说：“先生，这里女性免入。”她的奇装异服让老人混乱了，明知道面前的是个女士，还是下意识地叫她“先生”。

而一生争取女性穿长裤权利的乔治·桑，大概永远不会想到，她曾经抱憾终生的梦想，以这样的方式实现了。

综上所述，很容易得出结论：一、科学改变人生；二、运动影响生命。但也有时尚评论家认为内裤的引进是因为“女性对自己的生命进行了更有力的控制，这是她们终于引进了另一种性防御的东西”。内裤可穿可脱，正如女人自行掌握自己的精神与肉体。女人的历史便是不断雕琢装饰自己身体的历史。

内裤究竟是不是性的一部分？

我曾经知道这样一个故事：一男一女，恋奸情热，到千钧一发之际，男人停步，因为女人穿着一条已经发黄了、还有洞洞的内裤，完全彰显她勤劳朴素的劳动妇女本色，却与性、与性感完全无关了。

而另一个角度：我们一定是进入青春期之后，才需要胸罩；我们要完全长大成人，才会穿高跟鞋，才会需要丝袜。这一切的用品，因此有更强烈的性符号含义，构成我们的第三性征。而内裤不同，从我们摆脱开裆裤的那一刻开始，我们就一直与它有关。

这大概就决定了，内裤不像BRA或者丝袜一样，站在时尚的最前沿，是隐隐约约的勾引，可彰可隐，是情爱场上的排头兵。内裤，则更像帅身边的士，默默无言，低眉不语，却是最后一道防线。穿与脱，不是诱惑，而是一言九鼎的决策。

最简单的内裤，人人都拥有：全棉，三角、四角、平角，维持了内裤最原始简单的功能——保持清洁卫生，以及在生理期方便使用卫生巾。大部分女性在青春期之前或者更年期之后，都会使用这一种，超市里十块钱三条。事实上，任何时段，只要你心灰意懒或者志得意满，放弃男女之事的征逐，这种内裤，永远是最舒服的。

但是，若“那情欲之火还不曾从我身上完全消退”，你的选择就会比较不同。

比如，你会挑选塑身内衣，其中必不可缺的就是提臀收腹裤。据说它的功能是将臀部与腰部赘肉收紧，引导腰腹和大腿赘肉向臀部转移，从而塑造出优美的腰形臀形。电视广告里，多的是这样一款长束裤，以及模特儿奔放的笑容。穿上身，确实难受，不由得让人想起那句名言：女人要对自己狠一点儿。女人对自己不心狠，男人就对你心狠，何去何从，内裤能当大任吗？

再还有，著名的情趣内衣。亲自以色相出发，勾引男人，最后一步，大概无非是，一手褪下乳纹内裤，嘤咛一声（这一声究竟如何发出，听觉效果为何，我至今不知），纤手一扬，小内裤飞入水晶杯……这一刹那，任是谁都不能不焚身以火了吧？蕾丝的华丽、玫瑰的凉、皮革的严厉、金属的黑色诱惑……它是为了脱才穿的内裤。

删繁就简三秋树，却让身体自行构成最大诱惑的，一定是丁字裤。它是三月，是内裤里的洛丽塔，是最清纯的恶魔，最邪恶的天使。爱它的人，永远欲罢不能；厌恶它的人，绝对退避三舍。

而起初，它只是为了让模特儿在台上，穿紧身裤时，不会露出里面内裤边缘的印子。而这样完全不经修饰却浑圆如桃的臀型，确实比严防死守的臀形，更令人情动似火。

它从T字台上走向普罗大众，缘于2003年4月，著名的内衣品牌黛安芬在英国一百多个城市贴出巨幅海报：蓝天绿地的背景上，四名身材火辣的女子露出只着四色丁字小裤的背影，她们轻踮脚尖，并佐以草帽、高跟鞋和轻活标语——丁字裤夏天来了。这则广告为它招来“史上最无耻的广告”的投诉——当然，这是老黄历，现在比它夸张几万倍的广告多得是。

而这则广告大概清晰说明了内裤对女性的意义：里面是无限春光，外面是花花世界，内裤是一道帘，将两者相隔。它是一枝红杏，出不出墙，由人自便。

有人认为，中国人早就穿有三角裤了。《史记·司马相如列传》：“相如身自著犊鼻裈。”从《史记》中对“犊鼻裈”的注释可知：“犊鼻裈”有两个可以穿过双脚的口子，状如小牛犊的鼻子。而且只用三尺布，只遮前面不遮屁股，非常类似现代日本相扑运动员的兜裆布。

到了汉朝才穿上开裆裤。《汉书·上官皇后传》说:“虽宫人使令皆为穷裤，多其带。”所谓“穷裤”,便是开裆裤,但裆用绳带系合。唐装则出现“绲裆裤”，形制与穷裤相类，都是分股裤，裆中有缝，结以带子，便于解手。

如此情形,至少延续到了唐朝,日本人以唐装制成和服,常见的电影镜头就是：和服一褪，真相赤裸裸跳将出来，可见里面也是不着内裤的。

而到了宋代，在《老学庵笔记》中写道：“里肚（肚肚）皂绣，襦裤不帛，以其为亵衣也。”贴身之内衣裤，称为“亵衣”。襦即为短，襦裤即为短裤，就是说，衣服里面会有一件非丝织品的短裤，作为内衣。这可以算是我们现代内裤的雏形了。

但是我们有理由相信它也是开裆的，而且它的存在并非是为了保护私密，而是“妇人多以布缠足，而上口未免参差不齐，故须以褶衣覆之”。也就是保护脚——自有缠足史以来，中国女性最重要的性感带——的外围地带。

《金瓶梅》中的潘金莲与陈经济偷情，“陈经济趁势一手掀起金莲的裙子，仅力往内一插，不觉没头没脑”，这么大开门户，自行进入，可见其罗马不设防。《醒世姻缘传》里面提到，“原来妇人见官，自己忖量得该去衣吃打的，做下一条短短的小裤绷在臀上，遮住了那不该见人所在，只露出腿来受责”。文学作品，也多多少少证实了，当时的亵衣，是开裆的，与现在内裤相差甚远。

不穿内裤，在保洁方面，确实有害。《醒世姻缘传》里面的狄婆子，生育之后患了个“白带下的痼病”，一条裤子穿不上两三日就是涂了一裤裆糨子的一般，夏月且甚是腥臭。白带过多，明显是妇科疾病的症状。

中国女性爱洁的天性，使她们很早就有习惯，将旧长裤剪成短裤，在生理期穿在里面，避免弄脏外裤。这应该是中国女性最早的内裤，但跟性或者情，都没有关系。

关于中国女性的内裤史，我们知道得很少很少。这个民族多的是文人骚客，但女性几千年来哑口无言，没有发声的权利。而适足记录历史、抒发感情的文字，又被压了一顶大帽子“文以载道”，非道的东西，便不值得被写下来。这又令我想到：中国有千年的缠足史，但到底是怎么样的痛苦，受者与施者在想什么？没人知道。是奴隶主不屑于听奴隶的心声吗？还是奴隶太以生为女身为耻，羞于出口。

总之，渐渐地，西风东渐，全盘西化展现在我们生活中的每一个细节。现在被嘲笑的秋衣秋裤，在我的童年曾被称为“卫生衣卫生裤”以及“文明衣文明裤”证实了，它确实是新派文明的一部分，以及能增进卫生。

那么内裤呢？它几时起，成为我们日常生活的一部分，不可须臾离身？很难考证——直到今日，这好像仍是个禁忌话题，不应被提及。男作家们一律只歌颂女子们的美色及美德，并不把女人当作有血有肉、会哭会笑会痛的人，来看待；而女作家，她们往往出自大户人家，一派闺阁之风，写初吻、暗恋、幽怨……仅此而已。

民国、解放、文革……直到改革开放之前，几乎不可能从任何渠道看到女性裸露的身体——除了手、脸和脚——《女篮五号》和《红色娘子军》，都已经算是破天荒、走头号性感路线了。那时代的女子，大概没人会认为内裤与性感有关，它就是一条比长裤短的裤子，穿在“那里”，手工裁制，洗得泛了白。

之后的故事就不用细说了，每个女子都熟悉。而胸罩与内裤，到此时，终于合并成一桩事，统称“内衣”。为自己买一件胸罩的年纪，也就是会怯生生，买下第一条性感内裤的年纪。无人知晓内里的改变，只有你自己，而那血脉贲张的感觉，永远难忘。

有朋友向我说过这样一个小故事。她与交往不久的男人出游，洗完澡后，她把内衣随手一搁就出来了。在她后面进去的男人洗了很久很久，她都快奇怪了，男人出来了。原来，男人顺手把她替换下来的内衣裤都洗了。

那一次，她穿的是收腹提臀长束裤，纯白、蕾丝、昂贵而低调，是羞怯的风情，而男人只问她：“干吗穿这样的呀，勒这么紧，不难受吗？纯棉的多舒服呀。”

她笑：“可以塑身呀。”

男人说：“不要，健康最好。你穿什么我都喜欢。”

她的心，动一下，又动一下……

# 爱 是 最 好 的 春 药

邂逅在何处发生?

网络广袤如星球，原野与海洋有不同的生态。若你来自豆瓣，你会是文青艺青影青，语法结构是别别扭扭的小清新，假装是一片开阔的枞树林；而来自微博的你，则俨然公知，你点评时事、叱咤风云，你说任何话题都能扯到政府没救了，你自以为风起云涌如草原，那浅草其实才没马蹄。一直待在Q上的你，则有着嘻嘻哈哈的天赋，你们好像早就认识，至少彼此看着对方的太阳如何成长。你变换签名如同修改门口的告示牌，你，大概属于一个欢欢喜喜的动物园。

而你们为何前来？轻轻的欲念写在星巴克的咖啡杯底，上电梯时扶挽的手，一枚为她亲手打造的项圈，吊坠上写着“一生都给你”。她如何能不心动，抬起的，却是时近中年，有了抬头纹的额：“你能给我什么？”

这问题何其咄咄逼人。

像洪水被挡在泄洪闸外，那奔腾的欲望一时还难以自抑，伴随着话语，喷出欲望的气息：“我们就是朋友呀，不好吗？简单的交往，最省心！我不知道你要什么，但至少我可以给你几小时的快乐。”

她很想断然道：“几小时快乐，我不要。”她只是笑笑。上床前尚且不能得到的承诺，起床后更加不可能吧。

并不是由他们所说:“男人的爱与性可以分开,女人得先爱才有性。”她笑:“SHIT!岂不是,男人可以鬼混一万次,而这一万个女人都深爱他?从逻辑的角度,可能吗?”

是的,无论男女,爱与性都可以分开。只是,多少次,半陌生半熟识的人在咿咿哑哑,她却心思游走,外面天高云淡,宾馆房间总是挂着厚厚的窗帘。被呼吸喷到的地方潮呼呼的,她忽然想站起来走走。

这欢爱呢喃,令她不耐烦了:“我不想玩了,我想休息,我想去吃冰淇淋。”但……不太好意思吧,人家正上劲呢。娱乐毕,男人还想坐下来聊一聊,她已经不耐烦到极点:“下次再约,我还有事。”

总是走在下午的小区,非常静,有老人带着小孩在溜达。如梦方醒,像聊斋里离开大宅的书生。像在野外上了一次大号,提衣而去,没必要回头看自己的排泄物。

几时起,她停止这荒唐的游猎。而你们,还在寻寻觅觅。

她很想坦诚地对你们说:“性爱中最美好的也许是亲爱感。”向家人、兄弟、最好的朋友不能诉说的秘密,向她倾诉;你不曾在任何人面前暴露的软弱,在她面前坦露。当她抱住你软弱的肉身,像抱一个婴儿,你将自己完完全全交给她。她愿意照料你的心,而你可以同样照料她的身。

婴儿的自由,在于不知有忌的随意。想哭就哭,想睡就睡,吃喝拉撒都可以随意完成。她和你,当能够自如地在对方面前做一切事的时候,才是共享一种命运,是欲望的连体双生。

这样的亲密,要如何达到?只能是爱情,只能是朝夕相处、彼此的深知与熟稔。

看到你们的失望,如同看到整片山林上的短松林都被大风吹得倒伏。她竟无端端起了愧疚之心,说得结结巴巴:“不,我不打算每次都借用肯德基的卫生间,我不喜欢天天都叫外卖,我厌倦了一切快捷酒店的装饰……我只想,在我自己温暖朴素的小房里,温柔缱绻。”

——她其实说的不是肯德基,也不是快捷酒店,这借喻何其笨拙,想你们都懂。

她听过无恒产者无恒心，也明白不求天长地久的就连片刻拥有也得不到。她理解你们所有的需求，但——也许你们可以试试其他人。至于她，还是等待那与她分担命运也分享人生的人。

不必试着说服或者诱惑，因她深知——爱情，才是最好的春药。

# 角小姐不再等待圆先生

## ——读《失落的一角》《失落的一角遇见大圆满》

故事是这样开始的：

“从前有一个圆，它缺了一角，它不快乐。所以，它动身去找它那失落的一角。”

但，正如我们所知，有一个男主角，就会有一个女主角。如果换一个角度来说这个故事，会是这样：

“从前有一位角小姐，她在这样的国度长大：男人都是跌跌撞撞、破损的圆，女人都是大同小异的角，在静静等待。角小姐像妈妈、阿姨、姐姐们……一样，不完整，不美丽，一无用处，存在的唯一目的，就是遇到属于她的那个圆，弥补他的缺憾，与他合二为一。她在等他出现，她不知道自己是快乐还是不快乐。”

圆先生一直在路上，一边滚动一边唱着歌：“噢，我在找我那失落的一角……”还不忘晒晒日光浴；又在雨里洗个痛快的澡；在冬天享受一下风雪交加的酷烈；和虫儿们交交朋友；闻闻花香；逗逗甲虫……

角小姐的日子就没这么缤纷了：她没有脚，哪里也不能去，她也不想去。她张开手臂就是全世界，把爱人抱在怀里就是她的一切。她时而陷入慵懒的睡，时而醒在白日梦里，路口经过，一大堆圆先生，她激动一下——不过矜持的她，一个也看不上。不管怎么样，她坚信一件事，她的圆先生“跨过高山，越过海洋，历经千辛万苦，在找那失落的一角”。

圆先生经历了很多角小姐，有些骄傲地宣称："我不是任何人的一角，我就是我。"有些太小，有些太大；有些太尖，有些太方；有些与他郎才女貌，却被他错过；有些他爱得太深，反而两败俱伤……

而我们的这一位角小姐，正如她想要的那样，孤芳自赏，干干净净，在爱情没来到之前，不让任何人触到自己的胸怀。

他们终于相遇了！撒花，欢呼，为这天作之合，老妈妈们都激动地拿手绢擦眼泪，姐妹们投来羡慕的眼光。他们相拥在一起，轻盈地上路……

咦，发生了什么，圆先生轻轻放下了角小姐——对她是泰山压顶的沉重——不再看她一眼，自顾自走了，还习惯性地吹着口哨："我在找我那失落的一角……"可是可是，你不是已经找到了我？角小姐喊了又喊，圆先生没有回头。

我要透露一个所有人都知道的秘密：在角的世界里，被抛弃是最大的羞耻，得不到圆的爱，就绝对得不到其他角们的尊重。"一定是你又胖又丑又老。""你可不要因为成为弃角就怀疑爱情哦。""你现在开口全是浓浓的弃角腔。"……

角小姐再也不能和其他的角待在一起了，她孤孤单单地待在路边，等有圆把她带走。不过就是那些圆，换个名字又重新来过：有些合适，却令她窒息；有些给她生存的空间，却抵死不搭；更有些根本就是二百五；有些是玻璃心，被她轻轻一戳就受伤了；有些一晌欢爱后便弃之不顾；有些千疮百孔，周身缺陷太多，她得化身千手观音才能一一弥合；还有些，贪心得要命，左拥右抱了一堆角。她学会认出恶狼圆，学会在挑剔圆面前不掉泪，学会微笑着，目送视而不见圆……她把自己扮得艳光四射，却毫无用处；她索性去上《非诚勿扰》，却吓走了大批胆小的。

千圆滚尽，到底出现了二号圆先生。但开心没多久，角小姐开始成长，她是越来越大的大女子，突显他胸怀的狭小。二号圆先生耸耸肩："我还是找一个不会长大的角小姐吧。"——也许你应该找一个塑胶芭比，不会老去也不会变化，但角小姐什么也没说。

她的故事自此转捩，人说因为她遇到了大圆满先生。——不，这是谎言，大圆满正如 MR.RIGHT，是传说多过现实。相反，每个错圆先生都教了她一点什么。他们抱怨缺口，也说独自上路的快乐；他们渴望完美，却也忧心忡忡担心羁绊；他们口口声声爱，却在关键时刻退缩：啊，自由多可贵。有些圆先生遍体鳞伤，但他们不以为意：棱角会磨掉，形状也会改变。

我能不能，也站起来，走出去？角小姐模糊地想：一定有一位大圆满先生，容我追随在他身边。好长好长一段时间，她就这样，呆着，幻想着。

后来，慢慢地，她靠自己站了起来，前倾，倒下，再起来，再倒下。每一次摔倒都痛得让她掉泪，但她终于出发了，尖角开始磨掉，形状开始变化。渐渐地，她开始颠簸前行，又成为一蹦一蹦，最后是，自由滚动。

她不再需要圆先生了，因为她自己，已经成为圆小姐。当剩圆，绝对比当弃角好，她乐观地想。

身在何方，她不在意，她只是一直向前。行走多么快乐。她不想跟在谁身后亦步亦趋，她是自己的主宰，自己的王。而如果有小圆满先生们愿意跟随她，那是他们的事。

故事就此结束，我却忍不住还想写一个纯粹 YY 的番外篇：有一天，圆小姐——如果你还记得，她曾经是角小姐——遇到了圆先生。多年来，她一直想问：你当时为什么离开我？或者，你到底有没有爱过我？但是此刻，那些存在心里的话，像药石无效的肿瘤，突然离奇消散。

圆先生没有认出她，只是惯常地勾搭撩拨，不自觉地说到了前尘往事："……那位角小姐，可能是最适合我的，但亲密无间也是地狱的一种。有了她，我就不能心生旁骛，'不能停下来和虫儿说说话，或者闻闻花香，蝴蝶不能在我身上歇脚'。当时我想，也许我真正想要的是追寻本身，并非找到什么。所以……"

圆小姐微微笑——她听惯了圆先生们的这一套："很好呀，你可以永远追寻下去。"

但圆先生剧烈点头："不不，追寻很累，一个人的行走，有时很寂寞。尤其是，我一跛一跛，总是我走得很慢。慢有慢的好处，尤其当想要拈花惹草，可是人生总有需要快的时候，比方说，想去河对岸看落日，当我精疲力竭地滚过去，连月亮都落到了山底下……"

圆小姐好脾气地笑，她已经磨平所有棱角。她虽小，却圆滑圆满如同——如同她自己。她送他一个鼓励安慰、母仪天下般的笑容："是的，我懂，我明白。

有事先走，SEE YOU LATER。”听见圆先生在身后徒劳地召唤：“慢点儿慢点儿，带上我一起走，唉呀我的老膝盖……”她懒得回头。

有风吹来，圆小姐听见自己在哼一首荒腔走板的歌：“我在找那另一个圆，另两个圆，另三个圆……”圆生够长，她相信自己能遇到；圆生苦短，更要活出不一样的滋味。

# 那 些 不 必 问 的 问 题

——读《一个简单的故事》

故事是这样开始的:“寡妇米尔卧病在床已经好些年了。上帝看她活在世上遭罪，就把她从这个世界带走了。剩下了布露姆一个人，没爹没娘的。”

布露姆只能去投奔富裕的表舅。好在贫病之家令她很会服侍人，同时“因为她是自家人，也没有必要付工钱”。她顺理成章地成为免费女佣。

表舅看到她干活时，眼里会流露出喜悦之情。当然，表妹之女应该过一种更好的生活，但如果她命中注定成为女佣人，至少上帝为她找到了像自己这么好的主人。阔亲戚对孤女的照顾不过如此。

顺带说一声，也许布露姆曾有机会成为表舅的女儿。多年前，表舅与布露姆的母亲订过婚，后来他被富裕的商店老板招了女婿，就抛弃了米尔。但这不算什么，毕竟，每个人都有权利挑选最美丽最富有的新娘。

表舅家里，还有表哥海尔士，与她年纪相仿，是个正在成长中的懵懂少年。“上帝知道布露姆很不幸，所以鼓励海尔士来接近她。”这是爱吗？毋宁说是青春期的潮涌吧。海尔士非常渴望有个女人坐在身旁，她飘逸的秀发轻拂她的脸孔……这种感觉一次就足矣。总之，对布露姆，“海尔士有说不完的话，而布露姆也愿意倾听。虽然海尔士说的都是些鸡毛蒜皮的小事，但布露姆还是很开心”。

表舅妈不讨厌布露姆，甚至也不反对儿子跟布露姆玩玩儿——考虑得很现实，有个要好的玩伴也不错，至少不会让他学坏。但说到婚姻，门当户对、般配、嫁妆……也许更重要。她与丈夫都是爱护孩子、人情练达的人，没必要大动干戈上演《孔雀东南飞》，她只是提醒儿子：“布露姆可是身无分文呀。”点到为止。转头跟镇上的媒人，轻描淡写，提及邻村一家富裕人家的小姐蜜娜。不知不觉间，蜜娜开始频频到镇上来，还经常到海尔士家做客。

人生不是九流言情偶像剧。并不是在善良纯真的灰姑娘之外，就会树立一个刁蛮泼辣的富家千金成为大反派。蜜娜也是一个举止端庄、年轻漂亮的女孩。至于贫家女们最可自矜的真诚专一，在某个年龄段之前，几乎是女孩子们的标配，实在算不得美德。

这边厢，双方长辈谈妥了嫁妆的数目；那边厢，海尔士真的与蜜娜越来越熟稔，糊里糊涂，主动握住她的手。一桩上好良缘自此缔就，既是父母之命又郎情妾意，再没有更完美更简单的幸福了。

布露姆呢？她一言不发，不曾与命运抗争——又该如何抗争呢？在这个简单的故事里面，没有恶势力出现——她只是辞职，去别家当女佣了。

海尔士呢？他怀念布露姆，更多的是怨怪之情：“布露姆应该明白，在爱情上女人必须要主动。要是她还不尽快主动一点，那可就晚了。”他结了婚，还是大孩子，在他的世界里，一切都由人家做主，连爱情，他也不觉得该由自己负责。该怎么办？

尽管海尔士很想逃离这个地方，但是每次当他把头靠在枕头上、身上盖着毯子时，他知道自己哪儿也不会去。懦弱的人顶多抱怨，但实在没有扭转乾坤的伟力。

新婚的喜悦像面包上的果酱，很快就蘸着手指舔了个干净，两口子闹点儿小别扭，海尔士开始失眠。医生让他多散步，他不由自主，走到布露姆新东家那条街，对着人家的窗口默默伫立，“他祈求布露姆会从窗口往外看，然后就能看到他”。

其实，并非他对布露姆真这么难舍难分，只是，在一个寂静的夏日里独自待在外面，感觉真好。不用操心店里的纸箱木箱，不用反感那些把口气喷在他身上的顾客，不用去想坐在店门口招呼客人的母亲，不用面对正等他回家的妻子。现世生活烦琐无聊，这就是他的逃离。也许在他的幻想里，一旦躺进布露姆的怀抱，这些事就不会再来烦他。布露姆是伊甸园、是仙境、是衣橱里的纳尼亚王国，自成一体。他从来没想过布露姆的安危或者饥饱，童话人物是不会面临真实困难的。他心心念着布露姆的逃离，责备她的绝情……他忘了先结婚的人是他，而他的妻子，肚腹正在胀大。

有一度，海尔士被自己逼疯了，家人赶紧送他去疗养院——正好塞翁失马，让他逃掉了兵役。那清清净净的生活，是绝佳的休息，没几个月，他恢复了元气，离开疗养院。蜜娜抱着孩子来迎接他，看到孩子的小脸，父性在他身上萌芽。

他从此是体贴的好丈夫，对孩子万般疼爱的好父亲，对店里生意无比上心的好老板，“他以前盯着每一个女人，仿佛在完成寻找另一半的人生使命；现在他认识他是一个完整的人，失去的另一半是找不到的”。果然死心才能塌地，才能令人踏实生活。

而在朝夕相处、共同生儿育女的过程中，他与妻子真诚地相爱了。他说：“当没有人横亘在我们中间或爱情之间的时候，爱情才会来到我们中间。”是的，他们之间已经“没有人”，布露姆从他的生命里彻底消失了，或许，就没存在过。

爱没那么矜贵，并不只有特定的某个人才能唤起我们的柔情。相依相偎，永远比精神契合有力量；你的一颦一笑，或者令人销魂，但会在日日夜夜的柴米油盐里被磨没；不在身边的人，迟早会被淡忘。

他的父亲如此，他也如此——其实，你也一样。

不要再意淫那离弃你的男子会生生世世想念你，不要再为他痛苦悲泣放不下。你是他生命中转瞬即逝的风景，在视网膜上只停留了几秒种。

你是否要问，到底有没有相爱过？一朵花凋败成尘，它确曾是朵花；一枚苹果吃得只剩下核，唇齿还记得它的芳香。只有爱情，当它荡然无存后，我们会怀疑：这真的曾经存在过吗？不是虚影不是幻像不是海市蜃楼？

金庸的《白马啸西风》里面，李文秀遇到一直念念不忘的恋人苏普，对方已经完全记不起她，她却忍不住要问：“你还记得她吗？”“如果那小姑娘很是想念你，日日夜夜地盼望你去陪她，因此坟上真的裂开了一条大缝，你肯跳进坟去，永远陪她吗？”苏普叹了口气道：“不。那个小姑娘只是我小时的好朋友。

这一生一世，我是要陪阿曼的。”说着伸出手去，和阿曼双手相握。

这几句话，李文秀本来不想问，却忍不住还是要问。现下听到答案，徒然增添了伤心。

布露姆够沉默也够聪明，她不会问，你，也不必问了。

每一段不成正果的爱情，都无非是一些简之又简的故事。

# 脚背上的朱砂痣

他突然说："我有一个故事，贡献给你。"

我说："好。"压下要打的哈欠。

我听惯了"成功人士"的各种故事，对方是年轻持重的女厅长、风韵犹存的酒吧大班、精明老辣偶尔脆弱的银行放贷员——说未谙世事学生妹的，倒真很少，许是怕我们骂变态，也可能自己有点儿心虚，多少有坑蒙拐骗之嫌。

不料他说的，是他年轻时候的一次相亲。

他是苦出身，一切是自己打拼出来的。没看过《红玫瑰与白玫瑰》，否则一定与佟振保有知己之感，一样有条有理、有始有终。同龄人还在"感觉""缘分"的扯不清楚，他已看穿婚姻等价交换的本质。笑容再亲切，下唇也总像搁了一柄匕首，冷冷的，沉甸甸的。

那女孩是谁介绍给他的，不记得了，一听条件就知道不合适，见面大概是为了给介绍人面子。果然是个黄毛丫头，来相亲都一蹦二跳，一抬袖子，哗一声，果碟全扫地上了。女孩"哎唷"惊叫，他忙着收拾，她插不上手，半晌不好意思地咬咬手指。

他笑。她不是个贤惠能干的女子，出局。这方面，他比最铁面无情的HR更立判生死——却止不住心动。像春日，忙人正打算午睡，忽然来了只花羽毛的鸟儿，就停在床边的窗台上，隔窗"啾啾"，又歪头看窗里人。明明被吵了瞌睡，你能开窗赶逐吗？

喝了茶又吃饭，饭后又坐聊了很久，女孩爱吃爱说也爱笑，嘴就没停过。而他一直苦苦挣扎着，是现在起身，还是再喝一杯茶，抑或……豁出去，直接问她电话，又会怎么样？

他始终没问。

夜深了，他送女孩回家，最后一班轮渡过江。江风好大，劈头盖脸像这无情的社会，逼得人非要抱团取暖。女孩一径欢欢喜喜，看到有人卖烧烤，立刻冲过去买两串，兴头头举在手里。他想问她："手冷不冷？"他笨拙的，想像电视中人一样，脱下外套披给她。都没有。他被大风吹了个透，风干腊肉般僵着。

女孩吃得专心，无意一低头，"呀"，脚背上，沾了一滴烤串上落下的红油。女孩足尖半立，向他示意要纸巾。江影倒映上来，夜色是沉沉流动的黑，女孩的脚像只雪白的春日兔，侧耳聆听，蓄势待发，她脚背上的朱砂痣，是兔儿眼，灼灼红。

刹那间，全身血液都涌上他的嘴唇，那里变得滚烫，一颗小炮弹即将弹射，落上她的脚背，轻触那一枚朱砂痣。那将是他的初吻，是新研印章第一次墨酣笔饱压上去，是窖藏好酒一朝开封、香气四溢，是收到快递包裹，还在楼下就急不可待撕开……

……茶凉了。他定一下神招呼服务员。等待的片刻，茶室正式黑下来，橱柜桌椅都像头角峥嵘的怪兽，体谅沉默。服务员沏上热水，啪开了灯。我们又回到这现实伧俗的现世间。

他突然问我："如果那一刻，我吻下去，会怎么样？"热热的、带着少年稚气的嘴唇，贴近她冰凉的、少女馨香的脚背，一定像抓娃娃机的小爪子，会抓出一大串笑声。

我笑起来："不会怎么样吧。一吻定终生不是你的风格。"

他微一沉吟："也是。结婚嘛，不就是过日子。可是……跟喜欢的人过日子，比较舒服吧？"又忙忙摆手，"当然了，我肯定是喜欢我老婆的，平平淡淡才是真嘛，但是……"像立意养生的人，一落地就弃绝荤腥，拒绝咸辣，不沾油炸，

“真”了一辈子，却明明白白地知道，那不平淡的，也不是假。

不必说遗憾或者惆怅。好多年前，他已经给出了选择。

只是，这一生，多少次与异性肌肤相亲，妻子、情人、性伴侣，多少疲倦与满足。那个没有盛开就已消散的吻，始终是他不可逾越的高度，唯一的、不可再来的高潮。

多少中国人，从不曾年轻，就已经老了。

# 恶 因 缘 由 它 去 吧

睡前乱翻书，竟然从阳台上的旧报纸里扒出本名副其实的老书——《性变态》，严肃认真地谈及同性恋、SM、群 P……那大惊小怪的态度仿佛在说：如此这般，国将不国。

里面有则小故事，看得我大笑不止：

——大柳，男，28 岁，某部队歌舞团演员；小房，女，26 岁，某市歌舞团演员。剩男剩女，“都很孤僻，没有真正的朋友”。却在一次军民联欢上一见钟情，“这一晚两位情人进入了一场可怕的情场博斗，两人身上都布满了血痕、紫色的牙印，深深的指甲痕在慢慢地渗着鲜红的血滴……他们从此开始了同居，或者说已成为事实婚姻”。

书是 20 世纪 90 年代的，故事再晚也不会晚过 80 年代——从他们没因为流氓罪而双双入狱看，估计也不会早过 70 年代——总之，两人都过着集体生活，没有私人空间，要穿长袖衣裤遮掩爱痕，为了回避同事们疑惑的目光，不敢去公共浴池洗澡。有一次演出时，队长发现小房的伤痕，当众询问，她只能推说是骑车摔的。

纸到底包不住火，小房的母亲发现了这一切，“起先大为惊讶，继而哭泣、愤怒、软硬兼施”。老太太找到双方单位领导，“军队纪律严明”，领导们分别找大柳和小房谈话。大柳说：“我们是正当恋爱，不违法，我们是打算结婚的。”——说得多好，既有法制观念又入情入理。但没用，听在领导和双方家长的耳朵里，只会更加痛心疾首：这俩咋还不知羞耻，死不悔改呢。

这对爱侣坚持了六年，其间，小房动摇过，与一位“文弱谦恭”的大学讲师经介绍而交往，她却“控制不住自己的异常冲动，甚至想到了自杀”。

最后，大柳、小房复合，“这对婚前情侣又进入了不正常的正常生活”。作者庄重地说：“当然他们的心理疾患是需要医治的，也是值得同情的。”

你是什么心得？拍案称奇？“领导”为什么要干预人家的私生活，“纪律严明”是用在这上面的吗？你准备祭出自由、民主、人权的大旗，你甚至准备开始嗟叹：“天朝啊……”

但且慢，假设你是小房的闺密呢？

你看着她，花骨朵一样的女孩子，陷身在不堪的恋情里，男人不待她如珠似宝，反而令她遍体鳞伤。你是不是也气得要骂娘、斥男人是人渣？你不准备苦口婆心劝他们分手，指出“你们在一起，将是双方人生的挫败”？她竟不从，你只能悲愤地说：“极品总是成对出现的。”再通达，再认为“他们两厢情愿”，也难免一阵阵的恻隐不安，你觉得她应该得到的待遇，不止于此。

而如果，问得更苛刻些：你与她，是一母同胞的姐妹？你自豪地说：她的第一口固体食物是你喂的。妈妈告诉你，妹妹出牙了，可以吃嚼烂的食物了。你便把花生嚼得碎碎的，用嘴喂给她吃。你提心吊胆过她的青春期，你为她的花容月貌而惊艳，她天生该是众神中的众神，但现在，究竟发生了什么？你承认她的快乐她的笑声如银铃，但基于肉欲的爱能否长久？柴米油盐才是一辈子的。你本能地为妹妹心酸，当她是受邪魔教唆而堕落的天使，你还能把那个勾引她的男人当妹夫？

而假设，容我问得更凌厉更直指人心：小房，是你的女儿，又将如何？别急着回答。因这是大部分父母的噩梦，你甚至没有勇气，去问你自己的父母。

我们都会说：尊重他（她）的选择。我们还会说：爱，就爱他（她）的一切。真能做到吗？大道之外，有那么多或繁花似锦或泥泞沼泽的小路；蜡笔画般轻快明艳的世界之外，有的是闻所未闻、常理难以理解判断的二、三、四、五次元空间。

女友甲，嫁了一个艺术家，跟从他浪迹天涯，在最恶劣的山寨住过，长发长了蚤子只好一剪了之。她喜欢小孩，经常抱抱亲亲人家的小宝宝，但谈到自己生，她很直白："没钱。"女友乙，替她痛得肝肠寸断，在朋友圈中吐槽：女友甲大好的年华浪费在猪男身上，是绝美的珊瑚礁被油轮漏油污染了。被正主儿看到，掀起一阵腥风血雨，二十年闺密一朝而断。

微博上向我求助的读者：表姐长年不婚，忽然有孕在身。孩子的父亲总要负责吧？表姐淡淡答："我去泰国做的试管婴儿。"借精产子，出现在电影《北京遇上西雅图》里，是新鲜有趣的桥段，一旦发生在亲人身上，是时时刻刻的真人秀，如何能当漠不关心的观众，怎么能不全家总动员，连表弟妹都要去请教不相识的所谓专家？

向来相熟的小朋友，怒火万丈地打电话给我。原来他的铁哥儿们，爱上个有夫之妇，到难舍难分程度，兄弟们轮流替他出主意，帮他谈判——居然谈成了一个分庭抗礼的局面。那边不离婚，不闻不问；这边不分手，苟且贪欢。这三人倒是相安无事，眼看"南宋小朝廷"就这么长治久安下去，兄弟伙可全炸了，纷纷骂哥儿们贱，出语恶毒得伤筋动骨。给哥儿们的选择是：要么你和她断，要么我们和你断！

朋友到底是自由的：看不顺眼的人事，转过脸不看也罢；理解不了的三观——谁求你理解来着？看着他要往水深火热里去，恨不能一把抱住他：不能走那条路！你想说他悖德、荒败，批评他的行为，逼他走你的康庄大路。到最后，话在舌尖上跳跳糖般刺着，还是融化了吸收了无形了，只能说一句：我不干涉你的选择，但我能选择我的朋友。

那些不能割舍的亲人呢？也许不该问。据说，不知道答案的问题，就不值得问出口。

而到几时，才能通达地说一句：恶因缘，由它去吧。

# 像对待钱那样对待男人的爱

十多年前，我的外甥女儿小满才三四岁，每天早上，她妈要去上班，她都伤心得像妈妈会一去不回，号啕大哭，真刀真枪地抱大腿。大人哄着她："妈妈要去上班才能赚钱呀。"

小朋友满脸鼻涕眼泪地喊："我有钱。"咚咚咚就往房间跑。

她能有什么钱？我正一头雾水，小满已经捧着小猪形状的存钱罐出来了，使劲往她妈怀里塞，满脸满眼希望。大人们面面相觑，还是得硬下心来说："小满，你的钱不够，这不算有钱……"

小满今年已经十七，朝气蓬勃的美少女，这件事我却一直忘不掉，甚至渐渐地，变成一个哲学性的隐喻：有多少钱才算有钱？或者，任何事物，拥有多少才能算有？

认多少字就不算文盲；会用一根手指弹《玛丽有只小羊羔》，能不能在简历上写"特长：钢琴演奏"；爱到哪一步，才能算爱？

之所以会有这样的联想，是我多年来写专栏写信箱，天天面对的都是误入花丛的姑娘们，爱上了热爱出轨的老公、亦正亦邪的浪子、专业泡良的人渣、擅长痛哭流涕的别人之夫……故事总大同小异，她们不是不知道真相，但理性是软弱的手，挡不住疾驰的欲念铁蹄。答案像滑丝的螺丝，总在同一个地方绊住：他对我好，我没法相信他不爱我。

他喝大酒，打断过她的锁骨，却在某个风大雨大的夜，为了不让她趟水，背了她五百米回家；他一直不赚钱，还理直气壮从她钱包里搜刮，有一天可能良心发现，扔了她一个街边常见的韩式发夹，她戴第一次就脱了胶；她大姨妈，隐隐的闷痛像坏天气，令人窒闷，他突然来了电话，提醒她保暖。她握着手机，泪如雨下……

这些细小的付出，点滴的温情，像垃圾山上的空饮料瓶，她们如获至宝地抱在怀里：这都是他给我的爱。只是，一块钱能买红豆面包吗？五块钱买得了手办吗？五十万，够在三线城市买房吗？卖多少个饮料瓶，都解决不了一生温饱。

小满十四岁那年，在北京上新东方，我尽小姨之责，每个傍晚带她大吃大喝。她在冰淇淋店门口露出贪馋又不好意思的犹豫，对我小小摇头："好贵……"我心说：跟你的学费比起来，是九牛一毛。嘴上还嘉许她："不错，你懂得了钱的价值，"一边推门而入，"不过没事儿，小姨有钱。"——这两个字，在 LV 店、北欧十日游的旅行社、任何一家房地产中介，我都不敢说出口。我的钱，只够购买微小快乐。

男人的爱呢？

一样。从瞬间心动，到一生一世不离不弃之间，有很多状态：喜欢、怜惜、心疼、敬重、仰慕……有些能甜蜜当下，有些能支付今夜，有些能购买岁月。够在冬夜为你暖手的爱，离挽着你的手步上婚姻殿堂，还差得远。

也许，钱与爱唯一的区别就是：一般人都不敢放胆说——"我有钱"。有房有车算什么，存款百万只是纸，贷款过亿的富豪都赔笑说："山外有山。"但大部分人，只要有过一点一滴的爱，曾经有一只鸽子在他心弦上踢了一下脚，他就会说"我爱"或者"我爱过"。三岁幼儿般的理直气壮。而你，再心软，要不要也轻声说："你的爱，不够。这不算有爱。"

不够给你名分，不够让你觉得内心安定，不够解决你的后顾之忧。什么都不够。你不想男人为你披荆斩棘斗恶龙；你不是朱丽叶，不希求他为你背叛家门犯天条；你绝不敢自比温莎公爵夫人，让那个人不爱江山，从头开始。你没有喜宝的 36D 大胸脯，所以你不要很多很多的爱，也不要很多很多的钱，只要能维持基本生活的爱与钱：一张工资卡、一场婚姻、你动手术时一双可以签字的手。

但这个男人的爱：不够。

何必再在朝朝暮暮里搜索爱的碎片，把男人的片刻好意、冷天袖口的一抹暖、随口的几句好话抓着不放。像小蚂蚁忙忙碌碌打探食物残渣，像洗衣女工在每一个衣袋里找寻硬币，这里一毛那里五分，疲累终日买不了一片口香糖，操劳一生将将够换一两滴眼泪。

对待爱，要像对待钱，一定数目以上才能算“有钱”或者“有爱”。小女孩都能慢慢懂得的事，成年女性，没有任何理由纵容自己不懂。

# 遥问爱何在，云深不知处

事隔多年，我还是想对一部90后们可能根本没听说过的老片子——《天云山传奇》吐槽，我有我的理由。

我第一次看到这部电影是谢晋导演去世后，电视台把他的生前作品作了一次联播。"《天云山传奇》是对'反右'及'文化大革命'的真实反映，公映当年轰动一时。"应该很深情，绝对很动人，我却难耐阵阵不适：

胸怀大志的知识分子罗群被打成右派，送运劳动。他的白富美未婚妻宋薇离他而去，甚至嫁给戕害他的仇人；矮土丑的二号女主角冯晴岚却与受苦受难的罗群结为苦命鸳鸯。终于雪过天晴，罗群平反，复返高富帅身份，饥时的糠咽菜，冷时的百衲衣，温饱后都只嫌多余，冯晴岚适时地死去——死因是：过度操劳。女一号体面地接受她留下的空位，才子佳人踩着她的尸骨，毫无芥蒂地破镜重圆……

起初让我看得津津有味的，是里面强烈的不和谐感。落魄书生罗群带着被收养的孤女，给孤女的生父上坟。回到马车上后，孤女突然哭起来，罗群便问："你为什么哭了？"——大哥，这把年纪，这等人情世故也不懂吗？吊墓落泪，天经地义。但放在电影里，自然是为了引出孤女的回答："我为爸爸哭，也为你哭！怪叔叔！"头往他肩上重重一靠，我差点儿直接笑喷了。

谢老自然不会知道，三十年后，怪叔叔指的是猥琐的、专骗小姑娘的中年男。放在电影里，也确实让人有这样的胡思乱想。

不同的电视台把这片儿，轮流放了好几遍，我终于支离破碎地看完全，不知道是导演的匠心还是多年后胶片褪色，景色总是灰黄旧暗，像故梦。

圣洁的女一号宋薇，怀着赎罪的心理来到天云山。被高级领导收用，是美女们的正常归宿。无论电影里多么渲染她婚姻的惨淡，我总记得那么多明星削尖脑袋要进豪门。电影开篇，便是带旋转楼梯的别墅，在灯下吃暖烘烘的火锅，出入都是单位的公车。她的丈夫正是片中唯一反角，穿着旧上海资本家式的系带睡衣——大概以这纸醉金迷来证明他早已是中资产阶级的流毒。宋薇家中有佣人——或许是叫勤务员，洗澡当然是老式浴缸，连水都放好，温度调得不冷不热。她何德何能，过着安稳的小日子，被她抛弃的男人还一直深深爱着她？无他：美就一个字，不必说两遍。

而冯晴岚是她的反面：三从四德，温良坚贞。大雪天气，她拖着两轮车，车上是奄奄一息的罗群，暴风雪扑面而来，她在雪地里一步一个踉跄，一步一个脚印，悲壮如十二月党人的妻子。但女子的所有美德，都必须建立在美貌基础上，否则，从一而终是“本来就嫁不掉”，贤淑是“也只配干这活”，聪明智慧更会被人笑死，她厚厚的瓶底眼镜只让人想起那句漂亮话：男人从不和戴眼镜的女子接吻。嫌碍事儿，也嫌“你知道得太多了”。像所有这类故事中不美而善良的第二女主角一样，她就是用来牺牲的。她的爱，她的忍耐，她博大的胸怀，全不被尊重爱怜，男人始终心中没有她。她最后的死去，简直是一种识趣，是“有一种爱叫放手”的终结版本。

我并不打算对一部老片子口诛笔伐，只是我对男作家、男艺术家歌颂的伟大女性，总是怀着警惕，因为他们所说所要求的，永远是卑微至极、无私到完全无我的奉献。再来一位纤纤美貌的美女，成为永远的缪斯女神——是双宿双飞还是任由他们始乱终弃，全看需求。善女呢，反正像狗一样默默跟随、不离不弃，是她们的本分，何足挂齿。美女与善女，双轨运行，美女负责被爱，善女负责爱，男人在这两者之间，给美女作牛作马，视善女如牛如马。

这样说来，女性作家张爱玲的《红玫瑰和白玫瑰》至少是对这意淫结构的辛辣讽刺：被抛弃的美女，既不曾咬牙诅咒也没有对男人念念不舍，她赢得了新生活，而且还蛮过得去；降格以求接回家的呢，根本不是善女，平庸无味不见得就甘愿低他一等。想左右逢源，最后左右扑空，令人可以心情舒畅地呵呵几声。

总之，只要男人还有这样的奢望，不曾把女人视为与自己完全一样，有同等被爱被尊重被信任被仰赖的需求的人，那我得说，在中国文学与影视里，寻找爱情，是一个不可能的话题。时常有人对幼稚的小言作品提出严肃批评，认为这是女孩子做白日梦。但，女孩子痴痴等待红帆，大不了就是年华老去一无所获；如果相信一味献祭就是女人本分，才真是噩梦的开始。

我于是想起我所看过的大部分类似文学作品，《绿化树》《雪落黄河静无声》……有许多我已经想不起名字：一本一本的文人自恋，一个一个的都市聊斋——只不过这一次，承当圣母角色的不是狐狸精，而是有血有肉的平凡女性。她们母仪天下，以仰慕的态度献上温饱、爱情及性，再在男人不需要的时候消失掉。

也许，有些艺术作品，湮没，并非遗憾。

# 你 是 值 多 少 钱 的 女 人 ？

## 【村上春树的故事】

村上春树大红了很多年，我不免俗地几乎看全了他的书——这纯粹是年轻时候的强迫症，总觉得不能见全豹就不算真读过，就没资格评判。好在这毛病现在改了不少。

始终谈不上喜欢，直到有一天，遇到他的一个短篇《避雨》：一位女性杂志的女编辑，即将被调入后勤岗位。她不甘心，找情人帮忙。有妻有子的情人与她是同事，刚刚被提升过副总编。情人没打算过离婚，她也觉得未尝不可，这交往，曾经简单轻快。

但此刻，男人说："眼下我的发言权十分有限……"她知道他是说谎，男人其实是临阵逃脱。她的手在桌下簌簌颤抖，恨不得把整杯咖啡泼到男人脸上，又做不到。

她靠自己的人脉找到工作，与男人断得干干净净。两档工作之间，有一个月的暂停，仿佛正供她胡思乱想。去酒吧散心时，有男人过来搭讪，她脱口而出："我是高价的哦。"凭直觉报了价。

整个"休假期间"她一共跟五个男人睡过。每次随口道出的金额都不一样，最高的八万，最低的四万。对象都是四五十岁衣着考究久经情场的男士，也就是，像她前情人一样。

不管这小说有没有标准解读，我读到的，是一种歇斯底里的愤怒与绝望。意识到自己只是人家的免费品，像在公共洗手间随手扯一张擦手纸，她才领悟：自己其实可以很昂贵，是他应该出尽百宝、耗尽半生才能抱在怀中的恩物。那无价的瑰宝，宁可贱售，总好过被当作一钱不值的废物。

她用彻底的自辱，意图消磨愚蠢带给她的屈辱：没错，我卖身，但这是理智的等价交换，而不是被情爱冲昏了头，被人卖了还数钱。

## 【门罗的故事】

我读书慢，2014 年诺奖作家都快出笼了，我才终于读到 2013 年得奖的门罗。合不合胃口，目前还不好说。而《温洛岭》，像一记“挥之不去的刺痛之耻”。

一个穷乡僻壤来的穷大学生，品学兼优，课余还勤勤恳恳去端盘子。无意中，她与富翁千金包养的金丝雀当了室友。金丝雀来自另一个世界：和服式睡衣，周身的香氛，一辆神秘的豪车接送她又监控她。穷丫头不能不好奇，哪怕她懂维多利亚时代，也懂浪漫主义，明知“向深渊凝视过久，深渊自会将你吞噬”。金丝雀拟与情人私奔，建议穷丫头代为出席富翁的晚宴：是地狱之门自此开启吗?

绝对来者不善的一顿饭：在进门之前，管家要求她脱光所有衣服！这太荒谬，大不了一走了之，但她，像中了蛊像被脑控，乖乖地脱了。赤裸地与衣冠楚楚的大富翁会面，赤裸地与他共进晚餐，赤裸地为他念诗——厚厚的羊毛椅垫在磨蹭她的臀股，在提醒她的赤裸。

像不像《草地上的午餐》？像不像古罗马的女奴出售场地？寸缕未着的女奴们被迫站在高台上，向人群展示她们的纤美腰身、无瑕贝齿及才艺，每一位观看者都是潜在买家。会弹琴吟诗的女奴，能卖得一个好价钱吧。

富翁道：“现在是时候送你回家了。”简单一句评价：“你的乡音非常合适。”——乡音，从没人这样说过她，大概有钱人就是这样表达“你就是个乡巴佬的”吧。一件件穿回衣服，每个动作都是几乎会压垮她的羞耻感：你一生的信念到哪里去了？如果他不发话，下一步会是什么？你只值一顿饭的价格吗？骨子里你也渴望被豢养，也有一颗宠物的心？

她说：“归根结底，他还是对我做过些什么的。”至少，他修正了她的骄傲：你以为你卓尔不群，你维持了灵魂的洁净，但也许，那只出于，在肉欲的市场上，你是乏人问津的滞销品。

## 【不归路】

我有时爱看北欧小说，因为里面没什么对性对身体的纠结：男男女女合了眼缘就滚床单；已婚夫妻，大大方方一起出来找乐子；未婚妈妈，在声色场合遇到娃的亲爹，她不骂负心郎，他也不说对不起——反正娃基本上是政府在养，不必演苦情戏。

但有时我烦起来又不想看，因为它们仿佛就在说：除了在这些生产力极大发展、近乎共产主义的国度，痴男怨女永不能被救赎；“给身体定价”的问题，永远无法解决。中国女性当然更不例外。

两小无猜，与喜欢的人在学校旁边 50 块钱的出租房？全社会都嘲笑她们：给人白睡白玩了。

为礼金、嫁妆、房子加不加名、婚前协议要不要写，与男方不屈不挠地斗争？立刻有人祭出马克思金句：婚姻就是长期卖淫。女人，能不能不这样心甘情愿物化自己？

体恤男人，愿意主动买单、分担家用——忽然发现，他把省下来的钱用在其他人身上。女人自我安慰说：算是养了小白脸，买君千黄金，许身不许心。舆论只冷笑：倒贴就能主客易位？“卖那啥贴干粮”而已。你不是恩主也不是恩客，只是一个人财两空的傻妞。

爱与被爱、遴选与被遴选、拒绝与被拒绝……身体总是大股东，有时它的意见压倒一切，理性软弱得无从发声；也有时，它是杠杆上微妙的砝码，不搁必输，搁了往往还是输；还有时，它是一段情中最调味最辛辣的刺激，像红油，少了一定淡而无味，有了也不见得是好事，会让人长痘痘长口疮。

什么样的获得才是体面愉快的？怎样的关系能让人摆脱“物有所值”的计算？当时的意乱情迷，是否都在为后面的自责铺路？“姐儿爱俏、妈儿爱钞”仍然是唯一的不归路吗？

我庆幸我只是个写字的人，只负责提问，不负责解答。

♥

# 普通人，不能以天才的方式生存

# 娶老婆进来，从父母家搬出

看民国时期的文学作品，最让人觉得，中国人从未进步过。

《小团圆》里楚娣说："现在这些年青人……家里的钱是要的，家里给娶的老婆可以不要。"这话真说到我心坎上了。

可不是吗？现在年轻的男男女女，恋爱是一定要自己说了算的，父母一对学历、职业、家世……提出异议，都会让他们悲愤莫名：你们老了，不懂得爱情、自由与民主，你们的价值观都像旧铝锅，氧化得看不出本来颜色，再也不适合煮一锅清美的汤。

到结婚的时候，房子天经地义是父母出首付，写在小两口名下，装修当然也是四老负责。如果还有彩礼嫁妆之类的无聊事儿，四方会谈也不必小朋友们掺和了。老一代，才是婚姻公社的真正高层，年轻人就是来享受胜利成果的。

无论城乡，房产往往是一个家庭的重头资产，是父母毕生劳动所得。但孩子们受得心安理得：反正是要给后人的，早给晚给有什么区别？正好可以规避传说中早晚要来的遗产税。

父母出了资，是否就成为这个家庭的天然主人？对不起，腾讯的真人秀调查节目《你正常吗》有数据：婚后愿意和父母合住的是55%，不愿意的是45%，差不多五五开。而男生，有68%不愿意。合住是因为自理能力差，需要父母的照料；不合住是觉得会打扰个人自由。

有趣的是，我觉得中国人最不想要的就是自由。

谁也不追寻自由职业。每年公务员考试时，考场门口的人山人海，就知道稳定对我们的吸引力。其次还有事业单位、老师、医生……就是，唯有铁饭碗才是饭碗，哪怕碗里只有清汤寡米。有一年我认识个药理学的博士，到大学当辅导员，我替她不值，她倒实话实说："我不是做学问的料，读博就是为了能进大学。"

都觉得自由迁徙没什么乐趣，北漂沪漂就是艰苦辛酸的代名词，前两年"告别北上广"风靡一时：回去，回到那亘古以来的老屋去，回到熟悉的关系网里面，从此风不吹头雨不打脸才是正理。

言论自由只限于在微博上大喊几声"收回钓鱼岛"；"信仰"是我们陌生的词汇，自由与否全不重要；同性恋是时髦的事物，性向自由其实我们早就有了……那么我们要的自由是什么？无非是晚起晚睡，零食包装袋满世界乱扔，随便几时都在网络上挂着。

《红楼梦》里面的宝哥哥，提供的就是这样一种生活方式：他住在大观园，那是园中园，世俗社会里的桃源——房舍精美，装修不劳本人操心，却奇异地贴近每个人性格；一切被安排得井井有条，一个不出声的机构提供了衣食住行各方面需求，长辈们作为象征性权威，被隔绝在园外。而园子里，是他的天下，他想干吗就干吗，想和谁厮混就和谁厮混。他看淡名利，因为他不知道现在的舒适来源于极大的财富；他不争仕途，那是辛苦与劳碌，是为整个家族争福利，多么无稽，他自私自利地，只想自己。

房屋维护谁来？花木整饬谁上？病痛了请来的医生，付多少医药费也不知道。他只管要玩要乐，要"小荷叶儿小莲蓬的汤"。他的身体已经成熟，可以上床可以恋爱，头脑和精神，始终停留在巨婴——《红楼梦》数百年来之不朽，在于精确地说出许多人的梦。宝哥哥的大观园，这种在父母照顾之下却脱离监管，不需要负责只享受不被打扰的自由，仍然让人垂涎。

我没有责备年轻人的意思。我承认世代相传是积累财富的重要方式。也羡慕国外那延续数百年的家族企业，世代只做一件事：同一座大宅下，所有人生于斯长于斯投身此行业，裁缝、香水、制鞋……有的是这种百年老店。但这不是中国家庭的范式，曾经有一部纪录片叫《失去的手艺》，也一直说是“富不过三代”，中国人只想继承财富，不想继承劳动。

而其实，老一代往往也不希望与儿女合住，不想一直管吃管喝当免费老妈子。亦舒的《流金岁月》里，女儿一毕业，母亲就忙不迭问她：“你可是要搬出去住？”母亲是肯的，“现在流行，几个牌搭子的女儿都在外头置了小型公寓。”不肯的是女儿，“我不舍得家里。”母亲洞悉一切地笑：“到底好吃好住，是不是？”女儿坦白了：“在外头凡事得亲力亲为。”为了啃老，损失个人空间，再觉得这是了不起的牺牲，因此心生怨怼。

也许，中国年轻人是该学习独立自主了。无论家里多么温暖，搬出去，自己做家务不会死的；无论房价多么高昂，省一省，付不起首付就租房子。不必再在长辈们的羽翼下做永不长大的小鸡雏，自由，其实来源于：自作自承当，为自己的一切行为与选择买单。

如果有一天，当有人表达对啃老的无限向往，身边会有人哼一声，质问他：“你正常吗？”这大概，就是中国进步了。

# 此地无银三百两

——说说藏金·掘金

我的朋友多半与我年龄相仿，对未来都有相类似的惶惶。移民是挂在口边上的，但挟资退休无此实力，从洗盘子开始又未免太可怜——看《追风筝的人》《直捣蜂窝的女孩》，说到海岸国家，多少名门之后、高科技人才、音乐家在异国沦为难民，以搬运、清洁为生，看得人心抖抖的。对国内生活，又着实没多大信心。物价飞涨，“钱不过就是张纸嘛”。

多可怕，还有证券、存折、基金、房产证……全只是纸。半生辛劳积攒了有限的财富，怎么才能支撑到老？

我最云淡风清、淡泊名利的女友，突然和我说：“想在故乡置产。”我说：“贵乡那种三四线的弹丸小城，房价飙到上万，绝对不值。”她说：“是呀。可是通货膨胀怎么办呢？”我黯然答：“如果真那样，房产砸在手里，租不掉，卖不出，变现不了每日所需的面包与水，更麻烦。”她问我：“还有别的保质方法吗？”我心一动，想起中国人源远流长的藏金传统。

我第一次听说“掘藏”，是在陈存仁的《银元时代生活史》：“许多大户人家及一般旧家，家中都密藏一些银元，少的一两百元，多的上千上万，并不稀奇。藏银的地方叫做‘地窖’，这些地窖往往连子女都不知道在哪里。所以从前想发财的人，口头上不是说‘希望你中马票’，而是说‘希望你掘到藏’。至今逢到新正初五财神日，要把猪的脏肠作为供品，因为‘脏’字与‘藏’字同音，讨一个好口彩。”

陈存仁娓娓描述了一桩他亲见的“掘藏”事：

那年他八岁，身为富商的姑丈过世。送殡之后，作者的四伯父、姑丈的舅爷，便出面去给丧家掘藏分家。“从前没有什么律师，凡是分家都由舅父来执行。”吃完晚饭，婢仆跟着和尚到寺院中去守夜拜忏。家中仅留下清一色的自家人，四伯父说出亡者的遗言：“只说了一句话：‘东西放在书房画箱底下。’说了这句话之后，已是奄奄一息，并伸出两个手指说着‘二十’两字。”

于是全体到书房中去，先把画箱搬开。画箱是厚重的樟木大箱，比书房门还阔，“想是早年雇工在书房里制造的，想要搬出书房是不可能的”。一叠四个，装满字轴、画轴、铜钱串成的五尺剑，十分沉重，要四人联手才能移动一个箱子。“这都是从前防偷窃避盗劫之法。”箱子搬开后，再掘开已呈酥烂状态的地板，“下面竟是一块极大的像水泥般的石板”！死路了？不，这也是故布谜阵，是用糯米和石灰拌成的凝和土。几个子女通力帮忙，打烂凝和土，下面现出八个缸。“缸内银元宝是用桑皮纸包裹的，桑皮纸已近乎糜烂成灰的程度，上面写着‘同治几年藏’和‘光绪几年藏’字样。”

缸只八个，为什么姑丈说“二十”？细分析，姑姑是填房身份，难道在他的前妻时代还有十二缸？向四周搜索无果，又往下掘，“大约再掘下几尺，果然打破了一只缸，银元的锵锵之声，清脆入耳……连前共计二十只，每只内藏银元一千和银元宝一对”。

分家已毕，迅速灭迹，“大家动手急急忙忙把泥土碎石和坏地板丢弃花园中，仍旧把画箱照原样放回原处”。

四伯父简直就是中式的遗产律师，完成亡者的心愿。若没有这么体己的心腹怎么办？

《古今小说》中也有一篇《滕大尹鬼断家私》：倪太守老夫少妻，担心自己死后，前妻长子欺凌继母及幼弟，也害怕小妻子携款改嫁，于是“藏金”，暗留遗嘱于画轴，以待清官……一场腥风血雨、国产电视剧式的遗产争夺战就此展开。倪太守所作的画，“乃是一个坐像，乌纱白发，画得丰采如生。怀中抱着婴儿，一只手指着地下”——这简直就是为了告诉人民群众，地下有金银财宝。

以下部分就是曲折精彩的破案戏了：倪太守去世后多年，小妻子带着画轴找地方官员滕大尹主持公道："泼了些茶把轴子沾湿了……双手扯开轴子，就日色晒干。忽然，日光中照见轴子里面有些字影……正是倪太守遗笔。上面写道：'惟左偏旧小屋，可分与述（小儿名）。此屋虽小，室中左壁理银五千，作五坛；右壁理银五千，金一千，作六坛，可以准田园之额。'"

滕大尹一番装神弄鬼，为孤儿寡母主持了公道，"东壁下掘开墙基，果然理下五个大坛。发起来时，坛中满满的，都是光银子。把一坛银子上秤称时，算来该是六十二斤半，刚刚一千两足数"。右壁的呢？滕大尹说："方才倪老先生有命，送我作酬谢之意。"这是智慧的价格，落了"日断阳夜断阴、廉明正直"的好名儿，又黄金入袋平安，真是无本万利的好买卖。至于良心……古话是怎么说的？白酒红人面，黄金黑人心呀。

小说家言，并非凭空而来，是实打实的人情实录。难怪阿西莫夫"机器人帝国系列"里面的地球人侦探贝莱，每到一个星球，都要求看当地的小说——没错，是小说。因为他觉得，再没有比小说更能反映风土伦理了。

中国上下五千年，和平盛世并不多，所以埋金藏银古已有之。

《魏书·崔玄伯传》即有平昌太守"家巨富而性吝啬，埋钱数百斛"的记载。《晋书》里也提到隗照"藏金以待太平"，其妻五年后才掘出。《稽神录 · 邢氏》亦有"其妻窃聚钱，埋于地中"的描写。宋洪迈《夷坚支丁》卷6《证果寺习业》中，也有亡魂向朋友求救："吾亡后，妻即改嫁，稚子懦弱，殆无以食。吾生时积馆舍所赢白金二百两，埋于屋下某处，愿为吾儿发取以治生，切勿令故妻知。"

宋周密《癸辛杂识》续集中《重窖》，还提到"自兵火以来，人家凡有窖藏，多为奴仆及盗贼、军兵所发，无一得免者"。他还提到一桩窖藏妙法：先藏一层，以土石掩埋；再藏一层，又以土石掩埋……这样三四层之后，再用砖砌。这样一旦被人发掘，"见物即止，即不知其下复有物也"。是心机吗？我只觉得乱世犬民的悲凉。更不用说"此地无银三百两"的故事，真是让人伤怀，必须一掬同情之泪。

藏金，多半是为子孙考虑，把这视为一笔长期的极稳健投资。《警世通言》

之《桂员外途穷忏悔》即写道："父亲施鉴是个本分财主，惜粪如金的。见儿子挥金不吝，未免心疼。惟恐他将家财散尽，去后萧索，乃密将黄白之物，埋藏于地窖中，如此数处，不使人知。待等天年，才授与儿子。从来财主家往往有此。"一句"从来财主家"可见其普遍性。

《聊斋志异》有一则《宫梦弼》，说一个中国葛朗台："窖镪数百，惟恐人知。"穿破衣烂衫，吃糠秕充饥。晚年瘦到皮包骨头，"臂上皮摺垂一寸长，而所窖终不肯发"。最撼动人心的时刻到了："濒死，欲告子。子至，已舌蹇不能声，惟爬抓心头，呵呵而已。"剧终。赵本山与小沈阳说的"人死了钱还没花完"的大悲剧发生了，而他最想传给的儿女也没得到。蠢吗？也许不过是天下父母心。

总之，藏金是一个故事的开始，把黄金深埋于地下，防备将来。只是将来之不测，每出埋藏者意外，藏者是他，掘者就不知何人了。要到掘金，才是故事的终点。

在宋代，掘藏已成风俗。苏轼《仇池笔记》卷下《盘游饭谷董羹》曰："江南人好作盘游饭，鲊脯脍炙无不有，埋在饭中，里谚曰'掘得窖子'。"也就是发现了，一个藏在地下的黄金洞。民心所向，不过如此。佚名《嘉莲燕语》又载："吴俗迁居，预作饭米，下置猪脏共煮之。及进宅，使婢以箸掘之，名曰'掘藏'，阖门上下俱与酒饭及脏，谓之'散藏'，欢会竟日。后人复命婢临掘向灶祝曰：'自入是宅，大小维康；掘藏致富，福禄无疆。'掘藏先祭灶神然后食。"风俗已成为信仰，至少绵延到了民国时代。

窖藏多吗？沈括的《梦溪笔谈》这么说："洛中地内多宿藏。凡置第宅未经掘者，例出掘钱。"买房居然要出"掘钱"，真匪夷所思。竟已成例。

到了元明，"掘藏"已成为一夜暴富的代名词，人人都抱着极大的期望。富人的第一桶金从何而来？每每来自于地下，真辛苦而来的血汗钱反成意外。《醒世恒言》里《徐老仆义愤成家》的徐老仆，是经营天才，为少主兴家。大家却都说："莫不做强盗打劫的，或是掘着了藏？""都传说掘了藏，银子不计其数。"《杜子春三入长安》里，败家子突然发迹，亲眷们也在猜他金钱的来源："也有说他祖上埋下的银子，想被他掘着了。也有说道，莫非穷极无计，交结了响马强盗头儿，这银子不是打劫客商的，便是偷窃库藏的。”总之，没人相信横财能是好来历。

掘到藏，常见吗？《聊斋志异》里的八大王，为了报恩，授给救命恩人火眼金睛、人肉窖藏勘探仪之能力。冯生“凡有珠宝之处，黄泉下皆可见”，屡次掘藏，与王公增富。还是《聊斋志异》里面，宫梦弼与青梅竹马游戏，“与发贴地砖，埋石子，伪作埋金为笑。屋五架，掘藏几遍”。而在小说的国度里，“宫往日所抛瓦砾，尽为白金……及发他砖，则灿灿皆白镪也。顷刻间数巨万矣”，“失意之人看聊斋”，大概就是指，里面充满了无所不及的白日梦。

而真相，在民国时代的鲁迅小说《白光》里：一位做梦都想掘藏的人，看到一道白光，认定是地下金银的暗示，却没想到那只是大湖的波光，一往情深地扑进去。更令人诧异的是，据周作人回忆，这并非完全的虚构，确有其人确有其事。当时绍兴乡间演剧，开场戏必有一出《掘藏》，很 HAPPY 地祝愿所有的观众，都有这好运道。有一句谚语如此说：“少年去游荡，中年想掘藏，老年做和尚。”活化出一个游手好闲、不思进取而做发财梦的人的一生。

到了现在，掘藏故事很少出现，是我们已经放弃了掘金梦吗？不，有风靡一时的《盗墓笔记》为证。它不是西方的探险故事，不是人与自然做斗争，而是借此神奇经历，发现一笔藏在地下的巨大财富。黄金都黄澄澄地等着被拿，连大浪淘沙都不需要。这梦做得，太完美了。

思前想后，我却委实不敢劝女友，把现金兑成黄金，全藏在地下。第一，现在城里空地难找；第二，我曾看过一部最悲摧的小说：一个江洋大盗，盗窃银行金库后被捕，受尽严刑拷打，在狱中度过一生，死活不告诉其他人赃款藏在什么地方。三十年后出狱，千辛万苦，找到早已被他毁了一生的儿女，带他们去到藏金处——那里，已经变成一家大型超市的三层停车场……

# 一个家庭的中国式洗牌

春节期间偶赴饭局，除我之外，全是张总、李总、王总……我准备好听他们谈酒色财气，不料话题重点是：育儿！很有几位四五十岁的“总”，刚刚麟儿在抱，还有一些笑得神秘。“总”们边谈小额放贷、矿山、年下的银根紧缩，边讨论请中式月嫂还是菲佣，孩子将来是上国际学校还是“不忘国本、国学为首”……当然，没有一个是第一胎。关于长子长女，他们只一笔带过：“跟他妈了。”“出国了。”“他不愿意学习，我也没办法呀。”

我忽然心念一动，明白我看到的，是某一阶层家庭的大洗牌。

我面前的这些“总”，就是传说中的新贵新富阶层。他们往往出身寒微，然后，或读书，或参军，或打工，从筚路蓝缕开始捡拾灰尘里的金屑。该结婚结婚，该要娃要娃，生儿育女，像完成对生命的债务，无债一身轻的他们，继续上路。

奋斗日子，妻子们会觉得是同甘共苦、相濡以沫，他们感受到的，却是孤独：两位带头老大都伸出橄榄枝，站错队就要掉脑袋，长夜里辗转反侧，无人可以商量；资金链说断就断，怎么办？多少人曾在高楼顶、长江旁徘徊过；被黑社会威胁过，可能也雇佣过黑社会；面临过牢狱之灾，也曾将谁送进去过；还有一些事儿，等更加功成名就，退出这凶险江湖后，也许他们会说。

专注事业的人，向来无暇他顾。当他太累，只想休息，家只是个睡觉的地方；当他太疲倦，只想放浪形骸，责任只意味着天亮前回家。最苦最累，带钱回去给老婆孩子了，他恨不能给自己点 32 个赞，连称自己是纯爷们儿。

而如果妻子也一样精明强干，是他事业上的好助手，那对孩子兴许是更糟糕的选择——孩子必须沦为牺牲品，在寄宿学校、爷爷奶奶或者亲戚家中长大。他只有两只手，要抱砖就不能抱孩子，这很残忍也很现实。

等他终于赚到了钱，他却发现，他早已失去了孩子。今天的钱不能给到昨天，买到孩子童年时父亲的陪伴。孩子早已习惯他的缺席，从来不问“爸爸去哪儿”，很少有机会玩“骑大马”“滑人梯”，过马路时只能紧抓妈妈的手。生命中风雨来袭时，孩子头顶的伞总缺了一角。不曾在父亲膝前依偎过，又怎么能在青春期，把心交给这个已经生疏了的父亲？因此血脉相连，视线却绝不交汇。

而父亲也不理解孩子。他不明白自己饿着肚子还要读书，孩子在蜜窝长大却只学会挥金如土；他从小不怕吃苦不惧冷脸，孩子却听一句气话就离家出走。他有满腔话要跟孩子说，却不知道怎么说、说什么，孩子才会听。

更何况，富易妻是中国男人的本色，离婚大战、小三们的层出不穷、各种翻脸吵骂……孩子很自然地站在母亲一边，对父亲满怀怨怼。这批足够富有的中年男人，赫然发现，他们面对的是：一个不成器、冷冰冰甚至满腹恨意的孩子。

不歉疚吗？刚刚上过春晚的张国立，曾给儿子张默写过这么一封信：“你小时候如果不是刚好碰上张国立要创业、要争名声的时期，也许我和你妈妈也不会离婚。你进了这行，要不是有张国立这个爸，你可能没有这么痛苦。”

但歉疚又如何？亲人之间，救赎无从实现，烂账收拾不尽。儿女债，一生一世还不尽——何苦来哉，不如从头再来。有些人，真的就这么想。

新的小生命就此诞生。这一次，他们是细心的爸爸：把孩子托在掌心，笨拙地学换尿布。外面应酬到半夜，坚决不喝酒——某总，我们给你叫代驾；不行，我娃不喜欢我喝过酒亲他，他九个月。仍没耐心看育儿书籍，但鼓动新妈妈看听学。同事熟人说起时认真插嘴：什么是感统训练？立刻打电话报名。

不能说他们不爱长子长女，只是亲情，有时也是生命中的奢侈品，需要钱、时间、精力、闲暇，需要与孩子他妈之间真挚的情谊。真有一位我认识的老总，从没参加过前两个孩子的家长会，却没缺席过小女儿的每一堂芭蕾课。而她是他的第三个孩子，她妈是他的第三任妻子。

而那不再被提起的长子长女，也许就是给足够的钱，保证一生衣食无忧，也投取了父亲的问心无愧。他们很少想到，对孩子来说，这是双重的被抛弃，一次在童年，另一次可能在人生的任何时刻——当那个父亲真正宝爱的孩子出生。

不必说李连杰，也不必说乔布斯，还有有三次婚姻、两个儿子的英达，对小儿子是司机、保姆、厨师、教练四栖老爸，上太空都要带着照片；对大儿子，“7岁时求你带他出去玩一次你都不理，11岁管你要电话你都不给，14年来形同陌路”。前妻痛斥他：“你不是人。”不，也许就因为他是人，有人的计算：与长子之间隔阂深如大海，多少小恩小惠也是精卫填海。那索性一笔勾销，转过头，假装大海根本不存在。

父亲们走得太远，听不见被抛弃孩子们的哭声。

唯一的安慰是，人算有时候不如天算。

曾有一位父亲，眼前新妇新儿女，他对次子发出称心如意的赞许：“我们家就这么一个较出息像样的。”

后来呢？

呵呵。

# 普通人，不能以天才的方式生存

那一年，龙应台《亲爱的安德烈》出版，一纸风靡。我还来不及看（我那时的枕边书是《育儿百科》，有事没事猛翻），先与朋友讨论。朋友冷冷地说："有什么可看的？她儿子很平庸。"

我恰好在网上先看过书里的《给河马刷牙》，觉得深得我心，立刻以龙应台的话答她：假定你是一个喜欢动物研究的人，我就完全不认为银行经理比较有成就，或者狮子河马的管理员"平庸"。每天为钱的数字起伏而紧张而斗争，很可能不如每天给大象洗澡，给河马刷牙。

朋友几乎是劈头盖脸在痛斥我："一个国家有几个动物园，一个省份才一两个？全世界才有几只动物园里的大象？而中国有多少人？如果这是一份体制内的工作，竞争会更加激烈，只怕不是211大学畜牧大学研究生以上学历，都没资格投简历。公务员、会计，全是平庸的职业，是那么容易的吗？你去问问考公务员那些人！"

朋友的火气把我吓到了，她那痛心疾首，就像一个恨铁不成钢的母亲——没错，她确实是。

她曾是市级高考状元，当地政府还发了一笔奖金给她家。她自己倒不觉得有什么稀罕，因为从小被目为神童，从没拿过第二名。她正常地博士毕业，进入大学任教，生儿育女——开始面临一生最大的难题。

她没有像其他父母那样送孩子去早教，因为觉得不必要：“我们也没上过这些呀。”孩子上了小学，成绩一直摆尾，她也没觉得了不起——男孩子开窍晚。等她意识到，按《裸猿》所说，男孩的大脑要到23岁才正式发育成熟，而如果任由儿子发展，可能到那时无法大学毕业，她开始慌乱。

她太聪明，有智识阶层的傲慢，所有中小学难题一眼看到答案。她不能理解为什么儿子苦苦思索而不可得，也没法把自己的所知传给儿子。要不要送孩子去上奥数或者坊间其他的补习班？已经错过了孩子对父母言听计从的年纪，孩子不肯，她也没招。

我猜她在安德烈身上，看到了自己孩子未来的命运：安德烈是中德混血，双语背景，父母都是博士学位，母亲更是人中龙凤。但他21岁才上大学，而且是在母亲任教的学校——这里面有多少是他的真才实学，有多少是拜母亲之赐？德国福利甚好，安德烈显然会一世无忧，平庸者也一样能过着稳定愉快的生活。但中国作为人口大国，人人都要拼命才能讨得一碗热饭吃。

她时常以严肃的口气跟我说：“小孩子还是要逼的，否则养不成好的习惯。”但还在若干年前，她用轻描淡写的口气跟我说：“没什么可逼孩子的，等他意识到学习的重要性，随时开始都不晚。”严酷的事实是：也许他永远意识不到学习的重要性，而“随时不晚”是对老年有志向学者的安慰。

我想起《女子与小人》里面，龙应台的小儿子不肯学游泳，敷衍练琴，龙应台也只说：“好，现在我不强迫你了，但是你长大以后不要倒过来埋怨我没强迫你啊。”

也许，儿子不埋怨，母亲会自怨。

安德烈1985年12月出生，快30岁了。

我阅读育儿书的脚步没有停下来。我在网上看到一本台湾女作家的书，写女儿的童言稚事。女孩的祖父母、父母全是作家文人，四壁皆书也，来往也都是雅士，女孩就在文化与一群猫的簇拥下慢慢长大，爱好花鸟虫鱼，五岁能写五言对句，画的画更是气势万千……

我正看得无比艳羡，网上连载已经告一段落。正好我与朋友们吃饭，兴致勃勃地说：“我要把某某书买回来，学习一下。”

席间的小朋友断然说："不要学，这个女孩教得不好，是个小*。"

"小*？是什么？"

我的无知顿时在饭桌上掀起一个小高潮，群雌粥粥向我普及"T""P""H"等诸般常识，我懂了仍然不以为意——我自己，也经历过探索性向的青春期："这有什么了不起？"

她们反问我："那你觉得，什么了不起？"

我说："健康、快乐……至少要自食其力。"

但是，据说，女孩没有做到。小时候，父母带她去邻近小公园玩沙子，父亲担心她捡不到好看的石头会哭，会帮忙在沙坑里到处挖，再偷偷扔在她面前。被过度保护的女孩，内向羞涩，渴望友情却不擅长寻找。母亲带着她脱离制式教育，动不动讲："今天不要去上学了，我们一起去咖啡馆吧。"看女儿放学早早回家就会讲："以后放学不要这么早回家，先去外面逛逛啊。"同学们也接受了她的不一样，说："你将来是要当作家的，成绩对你没有用。"很自然地，不太和她来往。被目为异类，成为永远的边缘人，这种感觉，不好受。

大学毕业后，她没有去外面上班，跟随了一位与她家有千丝万缕联系的艺术家，亦生亦徒亦助手。生活始终在一个小圈圈里打转，而她，没有成为作家，也许根本没有写作。

总之，她不开心。

我还是买下了这本书，字里行间读出女孩的寂寞，她为自己虚构出了幼儿园玩伴——那至少说明，她确实没有交到真实的朋友。而她的母亲，要到她毕业才去问老师，如果这不是为了加重戏剧效果的荡开一笔，是否能说，母亲爱她，但确乎粗心大意，没有像一般母亲那样，对她的一举一动都无比悬心？

女孩86年的，也快30岁了。

天才，与普通人之间是有隔膜的。他们不懂得我们的愚钝，也不明白为什么我们见知识宝库仍袖手旁观。他们往往是拿书就看，一看就通。智慧是他们的大杀器，拥有此，即使怪僻、冷漠、不谙世事、自私自利……都能被原谅。但如果，他们的孩子也是"我们"中的一员，此刻的隔阂，或者就将是终生遗憾。

也许，不确定你孩子是天才之前，先按普通孩子的方式养育他/她吧。何必以精英的骄傲，替儿女们拒绝按部就班的教育方式。特立独行需要资格，大部分人绝对没有。真正的天才会脱颖而出,有足够随心所欲的权利。而普通人，不能以天才的方式生存。

# 谁信谁倒霉的大V理论

——自己尊若菩萨，他人秽如粪土

年前无聊乱逛微博，看到一位“教育专家”（大V级的）怪论：“中国现在的女性理论有问题，谁信谁倒霉。”其论据是，一位农村女学生学了之后，放假回家就同父母争论：为什么不让她上桌吃饭？为什么家务事她就应该多做？本来平平静静，出去一学期就变成这样，这是对的吗？中国现在的女性理论害人不浅！

这位“教育专家”像是从民国初年穿越过来的，还省略了女学生另外的追问：“为什么逼我缠脚？为什么让我辍学供兄弟念书？为什么要卖我去当童养媳？……”山村向来素素净净，被弱女子的哭声吵嚷得四邻不安，鲁老太爷、假洋鬼子以及“教育专家”纷纷发出深深叹息：“反天了。”“女人跟男人争竞，忘了祖宗家法吗？”“世风不古呀……”

我翻了翻“教育专家”的其他言论：“女生上学参加高考、跟男生拼，这是错误的性别教育。”“母亲的身体是国有资产、民族资产，除了孩子，任何人无权动用。”“综观人类历史，各个民族几乎无一例外地对女性行为的要求都要比男性严格，如中国的‘四德’等……遗憾的是现在却很少有人能理智地承认其合理性的一面。”……咝，我听见自己牙缝里面倒吸凉气的声音。

我没有以一人之力扭转偏见的豪情。更何况，在中国，如果要学堂吉诃德，与愚蠢观点作战，那一定会变成“挑滑车”：纵你是岳家军第一猛将，天生神力如高宠，奋不顾身连挑十一辆滑车，也终究要被第十二辆压死——而后面还有浩浩荡荡的愚蠢大军。

过了两天我又逛到那微博，原来“教育专家”被愤怒的女生们骂惨了，派女儿出来支应门户。我一时多事，翻翻她的资历，原来是个90后，高中时便赴美国当过交换生，还出版过体验美国教育的书籍。现在在美国读大学，努力攻读之外是绚烂多彩的生活：滑雪、聚会、讲座、旅行、男友……这是现在城市中产阶级女孩子的普遍路线。

看了这些，我却心里有点不是滋味：按她爹的观点，她不应该是个三从四德的半文盲吗？不应该痛斥她忘了女子无才便是德，忘了做饭、绣花、成为生育工具才是女子的本分？原来“教育专家”的理论，只针对别人家的女儿。

在外面，他是男人，要争取男性利益最大化，看女人都是要被驯化要被教育的，越多女子甘为牛马，跑得快还不吃草，男权社会就越把得稳；但回到家里，面对女儿，他还是一个慈爱的父亲：栽培她，保护她，照料她。他女儿十几岁就能出书，想必跟他本人的身份还是有关的。他给女人设了无数清规戒律，但——我的女儿，你不是女人，你是我的公主。

甚至，他对女性的严厉苛责也包含了私心杂念。他鼓励全职母亲，动员她们都从公共领域退回去，于是，一大片宽宽荡荡的天空就留给了自家女儿：孩子，闲杂人等都被为父赶出去了，你可以自由飞翔了。

这大概就是传说中的“横眉冷对千妇指，俯首甘为孺子牛”。而爱，是多么狭隘与冷酷的事。

孟子说：“幼吾幼以及人之幼。”这句话的隐义是，人从自己立场出发兼爱天下。圣人的时代，可能还不知道狮子和狒狒，这些结群生活的动物，为首那个，会摔死非自己所生的幼兽：水草有限，肉食难求，为了让自家宝宝能多吃一口，其他宝宝全死光打什么紧。

也许就有些人来说，就是幼吾幼，而对人之幼辣手狠心；怜吾女如宝中宝，便视他人之女是贱中贱。

《红楼梦》里面有一位夏金桂，“生得亦颇有姿色，亦颇识得几个字”，也是个知性美少女，只是：“爱自己尊若菩萨，窥他人秽如粪土。”无非如此。

——我的朋友看了之后说：他人，哪里有什么他人。

# 你是被父母偏嫌的孩子吗？

## ——由聊斋故事《云萝公主》说开

聊斋故事多了，《云萝公主》是我始终忘不掉的一个。

说的是，美少年安大业遇到来自星星的云萝公主，一段缠绵后，公主就回她的星星了。这故事最出名的桥段，是云萝公主在欢好开始之前，给男人的两个选择："若为棋酒之交，可得三十年聚首；若作床第之欢，可六年谐合耳。君焉取？"生曰："六年后再商之。"旁观者：啧啧啧。男人就是这么伧俗，宁要短期欢聚也不要一生一世。切，换我也选六年。第一未来的事说不准，当然先顾眼前；第二喝酒下棋这事，谁都可以，实在无聊，搬小凳子去马路牙子上，也一定会凑来许多臭棋篓子。而爱人是要用来风流吟罢约三生的，美少年只应狎玩，不必浪费在形而上。

我私人意淫的段落，是公主的骄奢淫逸。她闲坐绣榻，"辄使婢伏座下，以背受足"，人肉脚垫；另两个丫鬟夹侍，"辄曲一肘伏肩上"，当扶手。妇人娩子，九死一生，也是丫鬟为她代劳："妾质单弱，不任生产。婢子樊英颇健，可使代之。"

仙人为什么也会有普通人的偏心？

公主生了两个儿子，第一个，她大喜："此儿福相。"起名"大器"；第二人，她举起来一看："豺狼也！"立命弃之。孩子的父亲安大业不舍得，才勉强留下，起名"可弃"。马上就张罗给可弃定亲，最后选的一家"贱而行恶，众咸不齿"。将在八年后产女，就是她了。公主的打算是："为狼子治一深圈。"何以至此？

直接就打算把儿子送到监牢里去。

六年约满，公主不知所踪。地球上只剩下一个单亲父亲，以及两个儿子：大器与可弃。

大器正常地长成良家子，读书及第，婚姻幸福。

可弃呢，不爱读书，偷偷在外面赌搏，输了就偷家里东西变卖还债。父亲打他罚他，严防死守，他就偷到街面上，被抓获后送回家。父兄觉得没面子，把他绑起来，“楚掠惨棘，几于绝命”。

他越不成材，父亲越放弃他，临终给两个儿子分家：“楼阁沃田，尽归大器。”这心偏到手指尖上了。可弃何得不怨。矛盾步步升级，他持刀欲杀大器，未遂。在父亲去世后兴遂，也未遂。两兄弟越发仇深似海。

过了些年，可弃二十三了，母亲当年为他订亲的小女孩十五了，驯兽师就此闪亮登场。小女孩严厉，他出门便规定时间，晚归就挨骂，不给饭吃。落后，女孩成了母亲，果然有子万事足，她说：“我以后无求于人也矣……无夫焉，亦可也。”果然男人就只是用来提供精子的吗？

可弃还敢去赌，被女孩赶出家门；他想回家，她把娃往床上一放，直接拿菜刀。几番来回，一部女版《驯悍记》完成：“罚使长跪，要以重誓，而后以瓦盆赐之食。自此改行为善。”

蒲松龄正儿八经地点评曰：悍妻妒妇如毒药，但用在败家子上，是以毒为毒。大赞公主圣明，“仙人洞见脏腑”。但且慢，可弃真的生来就是败家子吗？

《阴阳师》里说过，名字就是咒语，名字就代表了一个人在家庭中的地位，父母对他的态度。叫金童的多半爱不释手，叫邦媛的果成学者。席慕容说：“斯琴是智慧，哈斯是玉，赛很和高娃都等于美丽；如果我们把女儿叫作，斯琴高娃和哈斯高娃，其实就一如你家的美慧和美玉。”

反过来，叫多多的女孩子，表达了父母失望：太多了，又是一个女孩子。叫南孙的，则是期盼：你原本应该是男孙。也因此，我从不曾见过一个备受宠爱的“多多”，或者一个不吃苦耐劳的“招弟”“引弟”。

可弃，更是血淋淋的、写在纸上的厌恶嫌弃。母亲从一开始就不要他，他哭泣时她只觉得烦，他张手要抱的时候，是谁接过他的手？婴儿能犯什么滔天大罪，他如何解释自己的不被爱？被厌恶、被诅咒的孩子，要怎么学会爱？

故事直接从零岁跨到成年，恕我揣测他的成长过程：被忽视、被轻贱、被疏忽，被等待——等待他学坏，等待他“本性”暴发，等待关他入监牢。他不要看书，所有书籍都在说“孝顺”，却没有一本能回答他的困惑；他的忤逆，也许是对父母冷遇的控诉；他结交损友，但只有在他们那里，他才能获得一点人类的尊严，一点赢的喜悦。他偷盗家产，可是他与这个家有关吗？他令家楣蒙羞，但家人既然视他为一袋可弃不可回收的食余垃圾，垃圾难道不应该散发恶臭吗？被放弃的人，怎么要求他自强不息，不自暴自弃？

云萝公主为什么对两个孩子态度迥异？无从知道了。春秋时的郑庄公，出生时难产，产育过程母亲大概极为痛苦，所以给他起名寤生（脚前头后的脚位，或睡梦中出生，即急产），深深厌恶他。偏心到了一定程度，母亲与次子共同策反，以谋夺长子的王位。郑庄公平息叛乱，痛恨母亲的行为，说：“不到黄泉不相见。”事后心软的他，在旁人的劝说下，挖地道与母亲见面，如此原谅了母亲。

可弃，没有这个机会。大部分被偏嫌的孩子，都没有机会与父母互相谅解、重归于好。

为什么会有偏心存在？母亲当时的身体、精神状态，父母之间的关系（如果是大家庭，婆媳关系都直接改变孩子的未来），社会环境，经济压力，顺产难产，有奶无奶，是易养儿还是难养儿……诸般种种，都直接影响母亲对孩子的态度。有时，俩娃就是一个高白壮聪明听话美貌，另一个矮黑瘦笨拙倔强丑陋。人心向背，即使是亲妈，也避免不了。

我养猫的朋友说得更直白：“收了小白后，我还是每天给大黑做猫饭、洗澡、换猫砂。可到晚上，我愿意抱着小白睡。我爱大黑，但我更喜欢小白。没有原因。我也不知道为什么。”责任必须不偏不倚，但爱却是杂花生树，向阳的一面必定生得更高大美丽，背阴处隐隐地，树干腐烂，生出怨恨的木耳……

国家政策今年放宽，我几乎所有的女友都处在以下三种状态之一：已生第二胎 / 正孕第二胎 / 正打算第二胎。我自己也开玩笑说要“冻卵子”。但如果，不能保证给出公平的爱，做不到一视同仁——老实说，单从《云萝公主》来看，大器只是平凡人，并未成什么大器；可弃也没犯什么滔天大罪，只是个普通的小混混。也许，将他们的名字一掉换，他们的角色及人生，就此掉换。

若你有兄弟姐妹，你在父母心目中，是大器还是可弃；再想想看，若你有两个以上的孩子，他们对你来说，有没有一个大器，一个可弃。

# 亨利从育婴房走了出来，你呢？

——一个被当作教具的人

有亲戚在美国生宝宝，回国后向我们转述见闻。她在怀孕期间，去当地社区中心上课，专业护士拿洋娃娃当教具，让这批即将晋级的新爸爸新妈妈轮流实操换尿布。

一个笨手笨脚的大汉手一松，洋娃娃头朝下跌落，尖叫声中，他扑棒球般奋不顾身一把抄住，自己“砰”一声巨响砸在地板上，还把洋娃娃举得老高。孕妇们都情不自禁鼓掌，全忘了，他抢救的只是个教具娃娃，不是真实的婴儿。

他们当中应该没人知道，曾经有一度，人类曾经把真实婴儿当作教具。

从前从前有个宝宝，不，从前从前有个教具，由当地居民出钱，被送到大学家政系的育儿所，以供他们的女儿学习“如何当好称职的母亲”。

教具名叫“亨利·豪斯”，考虑到“豪斯”其实就是房子的意思，其实他就是“育婴房亨利”，就相当于“厨房水桶”或者“卫生间拖把”。“和其他婴儿一样，亨利需要在这里待上两年，由六个母亲轮流照顾，每人一周。轮班的时候，她们与他同吃同睡，悉心看护，丝毫不得马虎。她们要学会育儿技巧：哺乳、换尿布、哄孩子、陪孩子玩，一直到学得差不多了，才把亨利交给下一个细心负责的受训学生。”

美国小说《别丢下我》就从这里开始，而最令人诧异的是，这竟来源于一段真实历史。

1847 年起，美国伊利诺斯州立大学率先开设家政系，此后，家政学迅速在美洲大陆普及开来。在那之前，操持家务、生儿育女这样的事体，美国人民和中国人民一样，走的是祖母——母亲——女儿 / 媳妇的母系路线。没有教材没有方案，全凭手把手教，外加口传心授，老祖母的私人菜谱与感冒验方，才得以永远流传。

但新时代来临了，“科学教”横扫一切，科学育儿法唾弃传统育儿理念：那不都是些婆婆经吗？一代一代试错的偶得。新式科学讲求的是规则、定理、训练。实践出真知是不二法门。连开车都要上课、考试，在教练车上反复练习，何况比开车难上百倍的育儿？

于是，自 20 世纪 20 年代起，美国各大学的家政学系，会不断向孤儿院暂借婴儿，放在“育儿实习房”里，供大学生们上课时充当教具。据作者估计，每年有上千婴儿一生下来，就由多位“实习母亲”照顾。一两年后，被送回孤儿院的孩子，“因为是现代育儿技术下的珍贵产品”，亦会成为被领养的首选对象。这做法，直到 20 世纪 60 年代之后，斯波克等人的亲密育儿法成为主流，才渐渐停止。

（我要想一想，才能判断这事儿的对错。比如说，性爱也是非常重要的一环，性教育课程大有必要，但如果开到《爱经》那程度，型男索女们赤膊上阵，充当肉蒲团，供学生们靠临床经验来进修，家长们到底会不会愤而换所学校，还是老老实实从众随大流呢？搞不好，后者是大多数……）

教具亨利就这样，在一堆少女们手中长大，听熟六种催眠曲，习惯六张脸孔：每个都提供怀抱、喃喃细语、牛奶——母乳实在爱莫能助；每个都会在一周末了，松一口气把他移交。每个都是妈妈，但每个都不是。“在外人看来，这些实习母亲就像是驱动亨利不断前进的引擎上的一个部件，她们在引擎上的地位相同，可以互相替换。”

因为一些各种各样的私念，亨利不曾被收养，就在育婴房长大，看惯婴儿的不断来去，一代代女学生们为婴儿兢兢业业，课程一结束，就四散而去。他不知道真实的家是什么样子的，争吵、兄弟间的竞争、搬家、亲戚、妈妈对孩子大吼大叫……这些从没发生过。他看到的，就是甜蜜、温柔，然后说走就走。

也许他始终无法建立"客体稳定性"——这个词的意思是，那东西只要存在，你看不见摸不着也会稳稳定定存在着。妈妈每天上班去，但她不是消失了，她每天还会下班回来呢。正常婴儿很快就会懂得这一点。可是对亨利来说，看不到，就是消失，而且永永远远。离开，就是抛弃，也一样永永远远。

他的生身母亲曾经想带走他，最终这"想"还是化为子虚乌有。她没能力，她还有自己的生活要过。嗯，没什么，他早知道，爱就是这么浅薄，再爱，也不可能为他修改自己的时间表和人生路线。

他仰慕过一对爱护学生的老师夫妇，心里暗暗视他们如父母。但老师有了自己的孩子，随后一切变了样。唉，他习惯了，爱就是这么敷衍，再爱，也超不过自己的血脉自己的家自己的利益。

很早很早，他就做了决定：不拥有。不索取，就不会被拒绝；不持有，就不会失去；不让任何人占据自己的世界，就不会在他/她抽身而去时，面对难堪的空洞。而他遇到的每个人，都在强化他的决定。

后来他爱上了一个也在育婴房长大的实习婴儿，在那女孩身上看到了自己：自私、冷漠、深知不被任何人爱所以不爱任何人。她和他一样，擅长给出预示着亲近的诱惑。"她可以用身体假装出来，但无法用真心表达出来。"他努力地、无所不及地爱她，她始终无动于衷。被爱也是能力，她没有。他还爱她，却又对她充满厌恶，这种厌恶只有当一个人厌恶自己的某一个部分时，才会有。

这一次，他终于明白：不拥有，就是失去。而他，着手营造一个可靠的所在——家。是的，如果无家可归，就自己制造一个。如果得不到爸爸妈妈温柔的爱，就自己成为爸爸妈妈。

爱，总要有一个开始。

你，大概也曾经被当作教具。

A 离开时说："谢谢你圆了我的梦。"他学会幻梦可以私人定制；早退没什么不好，反正后走的人买单；你大概也教会了他甜言蜜语的力量，女人会被什么承诺打动，是他从你身上学会的。

B 把一切都归咎于你的冷淡。爱上你，是他一生中最疯狂的事，你不想令他骑虎难下，你拒绝，他顺势下台。他大概从你这里学会了理想与现实的不可得兼，懂得自己只是个普通人，还是过一份安生日子最好。

还有 CDEF……说不上是认真还是另怀鬼胎，总之，到最后，你和他们，成为彼此的实习恋人。每一段不成功恋情都是实习期，不被录用的实习生，永不会再见。

被错爱养育过的你，正如教具亨利，渐渐有了独特的冷漠：认真你就输了？玩世不恭谁不会呀。

你很讨人喜欢，尤其那些你起意取悦的人，每句话每记含泪的微笑，能击中能安抚能刺痛，你全烂熟。你是个艺高人胆大的编剧，剧情台词无一不精，支持你的是大数据。你懂人人都觉得自己是不一样的，而这恰恰是人与人最相同的部分，你早就会看着他的眼睛说："你对我，独一无二。"而且你没有说谎。

你终于实现了有人说过的境界："你来，我当你不会走；你走，我当你没来过。"也就是丧失了"客体稳定性"——这词你觉得生涩难懂？好吧，换一个常见的，"安全感"。而你的心，被寂寥覆没，像鸡雏被黑母鸡牢牢地覆在翅翼下。

要到什么时候，才能说"教具生涯原是梦"，恍悟：被爱是福分，爱却是一种更高级的感情，别因为受过伤就荒弃，别因为怕散就不要聚，别拒绝在心房墙壁打钉，要承受这疼痛，才能从此有事挂心，有人挂念。

亨利从育婴房走了出来，你呢？

♥

# 无鸟之夏，终将过去

# 我呼唤你，黛莱丝

“黛莱丝，众人都说，像你这样的人是子虚乌有的。但我知道，你确实存在，我窥探了多年，时常拦住你的去路，揭去你的假面。”这个夜晚，我在阅读莫里亚克的《黛莱丝·戴克茹》，而我就这样，爱上了这个坏女人。

黛莱丝，他们说已经没人知晓你了。莫里亚克是被遗忘的作家，连百度百科上都不曾提到，他曾经是1952年诺奖获得者。我们说到法国文学，开口就是杜拉斯、萨冈、阿兰·罗布－格里耶……虽然新小说流派已经远去，但莫里亚克是更古老的旧小说作家，笔下所写，是中年阶级精致的痛苦，像描金碟子上的血迹，历历在目而不动声色，连写到你，黛莱丝，一个杀夫的女人，他的笔也不曾手软，不肯委婉行事。

黛莱丝，我来问你：不是奸夫淫妇、情浓似火，你为何杀夫？你很富也很穷，几千棵松树属于你，你嫁给丈夫，是模糊地看中了他的几千顷地。可是没有丈夫允准，你一个子儿也取不到。你“长得不能说丑，也不能说俊，只觉得很媚”，媚态之花最盛放的时节，你在荒原上生活，丈夫就是唯一的邻居，是说着土话、关注自己身心超过一切的俗鄙之人。你不爱他，也到不了恨的程度，你只是嫌恶他——像他后来嫌恶你一样。你是同性恋吗？你在婚前，对邻女安娜，有过朦胧的爱慕，一起待在废弃的猎鸭棚里聊天、静坐，一起穿过铺满银色月光的小径。连“发之以情止之以礼”都算不上，你嫁给了安娜的哥哥，成为他的嫂子。安娜爱上约翰，你怀着莫名怨气，把约翰照片撕碎扔进马桶；家人要拆散这对情人，你以娘家人身份去与约翰谈判，鸿门宴却变成聊天，回家后，你买下了约翰喜欢的一本书。

大概只能说，你就是最典型的那种女人，不够美到倾城倾国，也没丑到甘苦自知；没穷到为了生存努力，也没富到视一切如浮云为粪土。你位于平庸的阶层上，有着平庸的情怀。你有小女子的一点儿才情——到此为止，这才情远不足让你成为才女，更何况你也没有下苦工夫的毅力。你渴望爱，非常非常渴望，如果天给你一个罗密欧，你不介意成为朱丽叶。你的罗密欧，是男是女，是老是少，都可以，只要他肯成全你，炽热的、滚烫的，恋爱一场。但其实，你做不到。

你是鸟，没有樊笼桎梏你，看着远远的蓝天飞不过去，只是因为力有不逮。每种鸟都有自己的极限，有的飞不过沧海，有的越不过高山。你被自己的羽翼限制在小小的乡间。而你，认不清自己的局限。你莫名怨恨，总觉得有人要为你的无尽牢笼负责。到最后，这个替罪羊找到了：你的丈夫。

到底为什么你要杀掉他？只能怪某一天太炎热，你心里无以名状的烦乱到了极限。你读过太多的书，你渴望外面的世界，却困在这平庸的穷乡僻壤。你切盼自由像金鱼想离开缸，你没想过鱼不能在陆地上生活。你不知道什么叫生活。你希望他死吗？不，你只是想除掉阻碍你的事物。整整一个冬天，砒霜一滴滴，进入他的生命。

你失败了。一次未遂的谋杀。娘家婆家都一样惶惶，为了保全体面，丈夫作伪证替你开脱。你被全家族视为不可靠近的怪物，要永远避免绞刑架的命运，你必须接受丈夫的安排："一日三餐，由人给你送到房里，别的房间，不许去……星期天，我们一起去望弥撒，让人家看到你挽我胳膊。下个月初，我们乘车去看你父亲，跟以前一样。"这是当然的。越狱未遂的囚犯要接受惩罚，会被关小黑屋，会戴重枷重锁，会失去每天的放风时间。

这时你已经有了新生女儿玛丽，"玛丽明天就跟着保姆上城去……你还不至于要人家把孩子交给你管吧"——你的一切都被剥夺了。作为人的，作为妻子的，作为母亲的。你得花一生，为这蠢行买单，受惩罚受折磨。日子从此就是炼狱。

是一计不成又生一计吗？抑或是你太想逃脱？你病了，病得很厉害，保外就医对杀夫犯也是有效的，大家赶紧送你去巴黎，也许是盼着你死在异域他乡，这件事就一了百了。

但是你没有。中年之后，你在心理医生的客厅，向他倾诉几次恋爱几个男人。你要男人的爱，男人要你的钱。这太正常了。你已经是一个国外版的曹七巧。命中注定，你得不到爱情，命中注定，你只是很惶惑：何以至此？我到底做错了什么？

年轻的时候，你说："我想干什么，连自己都不知道。我身上这股横暴的力，非我自己所能左右，也不知会在什么地方发作：所过之处，摧决一切，连我自己都怕……"

你的故事，是四部曲，你最后出现之年，是四十五岁，《黑夜的终止》。嗯，差不多了，再一生情海翻波逐浪，总有游不动的时刻。游泳池会拒绝七十岁以上的人下水，你那个时代的情场，大概四十五岁就是极限了。你终于明白，年轻的你，曾经面对命运作了最绝望的反抗，最蛮暴的拒不妥协。而你一生所有的痛楚，都来源于："我渴望得到男人的爱。"你死在你曾努力想逃离的家中。

你是堂吉诃德，你是包法利夫人，你是安娜·卡列尼娜，你是查太莱夫人，你……冲向风车，你完败了吗？不，"那情欲之烈火还没有在我身上完全熄灭"，我在呼唤你，而你在应答我，黛莱丝永远都活着。

# 无鸟之夏，终将过去

大部分作家都是要被遗忘的：名字不再提起，书在图书馆的陈年书库里，等待某个写博士论文的学生。据说年深日久的旧物都会成精，无数老书一定在深深书库发出凄凉的请求声："来看我吧，来看我吧……"

这是应该的。超市里有货品下架，才能给新出的品牌让出位置来。下架品去了哪里？重要吗？

韩素音大概已经是被遗忘的作家吧。我在旧书摊上遇到她的《无鸟的夏天》，翻一翻，问价。摊主袖手蹲着，甚至不过来看一眼我挑中了哪本："那一堆，都一本一块。"我就买了。这不是一个需要精选细选的价位。

据说，韩素音的名字，曾经在中国家喻户晓。那是20世纪六七十年代的事，我还未出生。她和周总理私交甚笃，并为他和毛主席写过传记。她是向世界介绍中国的"著名国际友人"——她不是姓韩吗？为什么是国际友人？我没想过。

而答案，就在我手里这本《无鸟的夏天》里。

她的父亲周映彤是中国第一代庚子赔款留学生，留学比利时期间，邂逅了贵族家庭出身的玛格丽特。后者作为大家闺秀，生活拘谨，深居简出，内心却充满对未知的憧憬，对他一见钟情，认为他是一位来自亚洲的王子——话说，当时的她，可能没弄清，《一千零一夜》的浪漫东方情调，并非发生在中国。中国和阿拉伯的文化距离，其实和到欧洲差不多远。

东西方文化，一次碰撞，十分惊艳。但，当她不顾家人反对，与夫婿来到中国之后，现状很快将爱情消耗殆尽：没有熟悉的奢华生活，没有亲友，有的是惊异的眼光，小朋友们看到她会被吓哭，老一辈大声招呼彼此："来看，红头发绿眼睛的洋鬼子女呀。"

"她（玛格丽特）囚身在麻木不仁肮脏的环境里面，在一个无边无际的大耗子笼里面来回踱步。这只耗子笼是她当初被爱情牵着走进来的，如今这爱情已成了号哭不停的孩子，已成了肚子里的另外一个孽女种……" 1917 年，韩素音出世，是他们的长女。

玛格丽特每天被人当猴子看，难免手足失措，有时甚至情绪失控。她心爱的丈夫参加比利时修建的铁路工程，与白人同事们同工而不同酬，薪水只有人家的四分之一，同事的太太们有的是理由看不起玛格丽特。生活极端不便，四周的敌意，同胞的讥嘲，夫妻整日口角，孩子却一个一个生出来。玛格丽特每天都说要离开，但很快，中国爆发了战争——不，要这么说，中国的战争就没停过。战争将她困在原地。梦碎了，人生的残酷谁来买单。

作为混血儿，韩素音和她的兄妹一出生就面临着血缘和文化的双重矛盾：他们在家讲中文，出外学英语；吃欧式早餐，中式午餐，混合式晚餐；上午穿着中式服装、带着毛笔和铜墨盒上中国学校，下午又去法国修道院学校……混搭，在开放的环境也许不是什么大事。但在那个年代，她从小就尝尽歧视的滋味，在中国，她是"二毛子"，在欧洲，"人们认为，我们这些欧亚混血儿就是和别人上床用的"。

而在她之后几十年，香港作家亦舒的笔下，写到"杂种"，依然是不遗余力的轻蔑。母亲发现女儿和混血儿恋爱，态度是："炎黄子孙都死光了，我小囡要同杂种夹在一道。"混血女孩子一定是放荡的，开口就是："我们杂种，都是这个样子，无忧无虑，兵来将挡。"那么，在韩素音的时代，她得到过什么，可想而知。

那是一个风大雨大的时代，个人的命运无可选择地被绑在国家的大船上。1935 年，十八岁，正读燕京大学医学系预科的韩素音，获得奖学金赴母国深造，在校期间，她与一位年轻有为的律师男友恋爱，好事相近。然而，1937 年，"七七事变”爆发。1938 年，她决定只身归国。

许多平时叫嚷着爱国的中国学生都在驻足观望，她所有的外国朋友都劝阻她，但她说：“我也不知道为什么，反正我得回去。”于是，在根本不知道进不进得了中国的情况下，她登上了从马赛开往香港的轮船。“我至少要到中国的大门口去观察，去看看，我不能袖手旁观，不闻不问。”为之，放弃了奖学金、做医生的美好前途以及男友。这一切，都只为了中国，或者——年少的愚蠢，我们都曾有过，为祖国为人民愿效犬马的意气。

同样的愚蠢，令她在归国轮船上，结识了一个欧洲军校的毕业生唐保黄，听了人家的慷慨激昂之后，她血脉贲张，嫁给了他。不得不说，嫁爱国志士，确实是很多女性唯一的报国之道。

“事情就这样开始了，它后来带给我的不幸，远胜我的意料。”

《无鸟的夏天》记录的就是这一段时光：烽火苍生里，两个人儿相遇相爱，在乱象丛生的武汉，他们结合，随即离散——男人对自己的短暂失踪，始终没给出交待来。唐保黄是旧式男人，活得自私自我。一方面他对妻子进行“洗脑”教育，把当时的革命理念强行灌输给她，强令她记日记，在日记里写满雷锋语录式豪言壮语；另一方面，他没觉得有尊重妻子的必要，不顺心还拳脚交加。妻子去救护伤兵，他的态度是：“你疯了吗？你那么喜欢男人吗？你不去摸摸他们不甘心吗？”

在绝望的婚姻中，她利用自己的医学知识去当助产士，天天面对儿奔生娘奔死，格外懂得女人是天生的奴隶，受奴役就是女人的命运。她记录了“一位乡村产妇的死”“一心要生男孩的产妇”，其内容，我认为至今没有过时。

婚姻生活有如苦海，幸好有文字，给了韩素音另一种生活的可能性。韩素音在家务之余，靠写日记、回忆录自慰。这断断续续的稿子，最后集聚成书。1942 年，《目的地重庆》英文版出版，她自此走上了创作的道路。

在这期间，他们婚姻继续恶化。1941 年，她随夫同赴英国。1945 年，丈夫以国民党军官的身份回国参战，她以继续攻读的理由滞留不归。两年后，丈夫殒于东北战场。这段名存实亡的婚姻关系，终于拉上帷幕。

作为狼心狗肺的现代人，我得衷心地说：丧偶，比离婚好。只是天未必那么从人愿。

1952 年她又嫁出版商，这段婚姻只维持了很短的时间就告结束。1956 年，她嫁给当年印度军队的一位上校，两人共同养育了三个孩子。婚姻生活的安定，令她有了更多时间创作，从当时至文革期间，她多次访华，出版英、法文的关于中国及中国领导人的著作。并写有五部传记性著作：《伤残的树》《凋谢的花朵》《无鸟的夏天》《吾宅双门》《凤凰的收获》。

而她最著名的作品当属 1952 年的自传体小说《瑰宝》：1949 年 3 月新中国诞生前至朝鲜战争爆发后 1950 年 8 月之间，在香港，时年单身、带着八岁养女的韩素音，遇到一个英国记者马克，两人陷落于爱河之中。这场爱情可能从头到尾都绝望，如此局促，连完整地在一起待一天都不曾有过，唯一有过的家是太平间上方，巷子当中的白色石板上。

她说："你的爱迟早会像海潮一样从我这里完全退回去，留下我，像一片湿漉漉的海滩，布满无足轻重的碎片。我要在这之前把记忆保存下来……我们跟别人没什么两样，既不比别人少点什么，也不比别人多点什么。我们不过是这变幻莫测的世界上的一对匆匆过客，一对并不完美的恋人。"

1950 年夏天，与马克分手后，韩素音短暂地回到中国大陆，但眼前席卷一切的政治狂潮令她恐怖，她由衷地说："暴力对这片土地并无好处……西方纵有千种不是，它们总有精神自由。"

她很快返回香港，失恋的伤痛，对故国的失望，1951 年夏天，在香港玛丽医院的急诊室里，她写下这段故事。《瑰宝》最早在英国出版，一问世即引起轰动，出版商乔纳森在给韩素音的信里说："现在，（英国）公共汽车上的所有妇女，胳膊下几乎都夹着一本您写的书。"

1955 年，美国二十世纪福克斯公司把这部小说搬上银幕（译名《生死恋》《爱情至上》），次年获得了两项奥斯卡奖。

韩素音曾经大红大紫，陆续写出了三十多本书，在世界文坛上影响很大。伯特兰·罗素说过："我花一小时读韩素音作品所获得的对中国的认识，比我在那个国家住上一年还要多。"如果这不是作者之间的彼此迎合，就得说：这认识，是先天不足的。我看一百本《了不起的盖茨比》，我仍然，不了解美国。

而时过境迁，没人看她的书了——电影总有人看吧？韩素音或许会以这样的方式，永远留在读者 / 观众的生命里。

而关于韩素音，我想到的是人的自我界定，我们如何确定自己的归属与阶层。即使对普通人来说，这也是一生不断需要面对的问题：农村孩子，刻苦读书，为了摆脱身世。功成名就后，他却可能要面对拷问：我是农村人还是城市人，当这两种生活相碰撞，我到底该站在谁一边？

普通女性，生在一个家庭，因为婚姻进入另一个家庭。当娘家与婆家不合、有纠纷，当血亲（兄弟姐妹）与血亲（儿女）相对抗，她又当如何选择：谁的血更浓，我属于谁，我是谁的忠犬？

必须要说：这是人的自我选择。无论答案是什么，都不会错——但多半，也不会对。

而中国，以它的庞大精深、它的瑰奇美丽、它的深邃与简洁，深深吸引了韩素音，让她魂牵梦萦。她用文字，做出了一生的回答。

她深爱中国，视这里为自己的父母之邦，是自己的根与归宿。自幼年起，她便萌生了写一本关于父母和中国的书的想法——“我们是时代的产物，受到历史的影响。我之所以诞生，是因为中国在 1900 年发生了一场‘拳匪’之乱，欧洲人是这么叫的，中国人称为‘义和团起义’，由于这一事件，我的中国父亲没有去考科举，做翰林，却娶了我的比利时母亲。找树要寻根。我得回到根上去。”

现在可以说明真相了：她不姓韩，她姓周，“韩素音”其实是“汉属英”的谐音。她在说：我永远是汉属，只是身在英国。虽然，她有一张完全西方的脸。

她的晚年很幸福。与丈夫定居瑞士洛桑时，没有电视、没有汽车、没有保姆，她每天做一小时家务，丈夫会做两小时。这段婚姻一直延续到 2003 年，死亡将他们分开。男人先走一步。

2012 年 11 月，韩素音与世长辞，年已近百。将近十年之后，她与爱侣在天堂再见。

而天堂之所以是天堂，一定是因其有选择，那些今生来世不想再见的怨偶，那些相见不如怀念的旧爱……都不必再出现了。

# 修女是修女，军官是军官

命运有其他可能性吗？他们有机会以别种方式相遇吗？修女与军官，到底有没有可能赢得幸福？以及所有禁区之恋的男女主角们？

盛夏时日，通往图书馆的路，正如这城市的每一条路一样，变成烈火之旅。我老到已经放弃了小美人鱼的自虐快感——我痛，故我在——总在八点左右才去，书库一盏灯都没亮，一片漆黑。借不到月光，蹭着旁边借阅区的灯光，我吃力地辨认封面，内文是不可能翻阅的，那是完全融入墨黑的墨。

我就这样遇到《葡萄牙修女的情书》。几无装饰的纯白封面，简单的几个字，正好是吃力眯着眼睛能认出的程度——凡是看不清书名的，一律淘汰。带走它，像在即将打烊的超市，抢下最后一枚西兰花。

而它，只印了五千册。

十七世纪起，有五封名为《葡萄牙情书》的书信大行其道，盛传是一位葡萄牙修女写给始乱终弃的法国军官的。三百年后，一位加拿大女演员因缘际会，听到人家的朗读，深受触动。便花三年时间，抽丝断缕，在历史的缝隙里爬梳真相，最后试图以文字还原葡萄牙修女玛丽安娜与法国军官夏密伊的孽缘，她说："这部作品讲的是真人真事。"但，数百年过去，何者为真？何者又是伪？

故事开始那一年，玛丽安娜二十六岁，是葡萄牙富商的千金。身为次女，早知自己的命运是在修道院度过一生——这也不坏。那个时代，婚姻是女人的枷锁，而非福利。嫁作人妇，意味着夜夜忍受丈夫的性要求，不断怀孕、生育之痛、难产或流产的可能性，几乎百分百的妇科疾病。多少女性死于难产，多少婴儿呱呱坠地便直入坟床。出家，第一不会分薄家产，第二永无家暴之虞，兼且一生衣食无忧，还能学着识文断字……服侍远在天边的天主，真比服侍近在眼前的公婆夫主，要来得省心。

三百年后，有一部华文小说叫《白水湖春梦》，里面受尽苦难的女性说："我若早知，人生这苦！当初不该论婚嫁，行这条路——像我五个姑表妹……三个出家，二个带发修行。彼时若觉醒，就无今日的事！"可见一斑。

玛丽安娜十岁入修道院，自此弃绝俗世生活。在当时，富庶之家送女儿去修道院是常规，披上黑衣，她们仍是大小姐："修道院教她阅读、写作；发生饥荒，也不会饿肚子；宗教地位则让她可以和男士平起平坐"；"玛丽安娜上课、尽宗教义务，但依旧过着入世生活：日常琐事有仆役打理、可和外界保持联络、收发信件、阅读新闻、采买商品"；"还学习茶艺、烘焙葡萄牙修道院广为人知的可口糕点"；"玛丽安娜或者还涉足音乐，学习拉琴、吹笛，甚至跳舞也难不倒她"。

修道院里集中了这么多出身良好、德容言工的美人儿，又个个琴棋书画、无所不精，这完全是长三堂子培养清倌人的作派，"玛丽安娜四周都是博览群书、兼具美貌的人才，她们使出全身才艺与专业，娱乐男性。难怪葡萄牙贵族、富商、大学生一有空就找修女做伴，乐不思蜀，理智摆一边，致使问题丛生"。葡萄牙语中甚至因此而多出了一个词语——Freir á ticos，专指爱上修女的男士，据说"以柏拉图方式为主"，那么，间杂也会有肉欲方式了？

而她，寂寞吗？她有否在睡袍底下，触及自己微微颤抖的身体？曾经幻想过爱情吗？那罕物儿是甜的吗，像会在舌尖融化的巧克力？是疼痛的吗，是皮肤上火辣辣的灼痕？修道院外有军人驻守，她目不转睛屏息看着一个男人跳跃的身影——而他，将是她一生唯一的男人。她当时还不知道。

当时夏密伊三十岁，长得不错。据同龄者描绘是"极为英俊，对人忠心耿耿，身材高大，一个不小心就可能撞到船梁"。他是法国贵族家的次子，哥哥觅得有嫁妆的贵家女，他名下只有两栋摇摇欲坠且收不到佃租的古堡。他曾跟玛丽安娜坦诚他在祖国深爱过一个女子，那是一个“悲伤的秘密”：古往今来，穷屌丝爱恋白富美，好下场不多。打仗才能升官晋级，劫掠民间财富才会发达。无仗无打的贵族，比无业游民更加双手空空。于是他积极参加发生在异国的葡萄牙战争，“带兵打仗，实现梦寐以求的目标。幸运的话，还可摆脱贫穷，累积财富”。

他们究竟如何相识？如作者推测，她的兄弟或者他长官的姐妹无意中牵线搭桥，抑或夏密伊入乡随俗，到修道院一游，类似清末男子吃花酒。

发生过什么，别无旁证，有否登堂入室，有否肌肤相亲？要看怎么理解后来玛丽安娜信中那句“我毫无保留地将自己献给你”。

你一定听过“露水姻缘”这四个字：情爱是天亮前最黑暗时分冰冷冰冷的露水，在无人知晓的草丛里微微闪着光。太阳出来便化为乌有。这就是夏密伊与玛丽安娜的一段情。

据作者推测：一六六六年三月，他们初次见面。一六六七年十一月左右，夏密伊离开法国。他们从此不曾谋面。

这是一段从最开始就知道终将结束的恋情，修女是上帝的新娘。要到马丁路德的时代，才有修女离开修道院，嫁给凡夫俗子。即使那个时代，贵族次子们的首选仍然是带嫁妆的女性。相貌并不重要，德性某种意义上也不在话下——深居内闺的女性没有出轨的机会，贞操是她们的标配，乃天经地义之事。才华、机智或者趣味，还是留给窑姐儿们吧，妻子们合该庸常、肥胖且乏味，身体用来孕育下一代而非取悦男人。

“夏密伊离开那天，玛丽安娜不得不正视自己今后的人生。通往礼拜堂的长廊依旧，但人事已非。小房舍不再是休憩的避难所，而是充满回忆的小栈。二十七岁的玛丽安娜，受困在葡萄牙偏远地区的修道院，坐在漆黑的房间，靠着唯一可行的方式抒发痛苦——执笔写信。”

那就是之后举世闻名的“葡萄牙情书”，共计五封，历历记录了被弃女子的不甘不舍。先是自怨自艾，极力向对方表白自己的真心，让他知道他的损失。“或者你的确可以找到比我更美的人，但你不可能找到像我这样的爱。”——你以为他稀罕吗？又抱怨命运：“真希望能脱离这可悲的修道院。”

她的柔情对他无效，像向大海里滴蜜，不能稍减海水的咸。第二封信溢满责备之意："明知我对你爱之深、情之切，却还是狠心离我而去。""这满腔惹你厌烦的热情,于你何用？"她渐渐地,渐渐地明白自己并非那么独一无二:"既然你只求一晌贪欢，你毫无疑问可以在这国家找到比我更美貌的女子、可与你享乐之人。想必她在还能见到你的时候，都会忠诚地爱你。而时间会为她治愈失去你的伤痛，你也用不着以哄骗或残酷的手段分手。"——其实每个女子都一样。她和那些游女，原来对他来说没有区别。

第三封、第四封信中,她说到痛楚:"一想到为你牺牲了多少,我就怒不可遏:我为你丢了名节，遭到家人的唾弃，违背了国家针对修女订下的严刑峻法。而你的负心，我是最难以忍受的痛。"她想到死："再多为难我一点：命令我为你而死吧！悲剧性的死亡一定可以让你更常想起我、记得我，甚至会被这样的殉情而感动。"

第一封信写于一六六七年十一月，第五封信写于一六六八年六月："这是我最后一次提笔写信给你了。"始终没有回音，无从想象，她是如何熬过这最寂寞最狂乱的日日夜夜。她能够一了百了吗？作为天主教徒，自杀是要下地狱的重罪。可有神父听取她的忏悔？偷情是太严重的孽行，令人不能宣之于口。那些纠缠的心碎，令人不忍细看："你是否想过我是你在世上亏欠最多的人？""等过往的种种都伤害不了我的时候，我会好好地鄙视你，冷淡地描述你的背叛。"而这段感情，终于被她自己加上了定语——骗："我年轻，容易受骗……而你也不择手段让我爱上你。"

这就是全部了。夏密伊始终不曾回信。他也许甚至不曾细看过，每多看一字心里就涌起无限烦躁。他厌倦了女人的哀乞、求告、诉说与责斥——除了这一套，你们还会什么？好合好散才是男人最爱的宗旨。至于"爱"，他们已经得到过而且是你们自愿的，你们还有什么可抱怨？

这五封私人信件，很快在法国流传开来。不管作者如何替夏密伊洗白，总无法回避信是自他手中流出这一事实。信中的强烈感情，目前任何一个恋爱过的男女都不陌生，在当时却足以惊世骇俗。自一六七一年起，"葡萄牙情书"便成为流行语，用来形容一切滚热情话，诗人白朗宁夫人也曾写下以《葡萄牙的十四行诗》为题的爱情诗集。

这对夏密伊不是坏事。靠一句“家喻户晓的《葡萄牙情书》男主角就是他，写信人是一位疯狂爱上他的修女”,夏密伊成为社交圈中的香饽饽,大家都好奇，这男子何德何能，被这般兰心惠质的女子爱恋。异性炽烈的爱，对男子的自信亦是极大提升，“声望如日中天，多少名媛淑女任其挑选”，他终于娶了一位比自己年轻二十多岁的富商之女。作者十分偏爱他，始终不肯承认他不过是个猥琐男,但也必须持平而论:“两人的婚姻是基于利害而结合的权宜之计。”省省吧，谁不知道娶带嫁妆的丑女，是男人的心头最好。现金就是现金，丑女会更加性情柔和，对男人的需索无度、外面的花天酒地逆来顺受。他实在是赚翻了。无意中，玛丽安娜替他做了最成功的恋爱营销。

而玛丽安娜，作为“《葡萄牙情书》的女主角”，她怎么样呢？她等于公示天下：我偷情，我还被抛弃——“本来，一个女人上了男人的当，就该死；女人给当给男人上，那更是淫妇；如果一个女人想给当给男人上而失败了，反而上了人家的当，那是双料的淫恶，杀了她也还污了刀。”

第一个离弃她的，是家人。情书曝光后，父亲命人把家里正对修道院的窗户全部封死。她又被修道院安排去当守门人,这是同情吗——分散她的注意力?不，体力劳动从来都是惩罚，她行为失检，必须自讨苦吃。

她后来怎么样？有过其他情人吗？有没有好奇者想领略她的风采，想听她亲口述说“曾经惊天动地的恋情到现在还剩下多少伤害”？我真心真意地希望有，哪怕很破坏佳话，文学史或者世界上，都不缺守望一生的痴情女，我却希望她，能是一个，从爱情里找乐子，且认真乐在其中的女子。——有可能吗?近四百年后，女性尚没有完全做到。

必须说,《葡萄牙情书》里面的深湛感情，至今仍不过时：薄薄二十八页，里面的求不得、自怨自艾、怨天尤人、庄重自强、自尊的极大受伤，以及对自己眼光的极大怀疑，恨不能自挖双目般的痛彻……这一切的千回百转，我都经历过，也写过，也有人拿我的信向他人炫耀过。所以我会推测，玛丽安娜知道信件曝光后的心情。我与她，原没有区别。不，全世界所有的女子，就爱情这个层面，都是一样。

文字是没有用的，情书或许能感动陌生读者，但感动不了特定的那一个人。所以，如果一定要用文字疗伤，请写给广大读者，而不是那个离开你的男人。他，不值得。

最后说一句，《葡萄牙修女的情书》是一部有趣的八卦书，却实在算不上严肃的学术研究。作者信誓旦旦力证玛丽安娜就是情书原作者，但证据链实在脆弱，不堪一击——就不去击它好了。

另外，作者大约是出于感同身受，替玛丽安娜着想，实在不愿意她爱过的男人如此不堪，对夏密伊百般美化。这个嘛，诚实地说，所有女性在失恋的第一阶段都会这么做，倒也不足为奇。第二阶段之后就不是这回事儿了。

总之，军官是军官，修女是修女，不准备通往婚姻的恋爱就是要流氓。让爱情不能开花结果的，从来不是社会禁忌和成文不成文法则，只是当事人之一，不想有结果而已。

仅此而已。

# 用你能够阅读的方式书写

——读《写给妻子的1778个故事》

如果就在此刻，电话响起，通知你噩耗：你的妻子，罹患了进行性恶性肿瘤，癌细胞已经扩散到小肠与腹膜，妻子很可能只剩下不到一年的寿命，能活的概率为零。

那一年你已经63岁，与妻子是高中同学，断断续续交往到大学毕业后，即结为伉俪。新婚的你们，住过敝旧漏雨的宿舍，早上一觉醒来，妻子发现最喜欢的外套衬里已被咬得破破烂烂。后来你开始文学创作，每夜，只要你摊开稿纸，不管什么时候，妻子都会起身为你泡茶、准备点心。你决意辞去公司职务，专心写作，当时妻子生了女儿之后不久，也刚刚离职，一家三口的开销，全靠离职金及失业保险在支撑。但妻子对你的决定只是点点头。你终于成为专职作家，妻子对你写的书不太感兴趣，却一直帮你寄送原稿、出席典礼、料理税单，且乐在其中。

你们有过那么多美好回忆。带爱远行，只要一有空闲时间，就会出门享受搭乘火车汽车的乐趣。到目的地之后，一边欣赏风景，一边随意漫步，然后找个合适的地方，一边休息一边聊天。你们第一次去巴黎的时候，就曾在圣母院门前的广场上，坐了三小时，只呆呆望着抛纸飞机的小孩与谈话的人群。

你们还经常一起前往酒吧喝酒——在中国，几乎不能想象夫妻同去酒吧的事。趁年轻，还能大喝特喝，你们喝了一瓶又一瓶，直到黎明时分才回家。

或者就在家里，一到晚上九十点，就开始喝酒谈天，直到女儿受不了为止。

老了老了，快六十岁那年，你不经意间跟妻子说："听说经常动手动脑的人，不容易老年痴呆。"于是你们同去了一家围棋教室，同窗学棋，以对局为乐。常从傍晚开始下，去掉中间用餐时间，一晚会下到五六局之多。出门旅行时，也会带着棋盘。

而现在，天命难违，生死迫在眉睫，有没有什么事情，是你能够为妻子做的？

这是日本作家眉村卓曾苦苦思索的问题。

眉村卓，1934 年生，代表作《消灭的光轮》曾获得 1979 年泉镜花文学奖与日本星云奖（注："星云奖"系日本幻想小说的最高奖项，评选方式仿自世界科幻年会的"雨果奖"。与美国的"星云奖"并非同一奖项，后者面向世界，与雨果奖并为全球科幻小说的权威奖项），1996 年再度以《退潮之时》获得日本长编（即长篇）部门星云奖。但荣誉之外，成就之外，他不过一介书生，当时能想到的唯一一件事，就是每天写一则短故事供妻子阅读。据说文字能够感天动地，他不敢抱此奢望，只是他听说过：癌症患者如能保持心情愉快，时常笑容满面，身体的免疫力也会加强。那么，就为妻子写些有意思的故事吧，赚不到稿费也无所谓。

在妻子发病手术一个多月后的 1997 年 7 月 16 日，眉村卓开始写第一篇。虽然每天的写作时间非常有限，读者只有妻子一人，他却没有敷衍了事，给自己立下了规则：每篇故事都要写满 3 张以上 400 字的稿纸（事实上，最后成文的平均长度大概是 6 张稿纸）；只写故事，不写散文；每一篇都保持能出版的水准……

写了三个月之后，妻子说："如果累，就停下来吧，没关系。"眉村卓答："这就像在神前许愿求神保佑，要反复拜神一百次一样，是一个道理。"当时他心里有一种感觉：要是中断写作，妻子的病情就会恶化。

他写的文章，有些原本期待让她开怀大笑，换来的却是略带苦涩的微笑；有些却让她脱口说出他想都没想过的联想——每当这时，眉村卓会猛然领悟到：自己与妻子四十年伉俪，但对她的了解，并不像自己以为的那么深刻。

日子继续过下去，定期去医院复查，根据诊疗结果采取最佳应对。他的文章也一直在写。妻子问他：“这些文章都是你好不容易写出来的，难道卖不出去吗？”——再没有比写作者的家人更知道创作的艰难了，旁人只看到他当案一坐，妙笔生花。家人却能看到他喃喃自语、坐立不安，太知道那是一个字、一滴血。我明白，因为我的家人也一样担心我写的东西卖不掉。为了不让妻子心中不安，眉村卓决定有机会要将这些故事结集发表。

精选了近100篇，出版了2本《每日一故事》，销量并不佳。出版商说：你为病入膏肓的妻子每天写作的事，要多多宣传。这不是利用妻子的病在炒作吗？眉村卓做不到。周刊打算采访他，他也婉拒。他所做的事可能会被看成爱妻美谈，也可能被当作刻意演给别人看的一场戏。但这是他在无能为力的情况下，能做的唯一。别人怎么想，他管不着。

静寂盛开的花朵，总归会被人发现。媒体上，《每日一故事》的报道越来越多了。《产经新闻》的记者把此事比喻成“比睿山的千日回峰行”。这是日本佛教中最艰苦的修行，修行者在特定的时间在山中快走巡拜，7年内共走1000天，约40000公里，最后还要不眠不休连续念佛9天。眉村卓对妻子能否撑过1000天心存怀疑，但这个比喻让他高兴。

妻子的病情还算稳定，只是隔三岔五要回医院，做各种手术。他永远忘不掉医生拿给他看的，妻子体内切除的大量小肠。眉村卓又做了一个惊人决定：要将写下的所有故事，全部自费出版，送给所有一直关心着他们的人。就这样，命名为《日课・一日三张以上》的系列丛书面世，全日本开始分享他们的痛楚与感动。

一千多个故事里面，《变蝉》记录与妻子曾经共度的盛夏艰难；《书斋》是回忆作为穷小子，他曾多想有个书斋；《听过就忘了吧》是轻轻的自嘲与怜恤，对自己，也对没有机会老年痴呆的妻子；《读秒》里面，主人公耳际不断传来读秒声。他一边写，一边告诉自己：妻子的辞世还没有进入倒计时状态，现在这个阶段，我还可以每天确认她的安好，继续过下去……

1999年3月，眉村卓夫妻一起到松尾寺拜神，他两次要她在许愿签上写下“病气平愈”，但她充耳不闻，坚持写下“文运长久”四个字。对丈夫的事业，她也许看得比生命更珍贵。

而倒计时一直在进行，只是他假装视而不见。开始，妻子还能外出，逐渐连在附近购物都做不到了，随后只能躺在床上看电视了。每天，他往来医院，购买食物，并在一切以妻子的事为先的前提下，挤出时间来写一篇作品。

那是缓缓走下坡路的日常生活，如同陀螺倒下前，那静默中的回转。这是以一天一天为单位的日常——妻子的生命，只能以日计算了。

2002 年 4 月 15 日，是妻子最后一次入院。住了一段时间后，妻子突然问眉村卓："葬礼该怎么办？"身后事，触手可及，"你不打算怎么行呢？"于是他去礼仪公司拿了本介绍手册，与妻子商量定好了葬礼的举行地点。当时他说不出口，其实他还顺路去了书店，买了一本介绍葬礼以及相关手续的书。他把那本书藏了起来，直到妻子过世后才知道，女儿也偷藏了同一本书。

第二天，妻子说，还有一件事要拜托他。眉村卓是笔名，他本名是村上卓儿，妻子叫村上悦子，如果葬礼上只写这个名字，她怕大家不知道是谁，能不能写成"作家眉村卓夫人·村上悦子"？妻子其实是很以作家夫人为荣的。他答应了。

终于，妻子衰弱到无法用手拿着原稿自己阅读。眉村卓会在妻子状况较好的时候，朗读故事给她听。妻子陷入垂危的昏迷，女儿在病床边值守，几小时的空白时段，他去咖啡厅发呆，搁笔良久，想不出任何故事。脑海一片混乱，他索性就写下混乱，作为对妻子对自己的承诺——今天也写了。

他早已决定只写故事，不写散文，尤其不写与病患有关的事。那些内心的绝望与呐喊，情不自禁，化成俳句及歌咏。从起初的乐观："痊愈吧，妻子，看初燕正嘈杂。"到中途平静的疲倦："妻子二次入院，我住进医院。医院某处鸟鸣，风吹入，虫声唤醒明镜一面。"直到最后的绝望："紫阳花啊，妻子确实地走向死亡。"

最后的时刻来临了。妻子的遗体就停在楼下，眉村卓在二楼的书桌前，写下《最后一篇》："终于到了最后一篇故事。我一定给你添了不少麻烦吧。今天，我要用你现在可以阅读的方式来写。好看吗？谢谢你长久以来的照顾。下辈子，我们再一起度过吧。"明明大部分篇幅都是空白的，但为了把字写漂亮，眉村卓重写了好几次。

那是 2002 年 5 月 28 日凌晨，从第一次住院、动手术的 1997 年 6 月 12 日算起，只差 15 天就满 5 年了。而《最后一篇》是第 1778 篇故事，同时也是最后的句点。这 1778 个不提爱意、不哭天抢地的故事，就是一个作家能给亲爱的人，最隆重的礼物，拼尽了一生的心力。

眉村卓对卡拉 OK 并不拿手，妻子却很喜欢唱歌，最爱的是《百万朵玫瑰》这一首。在妻子的葬礼上，不管是守灵还是告别仪式，全场一直流淌着《百万朵玫瑰》的旋律，仿佛妻子还活在人间。葬礼结束后，眉村卓在笔记本上写下："朝着夕阳，归途的彼方，妻子已不在。"

而他想对妻子说："谢谢你，愿意阅读我的故事。是读者支撑了作家的存在，是妻子令丈夫成形，是你与我，共同成全了这段爱。"

2011 年，《写给妻子的 1778 篇故事》搬上银幕，如狂潮席卷全日本，票房高居当年第三名，无数人在他们的悲欢里落下眼泪。眉村卓这个名字，从此不仅是科幻作家，也是好丈夫的代名词了。

爱，并不难，如果你把一刹那的心动、顷刻的相许、高潮前数秒的心神激荡当作爱。但如果爱是忍耐、坚持、陪伴，是一念起便坚若磐石，是倾尽所有，只为守护身边人，是四十年的相依，是无数只为她写下的文字……你是否会默然低头，怀疑自己能否做到？

有时候我会想，地球之所以没有覆没——这被破坏得惨不忍睹的星球，人类之所以没有灭亡——这贪婪自私堕落的物种，是因为我们有爱：有情人生生不息，爱情的不屈不挠总让人感动，甚至包括那从不绽笑颜的老天。老天爷也会叹口气说："是呀，人类无恶不作，毫无廉耻，如同毒蚁般令人心烦。但不时地，他们中有人，能站在我面前，说：'我爱过。'每一例真爱都是十字架，以此为所有不爱的人赎罪。所以，让他们全绝灭，好像还有点儿可惜。"

而我，但愿有机会，在人生暮年，大声地、勇敢地说："我不理会你们的严苛定义，我知道我的情怀是破铜烂铁，我也许离经叛道，甚至惊世骇俗。但我的确爱过，也的确被爱过，我的泪、我的破涕为笑、我定的规则、我给的承诺……全是真诚的。"

只要你，用我能够阅读的方式书写，用我愿意接受的方式给予，用我想要聆听的方式诉说。

# 人生不如一行真爱

——读《时光队伍》

【题记】张爱玲说：没有一个女子是因为她的灵魂美丽而被爱的。

到底，有没有特例？

那时她还年轻，处女作《陪他一段》发表在联合报副刊，次年第二篇作品《红颜已老》获得《联合报》第五届中篇小说奖。《红颜已老》是个婚外情故事，便总有人问她：是你的故事？她反问：你猜。

没两年，因缘际会，她调到艺工总队当编剧官，与他同事。首次参加周一晨会，大伙儿正热烈脑力激荡，"'吧嗒'一声，一个人影推门进来，瘦长个儿，高鼻子（鼻梁半截断过），红脸（晒的），浅蓝条纹长袖衬衫袖口卷进牛仔裤（嗬！真五十年代经典！），才听了两分钟：'一九四九以后国共分离，百姓沧桑，有谁比赵滋蕃《半上流社会》更深刻……'"，读过几本书的浪子，风貌大抵如是。

根本没人要听。总队长当场给白眼。男人很有经验地敬礼后转拉开纱布出去，临出门回头冲她说："欢迎来总队，小说写得好样的。"

她管自一惊："破天荒头回在名军校出身的男生嘴里，听见赵滋蕃。"大概还有另一惊：他，看过我的小说？

那一年，张德模已是两子之父。

1983年，洪范书店出版了苏伟贞的第一本短篇小说集《陪他一段》，在后记中，她写道："更感激我的朋友张德模，他总是警告我：'你不写文章就打死！'"狠话里透着疼爱：你有才华，不写就是浪掷智慧与天赋，就是白来世上一遭，还不如打死你了事。这是何等惜才怜才的人才能发出的肺腑之音。

好多年前，胡兰成乍读张爱玲，也有一样的惊喜莫名，"就算这文章是男人写的，也要去找他，所有能发生的关系都要发生"。端木蕻良对萧红也曾五体投地，"大胆地赞美她的作品超过了萧军"。

只是，基于才情的爱慕，像盖在水上的房子，总随水流云动而逝。因此他与她，苏伟贞与张德模，这一对文艺范儿的情侣，看去十分不祥，仿佛许多始乱终弃即将开场。

但没有。

恋爱日子十分美好。苏伟贞写道："喜欢听他讲话，因此经常听得恍惚……他说得逸兴遄飞之际，我通常看着他的眼睛，给一双镜片挡住了，他放了心让它在后面，是个不设防的天地，有最佳意境。而且十分认真。"一个表达，另一个聆听，这不就是传说中的"知音"吗？

也如寻常恋人，彻夜冶游。雨天里，他骑摩托车载她，雨势渐大，她正感冒。张德模停车嘱她："你把伞撑起来，我骑慢点儿。"雨花打在他镜片上，直到完全蒙住，他才拿下来用手抹掉，雨水顺着他的衬衫袖子流到手臂上，像一条河。

他问她："你看过一条河吗？"

——这一句话，她记了二十五年，在他逝后，还念念不忘。

苏伟贞且问："人生值不值得如此认真呢？"

答案是肯定的吧。不知何年何月，张德模与苏伟贞结为伉俪。

他被苏伟贞称为"我生命中最好的鉴赏家""最好的读者"，而这一次，他进入她的书写，成为主角——天地之间，唯生死事大，死者是唯一主角，谁也抢不走风头。

2003年，张德模因食道癌入院，倒计时开始，她与他并肩鏖战半年，"终究是，流浪者上路，头也不回"。2004年2月26日，倒数计时归零。至此时，张德模62岁，苏伟贞50岁。他们结识，已有25年。

陪床日子，她以写作者的本能，每天埋头写字。“语言文字叙事，是保持人性最有效的方法。”张德模问她：“写什么那么急？”她答：“日记。怕忘了。”用文字爬搔痛苦，总比任由痛苦爬满一身而无能为力的好。

而这些写在他病床边的笔记，加上大量回忆和眼泪——哭泣的时间，远远多过写字本身——汇成了苏伟贞的本命书《时光队伍》，记录张德模的由生到死：

一段无以言勇的病人之役，张德模想开刀，一刀下立判生死，好过零敲碎打，一天一天痛苦地挨向死亡。但在病房里，病人只会发炎，没有发言权。

每天都是绝望，绝望之塔还寸寸增高：张德模的父亲，是一员普通老兵，带老大万里流徙，老二留在家乡受白眼吃冷饭。直到两岸恢复往来后，四十五岁的老二才有机会结婚，“做一个男人，说不定他这辈子都没做过爱”（《梦书》）；而在兄长去世前不久，像意识到哥哥将走，老二“急着先上了路，农民自杀法，灌农药”。

他与她都是爱玩的人，但他有烟瘾，超过五小时的旅游地全不考虑，旅程受限，没问题，他们自己创造路线，西进内陆，在敦煌、在贵州、在哈尔滨、在三峡、在草原、在沙漠、在海湾……四处游荡，足足跑遍大半个中国。还交了那么多天南海北的好朋友——在张德模逝世后，他们以二锅头祭祀，酹在瑷河之上。好汉子，真性情。

到最后，苏伟贞说：人生不如一行张德模。

她真正要说的是：人生不如一行至爱。只有她的至爱，贴上了属于她自己的标签。而我，多么羡慕她，甚至——很可耻地讲，包括她失去至爱的方式。

她是被爱恋的女子，且因她的才华。古往今来，因才华被爱的女子，少之又少。才华像钻石，在美女身上，是艳阳高照下的一抹钻光，完全现不出光彩；在丑女身上，则与她一道跌入深深的黑，黑暗中所有的石头都是无色丑陋的。女神是什么样的？白富美，仅此而已，携带大笔嫁妆的美女，是上中下男士们的普遍最爱。灵魂不过只有21克，用手掌都掂不出分量，可以忽略不计。

我有朋友慨叹张爱玲总在文艺圈打转，故而一次次遇人不淑。我啼笑皆非：她再惊才绝艳，总不能要求科学家、工商业者懂得她的好。张爱玲没有大学文凭，没有嫁妆，没有娘家帮衬。她不谙世事，不擅家务，不能成为某个人的贤内助，不能成为大家庭的重劳力。某种意义上，作为女人，她一无可取，只有才华——而那些能懂她才华的，她同时代的男作家们，不约而同，娶了家底丰厚的富家女。

当然被爱总是好的，不管是为了女子的美，女子的勤劳，女子的坚贞。甚至不需要到爱的程度，朝夕相处的相濡以沫，每天傍晚小小地散一个步，都已经是人生难得的况味。

但每个人一生都有自己最重要的一件事，对写作者来说，这件事是“写”。写作之寂寥，旁人难以想象，经年累月才能成书，读者还在遥远的地方。不知道能不能写出来，会不会有人看到，那些人会不会喜欢……时常地，没了动力。苏伟贞幸而有张德模：“从此，我知道有个人在推着我了，所以，为了不让他失望，我得自己走快点。”多少人必须一个人挨过去的漫漫长路，她有人陪。

“这许多年，灯下日子不谓不多……在眼及处，喜欢有另一双眼神，或者沉思、或者调侃、或者狂放，知道快乐、悲伤、想念都有共依。快乐不是那么空洞、悲伤不是那么无底、想念不是那么穷落。”

就是这么简单的关系：她有才情，他欣赏；她创作，他见证；她记录洪荒岁月女子的冷寂欲念，赖着他问：“这段这篇如何？”他严肃答：“写到如今这份上，放手写吧。”

她得到过一个男人从身到心到精神到头脑到世俗生活到死亡的全部爱恋，“二十五年，与他发生过的事”。于是她能够在这一刻来临时十分从容正告他：“张德模，就在这里结束了。”中途截断的华美乐章，《未完成交响曲》，已是全篇。

苏伟贞自己说过：“如果有那么一天，再见不到任何，凄凉可感，让我们双臂迎接。什么什么都已在脑中。”

人生，果然不如一行张德模。

# 给自己的爱情乌托邦

——要不是为了说谎的权利，谁要当作家?

我能说：E·M·福斯特（Edward Morgan Forster）的《莫瑞斯》是彻头彻尾的谎言吗?

同性恋对我来说，不是什么大不了的禁忌。因为我早知道爱有两种，一种是浮泛的心动、喜爱、两情相悦。这是容易的，人人都可以实现，满怀自信地当作“深爱”。另一种爱则严肃苦涩，是明知道阻碍重重也要和你在一起，是一万次骂自己贱也放不了手，是“千万人吾往矣”的决绝，则太罕见难得。毕竟，一切都可能挡在爱情的道路上：地域、人种、年纪、已婚、健康、民族、宗教……性别也是这许多阻挠之一，并不比其他问题有更多权重。爱门不当户不对的异性，需要的勇气，恐怕不比爱高富帅的同性少。

所以我对天王星人——福斯特用这个惊艳的词来称呼同性恋者——殊少同情。他们向我抱怨“社会压力大”，我无动于衷地回答：“你的男人 / 女人离开你，和我们的男人 / 女人离开我们是一样的。大气压能令肥皂泡泡破裂，却不能撼动古希腊神殿。”有些爱，如露亦如电，如梦幻泡影，如 3D 电影：戴上眼镜就是真的，摘下眼镜就是假的。

因此我怎能相信《莫瑞斯》的真实?故事发生是二十世纪初的英国，剑桥学生莫瑞斯与同窗好友克莱夫相恋三年。毕业后，克莱夫却因一次感冒而“痊愈”！（传说中的以毒攻毒吗?）他回归到男欢女爱的世界，娶了个平庸女子，两人体贴入微地相互爱慕，美好的习俗接纳了他们。

莫瑞斯怎么办？他哭喊道："这算什么结局呀？"他向医生求助，得到的是四个字："胡说八道。"他想过自杀，也幻想过催眠能治愈自己，若能绝情灭爱，则万事无忧。他满心都是怨恨，却照常上班，咬牙应对所有工作，让日子一成不变。甚至，他还与克莱夫保持着老同学的关系：近在咫尺，看他与人家卿卿我我，怀里唯有空气可抱。这不是一刀毙命，是许多刀，是千刀万剐。

他在雨夜，绝望地对窗外呼唤："来吧。"年轻的猎场看守阿列克听见了他的呼唤，来了。

这是太不相称的一对。莫瑞斯是智识阶层，在证交所工作，练达圆满，有头有脸的乡绅；阿列克只是个粗人，屠夫之子，有一切下等社会的小奸小坏。这是明知没有未来的孽缘，阿列克马上要去阿根廷讨生活。那么，尽情享受吧，像《广岛之恋》里唱的："二十四小时的爱情，是我一生难忘的美丽回忆，越过道德的边境，我们走过爱的禁区……"二十四小时后，各自西东。

但是莫瑞斯对阿列克说："你为什么不留在英国？"这太蠢了，跟所有床第之间的甜言蜜语一样，是异想天开。会毁掉两个人的大好未来，还有牢狱之灾的可能性——王尔德就是前车之鉴。

明知道蠢，阿列克还是留下来了，"为了我的缘故，他牺牲了自己的前途，他并没有得到我会为他放弃任何东西的保证……原来的我是确定是什么也不会放弃"。撒花，庆祝，王子与王子从此幸福地生活在一起。——你信吗？反正我不信。这通篇都是谎言。

先是克莱夫的"痊愈"，一次小恙，就此打通他的任督二脉，从此就对女孩子的柔荑、香肩、秀发动了情，对男色不感冒。

而站在陌生读者的角度：要么，克莱夫不是同性恋，只是欲望最旺盛的青春期，他却处在全男班的公校和剑桥（当时剑桥除了一所学院外，只招收男生），于是莫瑞斯被假凤虚凰了。一旦进入有声有色的大社会，原本借路而行的爱欲立刻找到正确的路线，也就是说，他从不曾爱过莫瑞斯。

或者，他是个双性恋，可男可女，男人是鱼香肉丝，女人是糖醋排骨，一样美味。既然如此，到适婚年纪，娶一位有嫁妆的淑女，以体面的人夫人父形象，雄心勃勃地参政，是理性选择。为什么还要与莫瑞斯保持关系，不过是“不要把所有鸡蛋放在一个筐里”的经济考虑。像买股票，“把大部分钱都投在四分利的证券上，用剩下的一百英镑来玩儿”，既玩了感情，也不扰乱神圣的家庭生活，有患得患失——充其量也就是那么一点儿。

当然还有一个可能性是：克莱夫确实是个 Gay，过去是，现在是，以后还是。他不是戒了同性爱，他就是戒了莫瑞斯，也许他会迷恋永远的美少年，或者寻觅一个粗野的熊形攻，反正就是没莫瑞斯的份儿了——这是不是，最恶毒的一种推测？

然而痴心爱人全不接受，福斯特固执地借自己的笔说：“不，他爱过我，和他的不爱一样真诚。他离开我也非他本来意愿，这是天意。人定胜天是昏话，做不到的。”

更大的谎言当然是阿列克与莫瑞斯的美好未来：“他们必须打破阶级的畛域来生活，没有亲属，囊空如洗。他们必须劳动，至死相依为命。然后英国是属于他们的，结为终身伴侣，这乃是他们所获得的奖赏。”

且不说男男公然出双入对，在当时的英国会被绳以之法。“坐在法官席上的克莱夫会继续宣判坐在被告席上的阿列克有罪。莫瑞斯有可能免受指控。”

更大的问题可能是相处：肉体再契合，两个人在一起，除了上床，总要干点儿别的吧？他们的朋友圈、看的报纸、过往履历……全不一样。福斯特的朋友，另一位同性爱者，直言不讳指出：“这两个人的关系是被好奇心和肉欲支撑着的，只能维持六个星期。”

福斯特任性地反驳：“尽管坚贞不一定靠得住，无论如何是可以盼望的，值得孜孜以求。在这片完全没有希望的不毛之里，仍能开出花儿来。”

荒谬呀荒谬呀，莫瑞斯离开他整饬的乡绅之家，抛掉剑桥毕业生的冠冕，从忙碌的股票经纪行隐退，他还能干什么？看看他的手，那双打板球、骑摩托车、读希腊文的手，能去开船，在流水线上做粗工，或者当木匠吗？

福斯特不答，他索性把故事就这样结束了。他明白要是让阿列克也化为尘埃或雾霭，变成过眼云烟而去，明智得多。“然而给予自己塑造的人物，实际生活所不提供的快乐，这诱惑简直是不可抗拒。稍微安排一下，运气就好多了。”

他不忍毁了他们的幸福，因为那就等于毁了自己的希望。

他甚至还起意写过一篇尾声：数年之后，有人在密林里遇见两个相亲相爱的伐木者，是男男版的杨过与小龙女。——为什么没写？因为几年后，一战就开始了，“今天已经没有可以藏身的森林或荒原了，也没有能够在里面蜷卧的洞穴”。隐士无处可遁，都会被抓去当炮灰。

明明是谎言，为什么我整颗心都在颤抖？因为这是福斯特自己的故事：那被克莱夫抛弃的，是他。在雨中哭嚎的，也是他。他固执地，在等待生命中的阿列克，要撒娇地说：“为我留下来。”他的决定一如上帝说：“要有光。”

“安排一个幸福的结局是绝对必要的。否则我根本不会费神去写。尽管是在虚构的世界里，我决意无论如何要使两个男人相爱，并在小说允许的范围内让他们的爱情永远延续下去。”

作家之于作品，正如上帝之于世界：若不能想怎么安排就怎么安排，谁愿意花费七天时间？要不是为了说谎的权利，谁要当作家？要直面残酷人生，写新闻报道去；要揭露阴暗人性，给《法制进行时》当编导去。写小说，就为了这一刹那，心满意足的喜悦。这是梦，但是永远不会碎。因为虚空世界里没有大气压。

人人都渴望过 Happy Ending 吧：单身太久，不知道还没有机会爱？那人几时会出现，还是永远不？要怎样，冲破千山万水？要如何，从意乱情迷回归到一粥一饭？终于逼近终点了，需要抛弃锦衣玉食，天上人间？我愿意。但他，舍不下旧窝棚破棉絮……完败是大部分剧目的结局。

生活是一出蹩脚透顶的戏，福斯特生命里的雨夜，是每个人生命中有过的布景。滔滔不绝的独白本意是自我安慰，却变成自我责斥：你衣食无忧事业成功，亲人、家人与朋友的爱还不够让你满足？你还想要什么？爱不过就是情欲之火，到哪里找不到一双体贴的手一副柔软的唇？灵肉合一连宝哥哥都没做到，你算老几？

没用，没用。不被爱的绝望始终不曾离开。有时，为了掩饰突如其来的心伤，会突然尖声大笑，声音高亢得刺耳。脑海里始终响着一次不存在的敲门声，是有人凑近耳边：“你喊我来着吧？”是阿列克缘梯而上，翻窗而进。

随便你叫它什么吧，谎言、童话、意淫，总之，《莫瑞斯》就是这样一个，爱情乌托邦。到后来，到福斯特自己也不信了。到晚年，他说过："我早已不再等待来自某处的拯救者了。那都是骗人的。"

福斯特活到九十一岁高寿，在生前，没几个身边人知道他的同性恋身份。他著作不多,因为他早已厌倦书写异性恋,厌倦用这种方式,曲曲折折抒发情怀。

他终生未婚。五十一岁那年，遇到一生中最后一位伴侣，时年二十八岁的警察白金汉，相伴四十年之久。白先生当然要结婚，婚后，白太太也渐渐接受了福斯特——当他是上不了位的小三吗？这难道就是传说中的正室范儿？而白家子女也都把福斯特当爷爷看待。1970年,福斯特在白家去世,死在爱人——及其妻小——身边。

能与爱人终老，安稳流年，已经是不可多得的福气；谦逊地退后一步，在爱人的世界里守住一亩三分田，也许好过霸气的"我是你的一切"最后全盘落空。但，阿列克不应如此。他不是阿列克。

福斯特在《莫瑞斯》扉页上写道："献给更幸福的一年。"到最后时分，如果问他：那一年来了吗？他会怎么答？

他从没打算将《莫瑞斯》公之于世，只给精挑细选出来的一些朋友看过。到了晚年，他母亲及绝大多数近亲均已去世，社会风气也已天翻地覆，他才犹犹豫豫，在最后一版的打印稿上写下："可以出版——然而，值得吗？"

《莫瑞斯》在他死后终于出版。

# 她曾与魔鬼立约

——路西法的女儿

对于《走出非洲》，也许你心目中涌现出的形象是梅丽尔·斯特里普。这部依据凯伦·布里克森同名自传体小说改编的电影拍摄于1985年，大受好评，获奥斯卡金奖十一项提名七项大奖，里面壮丽的东非风光、荡气回肠的爱情，令落过泪的观众，回头去翻阅小说。

必须承认，文字的影响力远弱过画面。看电影的多，读小说的少，对作者凯伦·布里克森，大部分人，所知不多。而如果我告诉你，关于她，一直有一个源远流长的传说，那就是：她曾与魔鬼立约。她向魔鬼索取了一件昂贵的事物，相应地，魔鬼拿走了她的父亲、她年少时的闺中好友、她的姐姐、她的婚姻、她的情人、她的孩子、她的农场、她的健康……她曾自称：我是路西法的女儿。

到底是什么，值得用这样的高价来换？

也许，你也想知道。

凯伦·布里克森出生于1885年。她祖父迪内森男爵，是著名的冒险家，1830年参加过法国对北非的征服。有后人开玩笑道：凯伦可以这样说："我在非洲有过一个祖父。"父亲威廉迪·迪内森1945年出生，是八兄弟姐妹中的第七人，没有继承到贵族头衔，却承继了冒险的精神。曾作为法国军官参加普法战争，也在威斯康星州进行毛皮交易——在当地留下了与奇普瓦印第安女子的后裔。后从政，以官员身份参加俄土战争。1879年，他在哥本哈根北面约

25 公里处的一个渔村，买下了隆斯特德仑庄园，后来凯伦便在那里出生、去世，目前那里是布里克森纪念馆的一部分。他以本名及笔名出版了几本书，至今仍被认为是风格之作。

凯伦的母亲英博格·魏斯特霍勒茨出身于丹麦富裕的中产阶级。他们的婚姻不够恩爱，但也没到水火不容的程度。威廉迪后来患梅毒，长期住在一家疗养院里，在凯伦十岁那年，悬梁自缢而死。究其原因，应该是政治挫折、梅毒永远不会痊愈导致的身心残疾及长期抑郁。

那之后的凯伦，和母亲的家族住在一起，过着无忧无虑的富家女生活，随家人去挪威度假，学滑雪，在巴黎学绘画。她很早就暴露出文学与艺术上的天赋，发表有作品，也曾在法国开过画展，但都没反响。估计在大部分人眼中，这就相当于大观园中小姐们的写写画画，只是玩儿，不值得认真对待。

她深爱母亲这边的家人，但对于父亲那边的贵族亲戚，很是仰慕。毕竟当时还没有电影明星，天天在报章上抛头露面的贵族，一举一动都万人追捧，就是那时代的明星。不必责备她这小小的虚荣心，据记录，光在 1900 年，就有 500 位富裕的美国女性嫁给欧洲贵族。很显然，这也会是凯伦的选择。毕竟，富有中产阶级的女儿嫁给贵族，是一种流行，也是一桩体面的、双方获益的婚姻。

1909 年，24 岁的凯伦爱上小她两岁的远房表弟汉斯·冯·布里克森男爵，但对方反应冷淡。4 年后，她嫁给了汉斯的孪生弟弟布洛尔·冯·布里克森男爵，成为男爵夫人。

她是为了男爵夫人的头衔结婚的吗？诚实地说：是。甚至她在新婚期间即被丈夫传染上梅毒，她还在给弟弟托马斯的信中写道："说句够粗鲁的话，只付出这么点儿代价就得到头衔，很值哦。"——"这么点儿"？她还不知道，这将意味着她一生的健康与幸福。

婚后不久，在一位夫妇俩共同亲戚（布洛尔的舅舅，凯伦的表叔）的建议下，由凯伦娘家出资，他们在肯尼亚买了一座农场，开始了咖啡种植园主的生涯。1913 年，凯伦踏上了非洲大地，直到 1931 年，一败涂地，黯淡离开。

18 年间，第一个问题是健康：她长期被梅毒困扰，多次赴欧洲治疗，但一直未愈。青霉素尚未发明，当时主要使用的含汞和砷的药物，给她带来终生的重金属慢性中毒和上瘾。这期间，她还先后感染过疟疾、西班牙流感等。

第二个问题是婚姻。布洛尔艳遇无数，又挥金如土，把凯伦娘家提供的、本该用在农场上的资金挥霍一空。他也许不算个坏人。在那个时代，他的轻浮好色、酗酒贪杯，都是可以原谅的“男人的错”，但他终于在 1919 年提出离婚，凯伦不同意，且努力想挽回婚姻，甚至想与布洛尔生个孩子。但终于在 1921 年正式分居，1925 年离婚生效。这段婚姻破裂中，凯伦算是无辜方，据她弟弟托马斯说，凯伦对性的态度“极端保守”，没有资料能证明她在正式分居前有过外遇。

第三个问题是孩子。凯伦一直没有孩子。她发表《走出非洲》时用的笔名是“以萨克·迪内森”，有评论家认为“以萨克”是出于《圣经》里的以扫。上帝怜恤亚伯拉罕与妻子撒拉无子，准让撒拉生育，当时撒拉已经 90 岁，觉得不可能，说“我和我主都老了”，大笑，后得子，取名“以扫”，便为“大笑”意。

此观点不知出自何处，凯伦自己从来没这么说过。但多少不是空穴来风，侧面证实了她求子之心的强烈。在她与家人的信件里发现，她曾两次怀孕，一次为 1923 年，另一次为 1926 年。报过喜讯之后，就是一封神伤的信：“我不知道如果真有了孩子会如此，也永远不会知道了……”发生了什么？是自愿流产还是被迫堕胎？幸好传记作家倾向于前者。

第四个问题是感情生活。1918 年，凯伦与丹尼斯·芬奇·哈顿在穆海迦俱乐部认识，丹尼斯成为他们夫妇共同的朋友。直到 1925 年，凯伦正式离婚后，丹尼斯住进她家。即书中提到的“丹尼斯·芬奇·哈顿在非洲除了我的农场之外，没有别的住址。每两次远征狩猎期间，他总住在我家，他的书和唱片都存在这里”。这是否意味着我们这个时代的同居？难说。

凯伦一直用“友谊”形容这段交往。《夜航西飞》的女作者柏瑞尔·马卡姆是丹尼斯的朋友，始终认为他与凯伦之间没有性关系，因为丹尼斯是同性恋。但凯伦的孩子确实是丹尼斯的，她与丹尼斯商量过。而丹尼斯的答复是：“或者，你可以把‘丹尼尔’删掉。”丹尼尔是这个可能出生的孩子的名字吗？删掉是指堕胎吗？传记作家争论不休，但有一点可以确定，丹尼斯从来没打算跟她结婚。

不过有一件事，丹尼斯做得很仗义。那是 1928 年，威尔士亲王访肯，布洛尔 · 布里克森男爵和丹尼斯一道负责接待。布洛尔已经再婚，殖民地上出现了新的男爵夫人，可想而知凯伦的微妙地位。显然是为了帮她撑门面，丹尼斯想办法安排了威尔士亲王对农场的访问。这次到访对凯伦很重要，她在书中几次提到。

这是爱情吗？凯伦的死忠粉强烈反对电影《走出非洲》里面的描写，坚持认为凯伦不曾“迷恋”丹尼斯，而是：“她爱丹尼斯，但她也爱非洲大陆，原住民和野生动物。”爱到底有几个名字？爱与爱，是否完全一样？

第五个问题，其实是这一切问题的核心：经济问题。18 年来，农场一直亏损，原因有布洛尔早期的挥霍，蝗灾，旱灾，1923 年的咖啡加工厂火灾，一战带来的经济衰退，国际汇率大幅变更，咖啡价格下降，农场上不断变换经济作物。但根本原因：凯伦不懂农业。

她在书中几度抱怨说：农场地势太高，不适于咖啡。没错，科学家们后来证实了她的农场确实不适于咖啡，因为地势太低了——这是个笑话吗？当然，如果不是发生在你我或者我们爱的人身上。

能怪她吗？不。她是被当作女结婚员培养长大的，从来没想过要当女农业科学家。

至于其他的问题，比如说在英国殖民地上，作为外国人，又被误会是亲德派，受到的冷落排挤；长期的无依无靠，身与心的极端孤独；还有 1917 年，她表妹兼最好的女友自杀身亡；1921 年，她唯一的姐姐因病去世。

弟弟托马斯来农场考察过之后，认为已经无回旋余地。1931 年，她的家人强烈要求她卖掉农场。她屈服了，农场已经出手，她还在处理未尽事宜时，丹尼斯因飞机坠毁身亡。

一切都结束了。

返回丹麦后，新的考验还在等待她。

在非洲期间，为了不让自己沉浸于自怜，她一直没停止过写作。她已经 47 岁，还是文坛新人，出版商认为书写得不错，但不想出“欧洲作家的处女作”。更有出版商根本一眼都不看：这早已是少年才俊的天下。

1937 年，她 52 岁，《走出非洲》出版，她渐渐声名鹊起。随即，二战爆发，丹麦被德国占领，成为二等公民的种种屈辱和不便，令她内心十分痛苦。战争也令出版业几乎停滞，读者购买力极度下降，以前的版税拿不到，新书难以出版。1942 年写的书，费尽千辛万苦、九牛二虎之力，才投寄到伦敦和纽约，连合同和校样都看不到，书到底出版了没有，有没有读者买？不知道。直到 1945 年战争结束。

和平了，多年笔耕不辍终于开花结果，她知名于天下，连玛丽莲·梦露都是她的粉丝，但，她的身体撑不住了，梅毒的后遗症之一就是严重的神经痛，她寝食难安，体重跌到 35 公斤上下。1949 年，她因胃溃疡做了大手术，到 1955 年，她已经严重进食困难。

1957 年，她被提名诺贝尔文学奖，但无缘折桂。当年获奖者是以《鼠疫》著称的卡缪。

1962 年，她在长期的病痛折磨里去世，具体死因为严重营养不良，终年 77 岁，而那时她已经卧床多年，形同瘫痪。如果你要问她离开非洲后做了什么？就是一个标准的作家生活：写写写写写写写，偶尔出去走走。没有再婚，也没有恋爱。

而她身后留下什么？《走出非洲》《七篇哥特式的故事》《冬天的故事》《芭比特的盛宴》等等。

好了，现在你知道她向魔鬼要了什么吗？

也许她什么也没要。所谓与魔鬼立约，是西方一个源远流长的传说。帕格尼尼、莫扎特这类才华横溢的艺术家，都有过类似传闻。也许这一切，都不是凯伦自愿的选择，而正如她在书中所说："骄傲是对上帝创造我们时所怀期许的信仰。骄傲者能意识到这期许，接受使命且心领神会。对他而言，成功便是将上帝期许贯彻始终，并对自己的命运深为庆幸。"

在 1955 年丹麦发行的 50 克朗钞票上，印着她的头像。而她也是除皇室成员之外，唯一一个两次出现在邮票上的人物，这两次分别是 1949 与 1966。

而关于国人最熟悉的她的作品——《走出非洲》，这是一部很特别的书。一方面，作者信笔拈来，想到哪里写到哪里；另一方面，到了最后，你才恍然发现这里面暗含的结构，像《一千零一夜》般环环相扣。

同样特别的,还有作者的无所不说和绝对的沉默。她明明是唯一的女主角，但是关于婚姻状态、对孩子的渴求、身体的病患，都只在最万不得已的情况下，透露一两句。内敛羞怯到难以想象的程度。另一个角度，就是对所有非洲的细节——雨季的咖啡花、园子里飞来的犀鸟、原住民小孩们的名字，一一道来，个个诚实无欺。

对她来说，何者为重，何者为轻？她不说，她让读者自己去寻找答案。

她的写作风格，影响过许多作家，诸如约翰・厄普代克、阿娜依斯・宁、卡森·麦卡勒斯、彼得·赫格（以《情系冰雪》知名的丹麦作家）,其中最著名的，是 J.D. 塞林格，在《麦田里的守望者》里面，多次提及《走出非洲》。

与她同时代的海明威，在获得诺贝尔文学奖时曾表示：“这话我只对我的同胞讲：作为诺贝尔文学奖获得者，不得不说，真遗憾马克吐温和亨利・詹姆斯没得过奖。更伟大的作家总是不会得诺奖。而如果奖项给了美丽的作家以萨克・迪内森（凯伦・布莱克森的笔名），今天我会很高兴，很高兴很高兴。”美国作家杜鲁门・卡波特称赞《走出非洲》是二十世纪最唯美的一部作品。

到底他们说的对不对，你会有自己的判断。

# 爱上哥哥却嫁给弟弟

爱上的，是潇洒倜傥的哥哥，嫁给的，却是薄情花心的弟弟。这不是小说，这是女作家凯伦·布里克森的亲身经历。

凯伦是丹麦女作家，《走出非洲》的作者。她的母亲娘家是富商，父亲的本家却是贵族家庭，她从小就与父亲家庭的一对双胞胎表弟们玩得很好，三人是一种嬉笑玩耍的关系。年纪渐长，她渐渐爱上双胞胎中的哥哥汉斯·布里克森。汉斯比弟弟大几分钟，更英俊一些，是军官、赛马手和天才的运动员，或者制服对女孩子来说确实更有吸引力吧。

她痴迷了若干年，所有家人都知道，表妹兼最好的女友黛茜还鼓励她，但最终未果。出于想嫁给贵族的务实动机，她嫁给了汉斯的弟弟布洛尔。

布洛尔·布里克森（1887—1946），身高180厘米，浅蓝色眼睛，脸颊饱满。好大谈特谈、喋喋不休，喜饮酒，好交游。

凯伦确实是为了男爵夫人的头衔才和布洛尔结婚的。但她在婚姻中（分居前）始终对丈夫尽心尽力。在她的故事《珍珠》（《冬天的故事》）里面，曾经半自辩半自嘲地写道：“哥本哈根的闲言碎语都说，新郎是娶了钱，新娘是嫁给名，但他们全错了。这一对是相爱的佳偶……”

布洛尔上的是农业学校，但从没认真对待过学业，毕业后管理过家族的牛奶场。亲戚向他们推荐在非洲兴建农场，以为会学以致用，但他的兴趣全在追猎动物和女人身上。

1914 年，布洛尔先期到达非洲，发现农场面临的最大问题是募集工人。他的第一个任务便是去拜访吉库尤人大酋长吉南朱伊，并赠送大量礼物。谈判几个星期后，吉南朱伊终于帮他担保，承认会有几百名武士放下长矛，去拿他的薪水。种植期为雨季的 2 月到 6 月。布洛尔告诉凯伦他的打算：他将为这些非洲人留出土地盖棚屋、放养牲畜，提供食物和毛毯，并按原住民劳工条例规定，每个月付几卢比的薪水。每位在种植期后还留下来的原住民劳工，将得到 0.8 公顷的自留地，自留地的出产全归劳工本人所有，条件是劳工至少要每年为农场工作 180 天，允许甚至鼓励劳工带家人到农场上。他认为让棚民们住在农场上比较好，这样能知道自己有多少工人，心里有个数。

许多白人农场主难以留住工人，但布洛尔觉得，只要善待非洲人，他们会留下来的。当时在殖民地，每位农场主都非常关注工人健康，希望棚民们及妻小能养成每日检查病痛和意外伤害的习惯。这主要是担心传染病爆发会对农场带来毁灭性的灾难。

所以他要求凯伦尽可能满足非洲人的医药需求，如果她面对药膏和绷带手足无措，那么，她怎么照顾自己，就怎么照顾这些非洲人好了。这就是为什么，她离开丹麦赴非，布洛尔要她带上医药箱。另外，布洛尔本人也略懂一点急救常识，万一有什么对付不了的，他们离传教团医院也只有 20 千米。

他们新婚不久，一战爆发，布洛尔志愿报名参加传递情报的“非战组织”，在基加贝与前线之间来回。凯伦也自愿去了基加贝车站做情报工作，为了能够在布洛尔抵达车站时照顾布洛尔——很不幸，据传记作家考证，多半是在这期间，布洛尔把梅毒传给了她。

婚姻的裂痕应该从最开始就存在。凯伦曾抱怨说布洛尔去一次法国，就能负债 2 万克朗，都是为了给女人们买礼物。布洛尔的家人信件中也提到，1920 年，他离开东非期间，与孪生哥哥汉斯的遗孀，有过一段私情。

1919 年，布洛尔提出离婚。1921 年，咖啡公司的总经理、凯伦的奥格舅舅罢免了布洛尔的职位，凯伦接管农场。同年正式分居，1925 年离婚生效。

布洛尔和凯伦的情人——《走出非洲》的男主角丹尼斯一样迷恋狩猎。

1928 年威尔士亲王访肯期间，他和丹尼斯都是带领亲王狩猎的接待人。他的客户名单里还包括有海明威，后者的短篇小说《弗朗西斯·麦康伯短促的幸福生活》中猎人罗伯特·威尔逊的形象，便是以布洛尔和另一位向导的形象糅合在一起而成。

1934 年，他携自己后来的第三任妻子伊娃·狄克逊，去正在巴哈马群岛的比米尼群岛附近海面出海的海明威船上做客。海明威交给他《非洲的青山》的原稿副本，请他阅读，帮忙校准资料。

1936 年，他与伊娃结合。伊娃是一位瑞典女子，有敢作敢为的名声，从第一任丈夫那里学会了赛车。1938 年伊娃在印度死于车祸。

自离婚后，凯伦与布洛尔从未碰过面。在她写于丹麦期间的书信（后结集为《丹麦来信》）里，关于布洛尔，她很写了些不好听的话。1934 年 8 月，在写给非洲朋友的信中，她说："我一想起布洛尔——他呀，我得说，真是少见，简直不可能想出比他还不要脸的人。"

1946 年 4 月，布洛尔死于车祸，之后凯伦在给亲戚的信中写道："布洛尔的死讯比我意想到的还让我感伤……我想起他就难过；他特别有潜力，几乎可以说是天才，就像所有的布里克森家族的人一样。但他性格中有弱点。倒不是大毛病，却让我没法和他好好相处，他每天到处撒小谎：向我的非洲工人们借钱，哄他们说我会还钱……我什么东西他都拿去抵押，他拉我签商业合同，事先藏起了里面的一两个小条款，结果最终毁了所有我们的努力。"

虽然离了婚，但至死，凯伦一直要求身边人称自己为"男爵夫人"。

汉斯呢？那位她得不到的初恋。呃……也没好下场。1917 年，汉斯因私人飞机坠毁身亡。（据悉，是从一个赛马场飞往另一个赛马场的途中。）身后只留下一个儿子，也叫汉斯。小汉斯写过几本驯马的书，还在 1952 年获得过奥运会三日马术项目的金牌。

布洛尔与汉斯感情至好，布洛尔曾在给父母的信中说："汉斯不止是我的孪生哥哥，也是我唯一的、最好的朋友。我们心心相印，无所不谈。失去他，就好像失去了部分的我。"

那么，嫁给弟弟，是否也就是嫁给了部分的哥哥？永远不得而知了。

# 死神教母的告白

——略说弗里达·卡罗

正如各位所知，我的教女弗里达·卡罗，是墨西哥有史以来最伟大的女画家。她向天庭发出微弱猛烈的控诉，指责我——死神——她的教母，留给她苟延残喘的生命，带走了平安、喜乐、健康、宁静生活。

而此时，正是墨西哥最重要的亡灵节：11 月 2 号，亡灵们得到神的允许重返人间，人们搭起祭台迎接他们的到来，台上遍插万寿菊，放满糖裹面包，摆上寄托哀恩的照片，挂起各种神像，点起玄秘的熏香，立起可爱的骷髅糖，燃起指引黄泉路的蜡烛。而你们，总是奉上我最爱吃的食物：亡灵面包。

“墨西哥人对死亡是嬉笑相对的。要跳舞玩闹，什么借口都是好的。出生和死亡是我们生命中最重要的时刻。死亡是哀悼，也是欢喜；是悲剧，也是玩乐。要迎接这最后的时刻，我们备上小小的骨头状糖面包：圆圆的，就像生命的轮回；在中心，是头颅；甜甜的，却阴气森森。那就是我。”

如果中国读者觉得，这与清明或者中元节何其相似，那只说明中国与墨西哥人民都曾遍历苦难，早知道哭泣的无能为力。欢笑，只因泪已流尽，珍贵的水源，不能浪费在无聊的事物上。

你们会对亡灵面包的食谱有兴趣吗？“1 公斤面粉；200 克黄油；11 枚鸡蛋……”打住吧，每位中国女子都是天生的烹调大师，正如弗里达，是天才的画家。

1907 年，弗里达·卡罗出生于墨西哥土狼区名叫蓝屋的家中，但她后来多半自称出生于 1910 年，也就是墨西哥革命那一年。这无伤大雅的谎言，是她说过诸多谎言中的一个，有人认为这出于她喜欢编造故事的天性，也有人认为她拒绝承认小儿麻痹症带来的推迟入学。也可能，这只说明一件事：她怕老。而弗里达，没有来得及活到老。

弗里达的父亲是德国移民，有匈牙利犹太血统，出身于手艺人世家，从先人那里继承来的精到眼光，使他成为当时最杰出的摄影师之一。母亲则是墨西哥原住民，是西班牙与美国印第安人的后裔。有一段时间，弗里达对外宣称母亲是一位墨西哥公主。

弗里达共有四姐妹，她是第三个女儿。众人盼望的男丁一直没有降生，母亲失望到拒绝给她哺乳，家人不得不请了奶妈。但父亲很钟爱天不怕地不怕的弗里达，从小把她当作男孩来培育。

她六岁那年，我派我的使者带着小儿麻痹症登门拜访。狂风大作，黄沙漫天，小小的弗里达高烧昏迷，合家上下长长叹息，奶妈在门后哭得肝肠寸断。我无数次敲门，黑头巾下是我从不肯示人的脸容。不开不开就是不开，我终于放弃，只让她的右腿细弱短小了一截。“从那时起，同伴们开始叫她‘木腿’，她能逃过一死，却逃不过孩子们的恶意捉弄。”

小儿麻痹后遗症令弗里达走路一跛一跛，却不能阻止她爬上树梢或者像一阵龙卷风般疯玩儿。医生说多运动有利于康复，父亲便鼓励她玩游泳、足球、拳击、摔跤、滑旱冰和骑自行车，并且让她和男孩子们一起比赛。她得到了“瘸腿小鸟”的绰号：不良于行，却能飞。

15 岁那年，弗里达考上墨西哥最好的国立中学，当年是该校第一次招收女生，2000 名男生，35 名女生，她是 35 分之一。弗里达立志学医，曾临摹过医学书刊的插图，她对人体构造的认识，后来成为她笔下血淋淋的胴体、心脏、脉搏，无比精准的痛。

就在中学里，她初遇后来一生的爱人迭戈·里维拉。迭戈长她 23 岁，是墨西哥壁画运动三杰之一，以其巨作和政治思想颇受争议。当时迭戈刚刚从法国回来，受教育部之托在此创作壁画。他们二人没有更多交集，年少的弗里达在校园里左右逢源，很快有了小男友，“寻找着公园的僻静处，隐藏在树影中，在蛋白酥、芝麻糊和冷饮的味道里探索着彼此的身体。在十五岁之前，她已知晓男人的销魂滋味”。

1925 年，18 岁的弗里达与男友去看电影，途中，他们乘坐的公共汽车与一辆有轨电车正面相撞：她的脊椎折成 3 段、颈椎碎裂，右腿 11 处粉碎性骨折，一只脚也被压碎。一根钢铁扶手穿透了她的腹部，剖开她的阴部，割开她的子宫，碎掉她的骨盆。弗里达事后以黑色幽默消解惨祸：“这起事故，令我失去了童贞。”

多年以后，小男友忆起那一幕，仍毛骨悚然：“在公共汽车的残骸中，她全身赤裸，满着鲜血，混在车上有人带的金粉里，她的身体仿佛被打扮得惊世绝艳，锁在一根金属管子上。”

整整一个月，弗里达是蝴蝶，被石膏钉死在康复床上，床就是她的棺材。我——死神教母去接她上路，弗里达却拒绝跟我走。她说：“我要活下来，用我的画像代替我，放在你的死亡殿堂上吧。”

别说我没给过她警告：活下去比死亡本身更悲惨。“你有生以来的每一天，都将恨不得你早在车祸中死去。”

但顽强的弗里达说：“我愿意”。

交易就此达成。我还她生命，她给我一幅一幅的肖像和亡灵节的祭品。我没有告诉她，那将是烈火里烧灼、沸油里煎熬、冰雪里洗礼中的一万多个日子。

车祸后不久，小男友就和她吵闹分手，理由是她并不纯真。“藏在她身心之内的性爱野兽已经吻过他们那一伙的所有男女的嘴。”还很小很小，她已经暴露自己男女通吃的天性。他就此离开，且理直气壮。也许，真正的理由是：等待他的，是国外的锦绣前程；而在弗里达面前的，则是日复一日的康复训练与永远的残疾。她会成为累赘，让他的抱负无法施展。小男友后来成为墨西哥著名记者，且终生与弗里达保持着友谊。

为了抒缓痛苦，也为了打发病床上的时间。她向父亲借来油画颜料盒、几支画笔和几张画布，开始作画。母亲还为她特制了一个能躺着作画的画笔。

这是弗里达第一次正式作画，却几乎在第一个瞬间，就证实了自己与生俱来的天赋：她用血红、墨黑与黄褐，那是车祸惨烈的色泽；把笔插入颜料中，如钢管深入她的身体。嘴唇是草莓色，脸颊是蜜桃色，秀发是巧克力色，她双眉连一眉，是一个浓烈的“一”字，如黑乌鸦的翅翼，如不带银边的乌云——《自画像》，送给已经离弃她的小男友。画中的她，纤细优雅，微微扬起的手掌如兰花开放，希望挽回已逝的爱情。波提切利的《春》里面，维纳斯就曾摆出过相仿的手势。

此后30年间，她共绘有近200幅作品，其中大部分都是自画像。有一种说法是：每位作家都在书写自己。推而广之，大概就是：每位画家的画作都是自画像。

弗里达重新站起来，再次学会了走路，慢慢的，轻轻的，摇摇晃晃的，就像踩钢丝的杂技演员。20岁那年，她与迭戈·里维拉重逢。

是朋友介绍他们相识，而弗里达喜欢向世人说的版本则是：她带着初试啼声的画作去找正在脚手架上作画的迭戈，迭戈爬下梯子，一幅幅认真地看。“每看一幅画，他就发现一种少见的能量爆发，线条灵动，凝重与精致兼备。迭戈习惯对专弄技巧、哗众取宠的新手大加批评，这次，他却找不到取巧或虚假。画布上的每一厘米都是真实的，都满溢着这女人的性感，呼号着她的痛苦。”这一双相爱的灵魂，就此找到了对方。

1929年，弗里达成为里维拉的第三任妻子。里维拉当年42岁，贪杯好色，体重近300斤，结婚两次，创作的都是鸿篇巨制的大幅壁画；弗里达则年仅21岁，体态娇小，弱不禁风，利用画架创作，鲜有大型作品。这段姻缘被弗里达的母亲，伤心地形容是：“大象娶了白鸽”。

弗里达曾画下她与迭戈在一起的样子：一袭绿裙、肩裹红披肩的她，色调对比强烈到令人眼盲，挽着他的手，怯如惊鸟。但他们并非佳偶。弗里达后来说：“我一生经历了两次致命的意外打击，一次是撞倒我的电车，一次是里维拉。”

1930年，弗里达跟随里维拉来到美国，而她，想为他生个儿子。车祸已令她失去生育能力，医生忠告她：“你的胯就像一栋被几种柱子撑着的危楼，一点点压力，就会彻底垮掉。小迭戈会把那辆有轨电车和迭戈都没能办成的事儿给做到底。”

但是身为墨西哥女性、爱寻花问柳丈夫的妻子，她宁愿拿死亡来赌。不必问她为何有此痴念，看看你周围就知道了。到现在，大部分中国女性也坚定认为：是孩子令婚姻稳固，孩子才是婚姻船的锚，拴住男人心的套马索。

有些事，不是拼了命想做就能做成的。两次怀孕，两次流产。“弗里达发现自己赤身裸体躺在病床上，肚子肿得像皮球，却也空得像没了水的果壳小碗。两腿间一团深色的毛发染黑了她白皙的皮肤，鲜血在床单上染出恍若祭品的心脏形状……她一转头，与她未能出生的孩子的脸撞个正着，在他生命最后一息呼尽之前，她看见了他的双眼和厚厚的嘴唇，那活脱脱是迭戈的模样。”这绝望的一幕，她画在《亨利福特医院（飞翔的床）》上。

绝望是黑色泉水，比碳素墨水更深湛，她绘下《底特律的流产》，描绘了身为女性的所有不堪、残忍与苦楚。在她之前，这是画面上从来没有的题材，女子是花束、是春天、是静静折叠或者开放的身体，女神们没有生理期；圣母不会在产床上辗转呼号；溺水的奥菲利亚容颜不改，金发纹丝不乱。活生生的女人在哪里？妊娠之苦、流产之悲、生育之可怖，只存在于一个个暗漆漆的小房间里，那是男人的空白区，每个女子却都不得不知晓。

而弗里达，她代不能发声的女子们立言，画下《我的诞生》：女子双腿大开，中间是新生儿的头颅，有一张与母亲一般无二的脸孔——弗里达是母亲也是婴儿。《多萝西·霍尔的自杀》这幅画分成三部分：高楼窗户，跳楼女子的小小身影；中间，坠落中稍大了一点点；底部是死寂的平台，毫无生气、鲜血淋淋的尸体，双眼大睁，瞪着前方，仿佛在呼救。《思考着死亡》，我——死神教母也有份出演，是病床上方盘睡的死亡。《没有希望》，女子一呼一吸都是骷髅的血肉与肺。

天天叫痛、开口就是“阿毛”的怨妇招人烦，而借由油彩，我们听见弗里达身体里的痛苦，像峡谷里的困龙，在声声嘶吼，咆哮声震耳欲聋。她说：“我的画是我自己最坦白的表达。”

她与迭戈的婚姻，是另一种痛。迭戈给过她很多帮助，他率先建议她穿着墨西哥本土服饰，以营造独一无二的个人 LOGO。又在艺术上给予她极大肯定，引领她带入艺术家的圈子，他盛赞弗里达“是艺术史上第一个女人，以全然鲁莽的真诚以及安静的残忍，在她的艺术里潜心钻研常见却独特的，仅仅关于女人的主题”。

但另一个角度，迭戈极度不忠，与所有人偷情，甚至包括弗里达的妹妹克里斯蒂娜。发现了爱情与亲情的双双背叛后，弗里达痛不欲生，以报纸上登的一桩杀妻案为题材，画了她最血腥的一幅画《轻轻掐了几下》：女子被暴怒的丈夫所杀，横尸于床，血光四射，连画框——读者与画者之间的边界上都沾满血污，打破了艺术品与现实世界的藩篱。历历在目、不能触碰的痛，在拍门呼喊，如邻家被施暴的少妇在狂喊："救命……”你怎么办？你至少要帮她打一个 110 吧。

弗里达终于原谅了丈夫与妹妹，但从此再也不肯约束自己的放浪行为。

她一向是 PARTY 动物，盛宴间，异国公主装束的她，手捧酒杯，恍若女神。但立刻你就会发现，她是吃肉、喝烈酒、抽烟、骂脏字的女神，给宾客们唱色情歌曲，讲色情笑话。她当着大家的面，和男男女女们——尤其是女子，调情。女人柔软的肚腹，是另一种天堂，可以放置身心。

而在克里斯蒂娜事件后，她更放肆了，勾引她看上的每一个人，随意上床：男的，女的，老的，少的，艺术家，诗人，共产主义者……她性别不限，男女皆好，只要你够美丽或者有名。

迭戈对这件事的反应是很“男人”的。对她的男性情人，比如日裔雕刻家野口勇，他怒火中烧，持抢威胁，吓得野口勇翻墙落荒而逃。对她的同性恋情却满不在乎，会把自己的女伴介绍给她，让她们陪她过夜。毕竟，弗里达起居不便，长期宅居，格外需要他人的陪伴照拂。另外，这举动间大概也包含了男性对女性同性恋的绮丽幻想，就不必深究了。

弗里达爱迭戈，也恨他。这个乱搞的胖子，把她的生活搞得一塌糊涂；却也是她的导师、丈夫、伙伴与爱人。她为他而战，与他的前妻争夺照顾他的权利，一看到有女学生对着他眼睛发亮，就母兽般冲上去作好厮杀的准备。她听信了古老的传说：要得到男人的心，一定要通过他的胃。她为他做的墨西哥美食，好吃得让他忘掉纵欲，只想再放松一环皮带。但到最后，弗里达终于接受事实，她说：“迭戈是朋友、同志、伙伴，但他不是任何人的丈夫。”

婚姻已经变成互相折磨，1940 年，他们离婚。随后她的健康状况急速下降。

两个月后，迭戈意识到弗里达不能单独生活，需要自己的照顾，于是与她复婚。第二次婚礼简单朴素，当天迭戈就去画他的壁画了。

那之后，弗里达的声望持续升高。在现代艺术博物馆、波士顿当代艺术学会和费城艺术馆，她都被列入最有威望的艺术家名单。1946 年，她得到墨西哥政府的奖金并在年度国家展中获官方奖。她还在一所新型的实验艺术学校授课，以非传统的方式教授学生，曾经师从过她的画家们，后被集体称为“弗里达门人”。

从 1944 年起，她身体痛苦加剧，迫使她不得不依赖吗啡。为镇痛，她一天要喝一瓶龙舌兰酒，杜冷丁也成为家常便饭。破碎的脊椎不再能担负她的体重，她被锁在支撑衣里，挂在器械上，脚上悬着二十公斤的重量，到去世为止，她共用了二十八件支撑衣。疼痛、酒精和麻醉药物的共同作用，令她的画风呈现笨拙无序的风貌。

1954 年，她的第一次也是最后一次个展在墨西哥举行。医生警告她不要出席，但最终她还是躺在一张五彩斑斓的大床上被抬进画廊。她笑：“请注意，这具尸体还活着。”浓眉一拍如同鸦羽。整晚，她躺在床上，唱歌、喝酒、开玩笑，身边簇拥着无数的崇拜者，这几乎像一场公开的葬礼而非画展。她对记者们说：“我不是病了，我是碎了。但只要我还能画画，我便是快乐的。”

她的身体渐渐恶化到不可收拾的地步。她一生做过三十多次手术，而仅仅在 1950 年 3 月至 11 月期间，她就做了六次脊柱手术；缝合伤口，上了石膏，当她嗅到难闻的臭气时，发现伤口正在腐烂。她的右脚长了坏疽，1953 年 8 月从膝盖下截肢。她的平生，就像一个缓慢的死亡拼图，她的身体被用三千块小碎片拼起来，脆弱不堪。命运是一个无聊的游戏玩家，容忍她一次次拼合，随即打散重拼。有些碎片，在这过程中，丢失了。

所有的绝望，都变成了她的素材：断裂的脊椎，绷带包裹、木乃伊般的身体，流淌的鲜血，死去的婴儿，活着的魔鬼。她的画令人极度不安，画中人的痛苦像苦痛太阳般，辐射出来，只要目光触及就不能避免。看画的人，意识到自己的平庸，这样的平庸之人居然活得好好的，不由得，隐隐愧疚。

截肢手术后，弗里达试着适应假腿，甚至在朋友的庆典上跳舞。但这一次，她真的撑不过去，弗里达的最后岁月，麻醉药物“玩弄她的神智，让她沉默不语、昏昏傻傻。即使如此，她的手还会摸索着找画笔，平抚她对艺术的渴望。而她的手上血涔涔的，因为针孔老是无法愈合。她便用鲜血和油彩，在画布上勾勒出疯狂的双眼和对自己的不屑”。

1954 年 7 月 13 日，她终于不再痛了。

蓝屋，是她生于斯逝于斯的所在，四年后，作为弗里达·卡罗博物馆向公众开放。

官方的死亡证明书上，死因为“肺部并发症”，没有尸检，始终有传言说她其实是自杀。弗里达日记上的最后一句话令人心碎：“我希望一路顺风，这一次我不想回来了。”

三年后，迭戈心脏病发去世，遗言是与弗里达合葬。但死者的意愿比空气还要空，他被女儿——非弗里达所生的女儿——葬于墨西哥公墓，与弗里达很远很远。

而我，死神教母，迎接你，弗里达，坐在我的身边，并且温柔怜惜地，听完你全部的控诉。

弗里达，或者你不曾想过：每个人来到世间，都有她的目的。你的目的其实就是受难。你的画“坚硬如钢铁，脆弱如蝶翼，欢欣如醇酒，悲伤如人生中的苦难”，击中每位观众的心神，令他们颤抖。

某种意义上，你也是耶稣，你代替普天下女子扛起十字架，承担了她们共同的痛，共同的悲欢。你以画笔，声声替她们喊出羞于出口的痛楚。不饮苦酒，如何能分辨蜂蜜之甜；不从死里重生，怎么识别生命的味道？

人人都携带天赋而来，而你的不幸激活了它。仿佛误入深山，山洞即将开启，给你别人没有的瑰宝，暗号是：“我放弃健康、快乐与平静的生活。”你会否嘴唇颤抖，喊不出声？是要凄惨而瑰丽的传奇，还是冗长乏味、像猪像犬般的圈养岁月？弗里达，其实这是你自己的选择。

而我，感谢你年复一年端上来的祭品，也感谢你绘制的自画像，里面有我的容颜。生就是死，死神教母与送子观音是一体两面，弗里达，你是所有女子，所有女子是你。

# 昭和女子向田邦子

隔壁住了谁？是大爷、大妈还是一个看去平平凡凡的中年女子？

她时常一宅就是很多天，偶尔露面，妆容精致，却黑毛衣黑长裙，一黑到底，说不出的冷淡清寂，只有她手里的购物袋——牛肉、啤酒、乌冬面，带着人类生活的温暖。偶有访客，或者听见电话在一室冷清里响来响去，像忘了被关紧的水龙头。有时她夜深才归，一袭素服全是褶子，倚着电梯壁的样子，像累得脱了形。不施粉黛，身上隐隐有药水香，是家人偶恙，侍病归来吧？她是猫奴，却喜欢在小区里，跟人家牵出来遛的狗儿们眉来眼去，狗狗有时趁主人不备，对她抛个媚眼，一旦主人发现，狗狗就装出一脸的无辜。她说："虽然说起来为时过晚，但所谓偷情的况味，不就是这样吗？"是写字人一贯的冷俏。事后，才有人想到，或者是她夫子自道。

到底有没有人，曾经认出她，这位自家的"隔壁女子"就是日本女作家山田邦子。山田邦子出生于1929年，殁于1981年，正是日本人最恋眷的昭和年间，她笔下的电视剧，更是写尽了昭和面目，以绝妙的对白、巧妙的构思被称为"向田电视剧"。她是日本收视率最高的剧本作家，日前，日本设立了以她名字命名的编剧最高荣誉奖"向田邦子奖"，《电车男》《自恋刑警》都曾获此奖项。而她，正是标标准准的昭和女子。

《隔壁女子》中文版封面上，直接称她是"大和民族的张爱玲"。这倒让我想起，我有个熟人研究日本中古文学，主攻诗家藤原俊成，我问：何许人也？他答：日本的韩愈。我一惊，他解释道：一样文起八代之衰，一样家喻户晓，进入中小学课本，但大多数日本人没看过——正如你我都没读过韩愈一样。跨民族的比对，难免牵强附会。

单就故事和文字而言，她与张爱玲并无可比性，她们共同拥有的，大概是身为才女，寂寥的命运。张爱玲写的是普通人的传奇，传奇里的普通人；邦子写的，则是普通人的普通故事，却像静寂里的狂潮，微笑时会牵痛的伤口。

《隔壁女子》说一墙之隔，良家女与娼家女彼此羡妒几至生恨，因缘际会，她们似乎交换命运，良家女一夜放浪，娼家女终于进入平凡人家。"其实回家更需要勇气"，她们还是双双回到各自原来的轨道上。《幸福》说一对有爱有憎的姐妹，"妹妹是规矩跪着的楷书，姐姐就是侧着腿斜坐的行书或草书。"妹妹爱上曾与姐姐一度欢爱的男人，明知道男人"还怀念着姐姐的心和身体"，但"哭泣埋怨的人生更给人活着的感受。这或许也是一种幸福吧"。《木屐》则是一场历时久远的噩梦，好好的一介小白领，被每天送外卖的小弟堵在走廊上：其实我是你的异母弟弟，俺，能叫你大哥吗？两兄弟长得好像，像一双木屐的左右脚……

一篇一篇，说的全是早已分崩离析，但却莫名维持原状的家庭。并不是"甜蜜的家、温馨的家"，而是脏衣服、厨房堆积的垃圾、卧室里混杂的污浊人气、榻榻米上的脚气真菌……一切微细而真实的存在。

最让我感慨万千的，是《核桃里的空房间》（又译作《核桃屋》），一个"后外遇"的故事：失业的中年父亲突然离家出走，与卖关东煮的老板娘同居，小三"不像雷诺阿画中的女人，也不够美艳性感，甚至不像是坏女人"——也许，儿女心目中宁肯她是个妖姬，还好用动物本性来解释父亲的自私。母亲崩溃，以暴饮暴食来逃避；弟妹还小，彷徨无依；是长姐桃子，撑起这一切，成为家庭里的父亲。从此桃子拼命工作也大声唱歌，用笑容来给自己打气，英勇无畏如民间故事里的桃太郎。

她放弃了婚恋的可能性，放弃了女子爱美的天性，唯一喘口气的机会，是与父亲的旧同事每月一次的见面聊天。男人握住她的手，唱出："愿跟你到天涯海角。”但，“这个人有家室”，桃子抽回手。

苦挨三年，却意外发现，母亲竟然在与父亲偷偷约会。“其实大家都在过自己的日子。”那么，桃子的这三年，这绝不原谅，算什么呢？——而看过邦子生平之后，我才恍然明白：桃子，正是邦子自己呀。

邦子的父亲是个私生子，凡事只能靠自己，日子过得不易，在长官面前只有俯首行礼的份儿，戾气全发在妻儿身上，常毫不怜惜地追打。他酗酒严重，会在餐桌上把家人吼斥得抬不起头，却也曾晚宴归来后，涨红着脸，硬把孩子们叫起床吃打包回来的美味。他脾气暴烈，心底却未尝没有细腻的温情。妻子是韩裔，与丈夫同属日本社会的二等公民，他们共同养育了四个孩子，历经贫穷、战乱、水灾，吃尽甘苦。

邦子作为向田家长女，是唯一会念书的那个，又帮助母亲周旋于灶台井臼，早早就学会做大量家务，“总是被外人称为是能干的千金”。到后来，邦子才感慨道：“女人还是不要被称赞能干比较好……哭泣、让别人帮忙的女孩反而较惹人怜爱，最后会有好的结局。”

21岁，她从实践女子专科毕业后，先在专做教育电影的财政文化社做助理，后转职到雄鸡社旗下的《电影故事》做编辑，向市川三郎学写剧本，成为广播剧、电视剧作家。此后20年间，她创作的广播剧集数以万计，电视剧集数以千计。其中《寺内贯太郎一家》生动重现了日本下町三代同堂的生活，在日本1970年代红极一时，其中的顽固老爸寺内贯太郎，一生气就翻桌、拳头比嘴巴快的形象，正是以父亲作为原型。70年代是她的全盛期，但电视是与时俱进也与时俱隐的艺术，四十年后，电视台不再播出，盗版商也没相中。我不是那种迷到发狂的粉丝，会去“上穷碧落下黄泉”地搜罗，只能徒呼奈何。

而邦子的高产量，也跟她要帮衬家庭有关。家中食指浩繁，父母不合，“只要父母面对面坐在客厅时，气氛马上就变得冰冷”。母亲唯一的依靠是长女邦子，邦子成了幕后支持家人、解决家庭危机的救星。三弟联考受挫，重修的家教是她找来的。成绩不佳的四妹想就读可以直接升学的私立中学，也是邦子带去跟恩师打招呼的——那是个寒冷的雨夜。父亲的薪水不敷使用，母亲不想让邦子担心，绝口不提，邦子却把存折递到她手上，还说：“这都是我的外快，我很会找收入不错的外快的。”

邦子二十四五岁的时候，父亲外遇，脾气更加暴烈，但邦子从不曾跟父亲顶过嘴或对抗过。父亲再怎么不讲理，她都逆来顺受。“她之所这么做，是担心一旦出了状况，会波及母亲。”当时母亲成日以泪洗面，抑郁难言。

为了赚钱，邦子拼命写作，经常是通宵达旦。在她的书信中，有“在不愉快中完成了 6 集的《新鲜》，四点上床睡觉”“接下来我要完成两集的稿件……”等字句。四妹记得自己多次半夜问她：“姐姐，你还在写吗？”这样拼命的邦子，偶尔一次早睡，便无限自责：“昨晚很困，才十二点人便躺平了。这都要怪电毯，那种恶魔般的氛围，十分引人入睡。”而无论熬夜到几点，邦子一定要与家人共进早餐，送父亲出门后才能重新倒头入睡。

邦子始终未婚，家人们问及，她便以手套作喻：22 岁那一年，因为没遇到一双心爱的手套，她便赤着双手过完整个冬天。

无人知晓邦子生活的另一面：她与一位有家室的摄影家 N 先生，有一段十余年的不伦之恋。怎么开始，何时何地，是前缘注定还是阴错阳差？何以既不能走到一起也不曾分开？净是谜团。而四妹和子说：“谜团，才更像姐姐的风格。”

总之，那一年，他 34 岁，她 21 岁，N 先生为她拍下了第一帧照片。她并不美，照片上的她，却别样灵秀。

没有名分、一晌偏安的恋情，得有格外强大的吸引力才能维系吧？N 先生与邦子之间，却浅淡得仿佛什么也不曾发生。他们的往来书信不过是些家常话，N 先生如是说“我会每天打电话。千万小心，不要感冒了。也不要吃太多了”。而她回信道：“你好像对冷天有些吃不消，请好好加油！不要为了打电话勉强自己出门。不要忘了戴手套。再见。”隐约的深情，像荷叶下覆盖的粉蒸肉，油渍渐渐地透出页面。

也像一般情人一样，他们有过决裂，但邦子从 N 母那里得知 N 先生借酒浇愁后，又回到他身边。邦子 33 岁那一年，N 先生脑中风病倒，从此不良于行，与母亲共同生活。从向田家步行两站路，30 分钟，就是 N 先生与母亲合住的家。隔三四天，邦子会过去一次，为他做自己最拿手的八宝菜。N 先生记在日记里就是：“邦子来了，两个人有说不完的话题……邦子躺在沙发上休息，十点前回家。年关将近，她也是十分忙碌，真是辛苦了。”邦子，就像大部分住在父母家中的女孩子一样，外宿是需要重大理由的。

听邦子写的广播剧，是N先生每天的功课，写在日记里：“《高级主管》以妇女从军歌为配乐对白衣天使发出礼赞，感觉很好。《阿九》天马行空地从盆栽谈到原子弹的误爆，感觉普通。”他大病未愈，苟延残喘，不能在经济上、身体上、社交上给予她任何帮助，也许，“收听”已经是爱她唯一的方式。N先生写道：“邦子趴在暖炉桌上，显得很满足的样子，我不禁觉得她很可怜。”“卿须怜我我怜卿”的相濡以沫，不过如此。

也许因为自家生活太辛苦，虽然邦子与N先生没有生活在同一屋檐下，没有法律上的关系，但感觉上，那却是邦子的另一个家，是“能够理解她、随时热情地欢迎她、是她可以安心休憩的地方吧”。难怪三妹迪子曾说：有N先生这样的伴侣，是值得羡慕的。

是的，他们有过非常温情的时刻，一封信中，邦子对N先生说：“好久没一起吃饭了，我们去哪儿用餐吧，”仿佛不经意地加一句，“因为是邦子的生日嘛。”小女生撒娇的声口跃然纸上。而N先生在日记里写了：“从上个月起就开始留意邦子的生日快到了。”那个晚上，他们一起吃饭、喝酒、逛商场，是恋人间很普通的节目。但普通平常，对邦子来说，或者已经是罕有的美好了。

但，无望的病情，被弃绝般的人生，事事都要仰赖邦子。“午餐：昨天邦子买给我的沙拉和蕃茄、面包。”给邦子信中也说：“这个礼拜有足够的热食可以吃，所以请放心，好好工作吧。蔬菜和罐头也都OK。”生无可恋，死念一萌，也许只是刹那间的事。总之，N先生毫无预兆地自杀了。而在他前一天的日记里，还看不出任何迹象，仍在平静地记录吃了什么，去了哪里，听了什么广播……有人认为：他是为了不拖累邦子才自杀。这简直像是过时的安慰，只为了让痛不欲生的邦子稍稍好受些。

邦子是如何承受这件事？作为已有亲人生离死别过的中年人，不能假装不知道那天崩地裂。

总之，N母把他们多年的往返书信及N先生的日记都送还她，她就封在一件牛皮纸袋里，并且绝口不提，如同封印心魔或记忆。——这牛皮纸袋，在她猝逝后十年，才被四妹开启，又十年，内容才终于公诸于世。为了尊重对方家庭的立场，四妹隐去了 N 先生的名字。

N 先生去世于 1964 年，那年她 35 岁，与父亲一次激烈争吵后，终于搬出家独居。——事后，父亲说，看她已经老大不小，还要扮演承欢膝下的角色，凡事都小心翼翼，心中不忍，借故逼她搬离，给她一点能自由呼吸的天地。搬出家门那一天，正是日本奥运会开幕式，万众欢呼，邦子却在巷子里到处奔走找房子。

什么都不能磨没邦子对生活的热情。

她爱美食——所以 N 先生会提醒她不要过量，吃个日式早餐也要津津有味写在信里："有海苔、味噌汤、蛋卷、煎鲑鱼、腌菜。甜点吃了一个昨晚回来路上买的橘子。"又因一时嘴馋，一次性吃掉五块蛋糕，之后喝了海苔茶，宵夜吃了三个饭团。结果"铁胃也有吃不消的时候"，必须腹泻呀，害得工作进度落后半天，只好向印刷厂五体投地道歉。

她不尚名牌，却大手笔买下数件同款不同色的爱马仕衬衫，因为易于搭配——顺带说一声，她是金牌编剧，稿费大概是剧集制作费的十分之一，远不是苦哈哈的中国小编剧们可比。

她爱旅游，曾在亚马逊上空遇险，还以此为一枚戒指命名。

她爱古董，用来装点生活，朝鲜李朝白瓷瓶用来插花，青瓷双鱼碟则变成烟灰缸；她甚至与妹妹们合开了一家料理店，叫"妈妈屋"——若干年后，她的中文译者张秋明前往妈妈屋，朝圣的心情大过一切，所以"别问我滋味如何"。物是人非，每一口都滋味复杂吧。到现在，妈妈屋当然早就关张。

命运从不肯饶过邦子，46 岁那年，她罹患乳腺癌，切除时又并发了血清性肝炎。这么大的事她竟然隐忍不说，直到手术结束，才在文集的后记里告知母亲。之后右手几乎瘫痪，不适合工作量太大的剧本，她转而用左手写随笔和小说，照样产量惊人，且"猛然乍现，成了名人"。

1980 年，她以《花的名字》《水獭》《狗屋》等三篇小说获得直木奖。直木奖就评奖规则而言，是给已出书的大众文学作家的荣誉肯定，而当时邦子的小说还不曾结集，只在杂志上刊载。关于她是否有资格得奖，一时争议极大。最后作家山口瞳一锤定音："向田邦子已经 51 岁，不可能活太长年纪了……"也就是说，多么有怜恤孤残的意味。

这三篇作品，照样说的是小人物的卑微与不自觉的残忍。试举《水獭》为例，里面的妻子，当然不是个坏人，却情不自禁，会在公公的葬礼、丈夫病重时，绽放出异样的活泼，平淡日子忽然有了过节过年般的喜气洋洋：终于发生不一样的事了，她终于是主角了。就像水獭，会把猎物摊开来展示一样。一念及此，读者必须毛骨悚然，邦子把生活中我们视而不见的庸常之恶都摊开来了，像被剪破的棉被，露出里面蠕蠕的螨虫。

居然有无名氏打电话给她，让她辞去奖项；还有人批评她笔下的中年妇人都歇斯底里，让她要知道羞耻。邦子毫不退让："我二十年来专注文学，牺牲了妻子的身份和孩子，一切都牺牲。身边也有走投无路而自杀的文学好友。外界略有了点浮名，评判给了个普通的奖，就有人让我辞去，实在令人怒不可遏。"

不过除了这少许不和谐音，大部分都是亲友的祝福。有人上来就说："祝贺你得了芥川奖！"——芥川奖也是日本文学界的重要奖项，授予纯文学的新人作家。邦子都过五十了，还领新人奖吗？她很想纠正，但看对方兴高采烈，没好意思。收了无数花篮，接电话到手软。终于电话坏了，花篮的花静静枯萎，世界安静下来，真让人松口气。

到此时，已经是她乳腺癌手术后五年。癌症患者的痊愈，一般以五年计算。手术后撑过五年，理论上便算已经治愈。老父已经过世，老母尚待相依为命，宁静漫长的晚年即将展开，手套虽然还没买到，但冬天总会过完。

而第二年，1981 年 8 月 22 日，向田邦子乘坐的飞机在去往台湾途中坠毁，史称"三义空难"。她与机遇难，享年 52 岁。山口瞳的无心之言，竟成谶语。最后一刹那，如果她心中有未了之事，该是什么呢？我不能妄自揣测。

逝后二十年，向田邦子纸袋中的信件与日记，终于大白于天下。她的生平原比她写作的每一部剧集都更令人唏嘘，更让人觉得"才女命薄"，也因此成就了长寿剧集《向田邦子》。而她，生是电视剧的编剧，逝后是编剧们的题材。

到了这年纪，我渐渐明白，命运是火是暴水是无边沼泽，不是可以扼在咽喉间的事物。尤其身为女子，太容易被家世、父母阴影、家务琐碎、疾病、碱水般掉进去就脱一层皮的恋情…… 所困，轻易陷落。每一个小有所成的女子，都必须克服这一切，且独自上路。天才男作家、音乐家、画家……都能遇到自己的缪斯，外加任劳任怨承担家务的田螺姑娘，她们合二为一，也不出奇，巴赫夫人、傅雷夫人全是这般第一流的贤内助。但作家、艺术家前面的定语一旦换为“女”，那么，对不起，你在成就自我之前，首先是女儿、妻子、母亲，做饭是比写作更重要的本分。

你的家人再爱你，也很难觉得你据窗发呆是在工作，他们不断安排你去买个菜、给孩子洗个澡、送个垃圾，而且理由是“换个脑子嘛”。他们都是大好人，但确实很难理解，脑子一换过去，再换回来，麻烦得很。大概只有邦子这样的人，能把写作与赚零花钱的家庭副业同等看待，随时上手，随时放下。

因此看向田邦子，我如何能不为她的强大力量震慑：在累累长卷之外，她竟有余力，照顾家庭、病残的情人、一家料理店及四只猫。也许，令残败的世界仍然屹立不倒的，正是这些千手观音般的女子，每只手擎着一片天空。真正的天才，不会被尿布淹没，如果你不能一手抱娃一手持笔，那只说明：你内心怯弱，有些梦想，是你不想追求。真正的强者，能拽着自己的头发，把自己拖出地狱，家事多艰、情路跌宕、孤绝、恶疾，都不能奈她何。

而她与张爱玲一样，不曾被读者忘记。她原著的《核桃里的空房间》《隔壁女子》，陆陆续续，由不同的导演重新演绎，重新搬上荧屏。为了贴近观众，时代和人物背景会有所变动，但故事的内核，人类永恒的贪嗔痴以及善意之花，恒久不变。

正如邦子自己，她的早逝，反而令世界留下她永恒的容颜，永远对世界微微含笑，她的温柔坚强，是任何厄运不能击溃的、澎湃的女性力量。

❤

# 我没有资格说原谅

# 她的母亲是纳粹

1996年，59岁的德裔女作家赫尔加·施奈德出席参加种族法制案制定五十周年的纪念仪式。会议中途的休息时间，一位从奥斯维辛生还的老太太笔直向她走过来，爆出一句话：“我恨你！”

她懵了：“为什么？”

“因为你妈妈是奥斯维辛的警卫，我的门牙就是被她打掉的。”老太太已经七十多岁，身形单薄，看着她，仍是满眼憎恶。

她，作为纳粹的女儿，面对这不能还偿的血债——仇恨会否世代相传？无力自辩，只能嗫嚅道：“战争结束时，我才七岁半……”没说出的话是：“她早在我很小的时候就抛弃了我。”

赫尔加的母亲一直是纳粹的狂热分子，为之，经常把年幼的儿女交给旁人照管，自己去参加各种社会活动。家人都反对她的政治主张，也厌恶她的作法，连她自己的父母都认为她是“自甘堕落、狂热盲信”。但在她看来，这些都是“刁难”，是“拖后腿”，这些“落后分子”拦不住她对元首的赤胆忠心——本质上，也就是极端暴力和自负，以及对权力无止境的渴望。

1941年，母亲毅然抛夫弃子，投奔党卫军，成为一个集中营女看守。像她母亲一样的女性，在当时的德国，数量颇为不少，人称“希姆莱（党卫军头目）的黑裙子”。那年，赫尔加4岁，她的弟弟彼得19个月。57年后，母亲对自己的选择依然不悔:“我想成为党卫军的一员，这对我来说，比世界上任何其他东西都重要，包括家庭，包括两个孩子。”

从此，母亲的简历便是一条人类的耻辱与罪恶之路。她先在萨克森豪区集中营任职，随后是拉文斯布吕克女子集中营，那里以用犯人做人体实验而臭名昭著：从犯人小腿上取下一截肌肉，观察肌肉组织会不会复原、如何复原；截去犯人的健康手臂、小腿或肩胛骨，移植给有需求的患者——当然是雅利安种，而被截肢者则被注射药物而身亡；为了做坏疽实验，把犯人身体切开直至露出骨骼，往伤口里植入细菌组织，还会加入木屑和玻璃屑，令犯人极其痛苦地死去。而母亲的日常工作之一，就是把挣扎号叫的犯人绑在桌子上，供恶魔医生下刀。

与此同时，母亲还接受训练，为后来成为灭绝营警卫做准备。只有最强壮、最凶残的人才被挑选出来送给奥斯维辛——母亲正是其中一员。

奥斯维辛灭绝营是对犹太人进行大屠杀的营地，“毒剂通过小孔被注入毒气室，三至十五分钟即可致命。当囚犯的哭嚎声渐渐平息，我们便知道他们已经全被毒死”。是母亲押送全裸的犹太人进入毒气室，也是她把尸体扔进焚烧炉。有时候，尸堆里有小小的身体在蠕动，那是挣扎着挨过毒气的生者。母亲对此无动于衷，生者与死者一样被付之一炬。“焚化炉日夜不停地焚烧尸体，释放出腐臭难闻的恶心气味，扩散到整个地区，周围村庄里的居民渐渐明白奥斯维辛正在发生什么……”

母亲坦承:“我对他们其实很严厉。”打得犯人嘴里吐血，听见犯人为死去或失散的儿女彻夜哀号，就不停地让他们干活直到累得半死。“纪律，严厉苛刻的纪律。如果要对一个营区保持控制，这就是秘诀。”

还有贪婪。母亲及其他党卫军，毫不犹豫地掠夺犹太人的财富，让他们为自己打造金项链、金帆船、金相框——那都是犹太人的金子，包括犹太人的金牙。

1971 年，当母亲与赫尔加第一次重逢时，她试图把自己的收藏品送给女儿，“一大把戒指、手镯、袖扣、耳坠、胸针、一块手表和好几条项链”，女儿的心却猛地一沉，“这种链子常常被作为生日礼物赠送给四五岁的小女孩”，刹那间，她仿佛亲眼看见:一条戴着这种项链的小女孩，被自己的母亲送进了毒气室……

这非人性的残酷有没有例外的可能性？一位母亲曾经的同志，投奔了抵抗派，被盖世太保抓到集中营，由母亲发落。母亲立刻把她送入妓院，很快，她染性病身亡。希姆莱多次宣称过："党卫军的成员，对血缘相同的人要忠心不二。"前同志，同文同种，她的死去令母亲"有些难过"。但母亲很快就克服这种情绪，她不能允许自己对被"原本就该关进集中营的人"产生同情和惋惜。此后她果真不曾对任何人稍有恻隐。

赫尔加的母亲令我想到《朗读者》里面的汉娜，她也是一位集中营守卫，与母亲做了相似的事。但汉娜只字不识，只是机械地服从命运，而母亲酷爱读书，甚至在奥斯维辛，临睡前也会看上一会儿书。同时她对绘画艺术也有很高的赏鉴力——谁说学艺术的孩子不会学坏？这可能取决于你对"坏"下的定义。

她与汉娜的另一个不同点便是：当汉娜认字明理之后，无法原谅自己造的孽，以死为唯一的救赎。但赫尔加的母亲，直到90岁高龄，仍在说："在我看来，对政府来说是对的事情，对我来说就是对的，我无权做任何个人的思考，有任何个人的想法或者感情。相反，我的职责就是毫无异议地遵守上级的命令，就算那些命令意味着用毒气杀死千百万犹太人，我也乐于执行。"

不管对人类犯下多么惨绝人寰的罪行，不管被她弃置于身后的儿女曾遇见过怎样的命运：被继母虐待、饥饿、病痛、在死亡边缘徘徊。她用一句话总结了自己的一生："我还是原来的我。"

所谓不改初心，所谓不悔，莫过于此。

她没有听见女儿严酷的指责："你根本不想成为妈妈；权力才是你更渴望获得的东西。站在一群犹太犯人面前，你会感到自己拥有无比的权威。一个看管犹太人的警卫，守着一群被剃了光头的犯人，他们个个目光茫然，饥肠辘辘，精疲力竭，孤苦绝望——妈妈啊，这是多么卑鄙无耻的权威！"即使听见，她更关心的，仍然是，她党卫军的同事们。

这是多么恐怖的母亲，却仿佛东西方的时空在彼此渗透，我依稀读到了熟悉的东西：革命不是请客吃饭、反人性、斩草除根、狗崽子……这些话我都还有印象。我曾看过一部文学作品的手稿，第一句话：我曾经是红卫兵。第二句话被重笔抹去：我不悔。是作者前思后想过，决定不触怒读者？还是胆小的编辑代为删削？

儒家文化说："吾日三省吾身——为人谋而不忠乎？与朋友交而不信乎？传不习乎？"忠君之事，君之过就是君的事。服从命令，成为最佳的自我赦免。

只是，伤害客观存在。多少大道理，总遮掩不了切肤之痛，因此我们有那么多"伤痕文学"，包括最新的张艺谋导演的《归来》，说的都是受害者的苦难；但，施害者在哪里？混杂在人群里，随着众人进与退，像湘西赶尸传说中的行尸走肉，是否就不用为自己的行为负责？谁能勇敢地承认：指示是他人所下，挥起的拳头是自己的——而与拳头相联的，应是自己的脑自己的心。

《朗读者》里最令我震撼的一句话，男主角米高，在汉娜自杀身亡后，代她向集中营的余生者求恕，对方答："我没有资格说原谅。"是的，死者已逝，苦难随他们葬于地下，所有苟活者都因自己的存活，对他们抱歉。没有人能为死者代言。

而忏悔，如斯艰难，要抛开一切"不得已"，诚实面对自己的罪与错，像格拉斯的《剥洋葱》，一片一片，剥到自己的内心深处，是非常非常艰困的事。要榨出自己"棉袍下的小"，也得用"永不原谅"的态度。

有时候，上一代不曾完成的事，可能必须由下一代继续。

# 我没有资格说原谅

——评《放浪记》

我确实不喜欢林芙美子。

1938年，惨烈的武汉会战后，大武汉沦陷，日本女作家林芙美子作为侵华日军的一员，随大部队进入武汉。血腥的杀戮在她笔下是这样的："战场上虽然有残酷的情景，但也有美好的场面和丰富的生活，令人难忘。我经过一个村落时，看见一支部队捉住了抗战的支那兵，听到了这样的对话。'我真想用火烧死他！''混蛋！日本男人的做法是一刀砍了他！要不就一枪结果了他！''不，俺一想起那些家伙死在田家镇的那模样就恶心，就难受。''也罢，一刀砍了他吧！'于是，被俘虏的中国兵就在堂堂的一刀之下，毫无痛苦地一下子结果了性命。我听了他们的话，非常理解他们。我不觉得那种事情有什么残酷。"——这还是人说的话吗?

这也许能说明，在我阅读《放浪记》的时候，厌恶与同情为何会杂糅在一起，混乱地出现。作品与作家到底血肉相连，不爱这个人，还能不能爱这部作品?

要说林芙美子的故事，先要从她的父母说起。她母亲林菊，是旅馆老板家的女儿，天生丽质且感情奔放，曾三次与男人同居，并分别生下三个私生子女。她父亲宫田麻太郎，小林菊十四岁，是从事和服买卖的云游商人，在林家投宿时与林菊一见钟情。家人反对林菊远嫁，林菊却不顾一切，随宫田远走下关，并于1903年生下了第四个私生子：林芙美子。因为当时他们尚未结婚，所以芙美子登记在舅父名下，从母姓。父母的漂泊成为林芙美子骨子里的血，也奠定了她一生流浪的基础。“从我父亲那时起，我便失却了故乡。因而旅途就是我的故乡。”

林菊的前三个孩子，都是交还男方家里的，芙美子是唯一一个跟在她身边的，是实质上的独生女，独得母亲所有的爱。但八岁那年，一场风暴吹入芙美子幼小的人生。父亲聚敛了可观的家财后，执意将一位艺伎领回家中。“那天正是旧历正月，下着大雪。母亲带着八岁的我离开了父亲的家。我只记得，去若松必须坐船。”林菊是魅力不尽、永无空窗期的，这一回，陪在她身边的，是原来为宫田经营商店的经理泽井喜三郎，小她二十岁。

母亲和继父做过工，也行过商。“那之后，我就过上了无家的生活。无论走到何处，皆有置身于小小客栈的感觉。”小客栈里，有矿工夫妻、镶了假眼的流浪说唱师、狂人、卖腹蛇假酒的骗子和失了拇指的妓女。芙美子记得，有一次和妓女一起去洗澡，看到她的腹部文身，肚脐是一条蛇，喷吐出鲜红的舌头。作为孩子的芙美子，目不转睛盯着那条浅蓝色、可怕的青蛇文身。

小学四年她转学七次，没有交到一个亲密朋友。十二岁，芙美子休学当小贩，去矿山卖扇子、化妆品、一文钱一只的夹馅面包。穷人的孩子早当家呀。无论赚多赚少，母亲都给她三文零花钱，她拿来买双儿美人的故事书。

长大后，流徙岁月里，经常有人问起：“你的故乡在哪儿？”她只能答：“说不上什么确定的故乡。说起来，原籍是东樱岛。”求职时的履历书要写原籍，她还注明那儿是温泉胜地。“然而写得那么远，谁都不相信。”于是她干脆将原籍改成了东京。

而她最眷恋的城市，是尾道。1931 年她创作的《风琴与鱼町》，开篇第一句：“父亲的手风琴拉得真好。”以小女孩的视角，娓娓记述了一家三口在尾道清贫而温馨的日子。后来因为父母在当地欠债太多，芙美子无法再回尾道。“然而，对那度过了少女时代的海边小镇，却怀着恋情一般的憧憬。”

也就是在尾道，她遇到了初恋。

15 岁那年，初露文学才华的芙美子进入尾道市立高等女学校（现广岛县市尾道东高等学校）就读。为了筹措学费，她夜间还去帆布厂打工。私生子的身份、穷困的家庭环境、平凡的外貌，都令她不愿意与人接触，躲进文学的世界。她也因文学，与一位土豪家的公子冈野军一相识相爱。毕业后，更随着去明治大学读书的冈野来到东京，开始比翼双飞的同居生活。

这段恋情遭到冈野家人的极力反对，因为芙美子的来历不明。说："不能找个姑娘，连住的地方都没有。"芙美子多次哭泣，想到万一怀孕该如何是好，便跑到长谷司的墓地，在碑石上拼命撞击腹部。冈野让她安心，说："你长期受苦，对人失去了信心。可你要怀着一颗赤子之心，相信我。"

但 1923 年，大学一毕业的冈野随即回乡，自此音讯全无。翌年一月，苦等数月的芙美子找到对方家里，得到的是冷冰冰的回答："我们什么都不知道，你找别人说吧。"男人只说："我是个无法依赖的男人，算了，望你喜结良缘。"之后，冈野与同级毕业的一位女护士结合。

"他的话至今让我心动，是他送我那本《萨宁》，也是他教会我如何恋爱，是他第一次把我带到东京，也是他对我信誓旦旦……我们彼此曾坚信不疑，那么努力地工作，甚至忘记了养父和母亲。然而，那些肤浅的、年轻的恋情岁月，却比泡沫更加虚幻。"

爱人远去，日子还要继续，林芙美子在东京，开始动荡求存：给作家近松秋江当女佣；摆地摊，为此需要贿赂地头蛇；给学生当助手；在玩具厂当女工；在牛肉菜馆当女侍……最山穷水尽的时候，甚至还考虑去玉井（私娼区）卖身。

日子再困难，众人都嘲笑一个女工的阅读书写，她却仍然没有放弃文字：断断续续地读，持之以恒地写。十年放浪生涯，攒下几十万字日记，就是后来她最著名的作品《放浪记》。

看《放浪记》，简直无法不令人起痛惜之心：玩具厂的工作，每天定额 350 件，日薪仅为 7 角 5 分。而开销是这样的：三叠大的小客栈铺位，一宿是三角钱；肉豆腐盖浇饭是一角钱，杂煮和泡菜的一顿饭，是一角二……她就着咸菜吃茶泡饭，觉得太阳如萝卜切口。而除了生活的最基本需求外，她还买稿纸，六分或八分一迭，腰带一块钱零八分，烤鲫鱼一角，以及美颜水，两角八——读到此，我不由微微一笑，困窘至极，仍不泯灭爱美之心，是日本女子的天性吗？

还有那些单身女子一定遭遇的困境：被上司性骚扰。她尖叫抗拒，上司皮笑肉不笑地说："不就是开个玩笑吗？"坐船出海，看到一双铁青的大手就在帐外，随时可能突发兽行。不敢做什么，只能大声咳嗽，被好心人救了。同住的女学生，把她介绍给自己的老头子父亲。为了生存，她也接受过客人的礼物，向人低声下气，忍耐人家"仿佛来到小妾家中"的轻狎态度。她身边就有年轻的女子，为了一件大衣和戒指的虚荣，轻易走上卖身的道路。

母亲给她安排过相亲："京都圣护院煎饼屋老板的儿子。在市政厅工作，是个好男人。"而牛肉面店的少年阿良，向她提起柏拉图——是太知道她不可能以身相就吧？那么能远远地看着她，也是好的。

《放浪记》里记录的，是她的苦难，也是全世界底层女性的共同命运。

困顿中，她结识了话剧演员田边若男。田边向她诉说前女友的无情无义："每一次巡回演出，我都帮她拿包……那娘儿们却背着我，穿着睡衣悄悄钻进别人的房间。"

总之，都是人家的错，他是深受伤害的薄命男。文艺男的样貌，大致相同。

天寒地冻里，两个瑟瑟发抖的人，必须相拥取暖。芙美子嫁了田边。一旦生活窘迫，田边就让她去典当衣服，她心甘情愿。当她无意中发现柜子里，有一张面额很不小的存折时，还是百感交集，很不是滋味。

而田边竟与人有染。"我悄悄跟到男人住下的公寓，蹑手蹑脚爬上宽大的楼梯……我看到那个男人——曾经倚着我的胸膛哭泣的男人，居然和那个扎着桃形髻的女伶，像鱼一样地缠在一起。"婚后两个月，他们仳离，一场欢爱如梦无痕。

田边后与一位艺人结婚，数年后，他的妻子因肺炎病逝。

又只剩下她了，赤裸裸地受着苦，冬天脚上长满了冻疮，夏天患上脚气——在文字的世界里，她暴露一切，包括丑态百出。不矫饰、不造作、不美化。她不是绿茶也不是女神，她只是一个相貌平凡、有一切人类丑态的人。

不过她的爱，真是来得疾如风暴，几个月后，她便遇到野村吉哉，不得志的诗人，穷困潦倒，患有肺结核，"嘴唇红得吓人"。

野村性格古怪，他"抱紧我压在身上，说要让我和他同病相怜，拼命地将肺里的气息呼在我脸上"；自私冷漠，芙美子的母亲来看望他们，他照样不理不睬；行事几近无赖，芙美子去酒吧打工，他借口“去视察敌情”，不打招呼就直接过去，把芙美子吓得不敢出声；他对芙美子多次詈骂，说她是“又粗又短的猪脖子”，还拳打脚踢，用饭碗砸她，抓着头发把她按到榻榻米上毒打，还动过刀。

这种日子，林芙美子不止一次想到死：“也许，我的人生已到尽头。我想去死。这样子活下去真是太累了。一个人的时候孤寂难耐，两个人一起又更加痛苦，这个世界真是虚幻无比。”一年多后，正如之前的每段恋情，芙美子与他分袂。

而饥饿是芙美子永远的主题：当女侍，伙食是魔芋，旁边就是要送出去的餐食——黄澄澄的炸鸡排；她每天每天吃白菜，白菜里加酱油，没有肉。肉烧白菜，是她幻想之中的菜肴，一种梦想。每当路过鱼店，她得闭上眼睛憋住气。母亲来看望她，带了火车上吃剩的盒饭。这样的伙食在她笔下是：“我脸也顾不上洗，赶着吃那散发着木质清香的盒饭。红色的鱼糕片，梅干酱炒牛蒡丝，还有魔芋条炖肉金针菜。我真是大快朵颐。”她写得越兴高采烈，我们看得越心酸。

多么像中国的萧红，极度饥饿几乎令她半疯狂：席子能吃吗？桌子能吃吗？萧红终于早逝。芙美子比萧红幸福，大概在于，23 岁那年，她遇到了学画的手冢绿敏，结为夫妻，性格温存包容的手冢一直陪伴她左右，直到她生命的终点。并在她去世后，整理她的著作及文献。

所以，早恋是有好处的，可以分手许多许多次，心千疮百孔，身体仍是绮年玉貌。一连串爱恨离合，仿佛已经地老天荒，但有时候，最后一个糖葫芦是好的。她对手冢不是没有怨言的：“他是一个以作画为生的人，却因为善良而无法营生。尽管结婚七年来，我始终暗自期盼他能够找到一条营生之路，然而时至今日，除了侍弄庭院和作画之外，看不出他有一点想要工作的想法。”但他给了她一个温暖的家，也令她进入一生中最稳定的创作时期，完成了《清贫记》《牡蛎》《浮云》等诸多作品。

她把多年日记整理成书，在杂志上连载，大获成功。1930 年出版单行本后，两年间，销量达六十万部，成为当时备受关注的超级畅销书。她过上了安居乐业、爱人陪伴的生活，也有一位小女佣照料她了，正如她当年伺候别人。十年放浪生涯，至此终结。

《放浪记》是这样诚实的一本书："西洋诗人矫揉造作，崇奉虚构。我却想抛开那般矫饰，饿了就写作饿了，恋慕就写作恋慕。这种诚实的写作无法成立么？"所以里面真实、琐碎、丑陋，变异，无所不包，连母女在山野上拉屎的细节都一一备记。林芙美子本人也极其偏爱这部作品，曾自言道："我并不认为自己死后作品还将流传下去。但我却有一种自信，唯有这部《放浪记》还会引起读者的共鸣。"

如果林芙美子在这时去世，世人会为她感叹说：红颜薄命，天妒英才。但她活到了战后。在侵华战争期间，她参加了臭名昭著的"笔部队"，与其他文人记者一起，发动了声势浩大的"笔征"，以笔为武器，煽动日本国民的战争狂热，为侵略者鼓而呼。林芙美子作为"笔部队"唯一的女作家，被当时的宣传媒体誉为陆军班的头号功臣。古有花木兰，替父去从军；今有芙美子，为国上战场。——请原谅我下意识的油腔滑调，我只是在想象当时的媒体文章。

《东京朝日新闻》1938 年 11 月 30 日 的一篇文章说："作为惟一一位日本女性，林芙美子女士参加了汉口的入城……跟随快速部队继续进行决死的行军。日本女性到战场来啦！ 使全军官兵大为吃惊，如在梦境。 林女士去了那荒凉的武汉平原，简直是战场上的一个奇迹。她一下子成为战场上众口皆碑的中心，她的勇敢和谦虚使全军将士从心底里尊敬和感动。她风尘仆仆，风餐露宿。汽车随时都会碰上地雷，但林女士置生死于度外……林女士的汉口入城，是全日本女性的骄傲。"

"荒凉的武汉平原"？

不，武汉是九省通衢、烟火繁盛之地；江汉平原是天下粮仓，素来肩负"湖广熟，天下足"的使命。是什么令它们荒凉？侵华日军。

我自命并不偏狭，从来不因为中日之间的情仇，对日本文学艺术有所偏见。我为山口百惠的《绝唱》哭泣，我为《小意达的花儿》伤感，想起《24 只眼睛》，我叹息。战争给两国人民带来的都是灾难。但对参与战争者，绝不原谅，绝不同情。那段时间的林芙美子，极力用文字诗化美化残酷的战争，毫无反思，还尽情展示了勃勃野心。她在《战线》中写道："真想把武汉长满棉花的大平原据为日本所有！”

而这，是不是她的错？某种意义上，所有女人都是政治盲。大部分女人没有立场可言，亲爱的人在哪一边，哪一边就是她们的立场。张爱玲会说：“对近代史没兴趣，它劈头盖脸打上来。”林芙美子读书不多，行事全凭动物般的直觉，《放浪记》里几乎完全没有对现实对人生的严肃思考，她念念叨叨的无非是：我要活下去，找一个爱我的人，写小说。她不关注周围的一切人一切事，她对家或国都没有要领。但无知和自私自我，从来不是赦罪的理由。

那期间，芙美子曾三次赴华为侵华日军鼓而呼。太平洋战争爆发后，她又以新闻记者的身份前往东南亚多地。后来战事吃紧，她退居夫家附近。1945 年，和平了，她重返东京，写下《晚菊》，获第三届女子文艺奖，是她一生的巅峰。1951 年，她因心脏病去世。故居现已成为新宿区林芙美子纪念馆。

直到现在，《放浪记》仍然深受读者欣赏，曾三次搬上银幕。最后一次，导演是成濑巳喜男。而光成濑一人，就先后六次把芙美子的小说改编成电影，还包括《晚菊》《稻妻》《饭》等。

而在《放浪记》的结尾处，成濑安排了这样一幕：送走访客的芙美子，重回案头，写了几行之后，倦极，伏案而睡。亲爱的手冢过去，轻轻给她披上了衣服。

看到这一段的我，竟然有泪盈睫，为她前半生的苦难终于得到报偿。但，《放浪记》能抵消她的“笔部队”生涯吗？曾经饱受战争蹂躏过的武汉平原，会如何回答？在读者之外，在女性之外，我是中国人，而像亿万国人一样，我没有资格说原谅。

# 午 夜 狼 嚎 的 女 子

扫码分享电子版

有一段时间，我做午夜谈话节目。凌晨一点离开演播室，常会有听众等在门口。我一律答："请打电话。"——"打了好几晚打不通。""请写电子邮件。"她说："我不识字。"

她不会读，不会写，没有亲人，没有固定住所，没有收入，没有户口及身份证……她，是个女乞丐。城市夜空闪闪烁烁的光照亮她，我只有一个强烈的印象：她很矮。肯定不到150厘米，似乎有点驼背，也许是被岁月压垮。她陪着我，巴巴地看我，穿着普通，竟不算太脏。

是什么让我带她到空中平台的小圆桌旁坐下，我也说不清。

她不记得妈妈的样子，只听说是脑子不清白（精神不正常或智障），在乡村间流浪。她爸爸腿有毛病，结婚无望，就留下她妈妈，生了她，也是一个家。可是没几年——她语调高亢："我爸爸被人害死了。"

家族里的争地纠纷，她爸爸一时想不开，喝了农药。她妈妈不知所踪，"被我奶奶赶走了"。"为什么赶？""她不清白，不会做家里的事，田里的事也不会做。"——唯一的功能就是性与生育，都已履行过了。

奶奶死后，长辈们不肯再给她饭吃了，到饭点，她嗅到饭香像狗寻食而来，叔婶当着她的脸关上门。她没哭，只是亢奋地拍桌："他们是想我饿死呀。"有人点拨说，不如进城打工。到了城里，她才知道自己没有身份证。

那一两年正在人口普查，这事儿我大概明白。农村的非婚生子、超生户，交不起或者懒得交罚款，往往索性不上户口，等人口普查时候自然给上。黑户多的是，只是对国家来说，不曾被登记在花名册上，是否就意味着不存在？

她在火车站饿得捡乘客吃剩的盒饭吃，结果被人“打死狗一样打”，原来火车站的乞丐是有地盘的。她被打怕了往外跑，饿慌了又回来，三番四次，她跟了丐帮老大。那是个残疾人，人称“跛子”。

我记得有一次我看电视上的法制节目，美貌小清新的主持人以大惑不解的口气询问犯罪嫌疑人：“你为什么要偷东西？”那人眼睛一翻：“想钱撒。”“为什么半夜进入人家？”还是一翻：“哪个白天进去？”“赃款你怎么处理的？”“吃了喝了玩了撒。”主持人是云端仙子，看不懂底层的一双泥脚。对他来说的天经地义，就是她的天方夜谭。我作为观众，十足为主持人的无知骇笑。

现在轮到我了，我和那位主持人一样无知，什么问题都得不停追问：“他是个残疾人还能当黑帮老大？为什么呀？”

“他还有其他女人，她们也欺负你？”她激动地起身撩衣服，要给我展示她周身的伤痕：“这里这里，还有见不得人的地方。”我大惊，连忙制止。

“他还有妈妈，他妈妈也欺负你？”——废话，乞丐就不是人生父母养的吗？只是，不是每个人都有福分，被抱在怀里，也许牙牙学语的第一句话，就是脏话。

总之，这就是她的人生。

慢性病患者会说：“好人有好人的过法，生病也有病人的日子过。”讨饭也是一种过日子。乞丐就像城市之蝇，自然地聚在最旧秽暗脏处，污水沟里洗手，管道里栖身，以原始本能交合……风声紧，他们就被赶逐，像饮食摊主挥拍赶苍蝇，总有几个运气不好的被拍死。四散而逃的其他人，既不同情也不兔死狐悲：“活到这辛苦，活着干么事。”2008年南部雪灾，她讲：“死了不晓得多少要饭的。”在官方文件里，这种死亡称为“路倒”。

她有自己的社交，有“玩得好的”（湖南话中指朋友），也有争风吃醋，甚至与管理人员也形成奇怪的默契。她一般避着管事的，让他眼不见为净，但遇到他要搬个什么东西了，要处理个闹事的了，她以及其他人，会像缝隙里的蚂蚁一样，铺天盖地钻出来，面目模糊地效力。他对他们骂骂咧咧，有时候还踹几脚，但也时常地“可怜我遭业（方言，意为可怜，指遭到业报），让那个卖炒粉的老板——喏，给她一碗素炒的”。

她对我坚定地摇头:“叶老师,我从来不偷的,我只是讨。”我不知该不该信。

……突然暗下来，是靠近我的大厦灯光熄灭，我听见保安锁门，铁链拖动。我的夜班同事们陆陆续续走出门外，向我投来惊讶的眼光。我不得不，小心翼翼打断她：“那现在，是发生了什么事呢？”

她不安地把脸左转右转又低下去，她用力搓衣角，她声音低下去：“没事，也没得么事。”

她跟老大第一年就怀了孕，在人家造工地后废弃的工棚里疼了三天三夜，一落地就没了。跛子说，死了。生第二胎时，只觉得门外人影幢幢，一生完，跛子抱着婴儿就走，她挣扎着追出来，只来得及听见车的发动机，跛子手里已是空的。她哭喊要人，被一拐打得差点闭过气。跛子说：“我送他去好人家过好日子，你还不舍得。你要他和你一样讨饭吗？”

我一定是糊涂油灌了心，居然点头称是：“他讲的也有道理。”

她看我半天，苦苦地启齿而笑：“叶老师……你不晓得，那些天桥下面，打断手脚讨饭的小孩……我怕他把崽，给了别的老大。”

我失声：“不会的，那是他自己的孩子。”

大厦最后一盏灯灭了。眼前骤然一黑，我上不沾天下不着地地悬在这黑漆漆半空中。她离我太近，我看到她残破的牙齿，老人一样七零八落，她鲜红的牙龈。我嗅到淡淡的槟榔气息，这是很常见的本地风貌，有害却不能以毒品视之。我却不能自控想到“艾滋”“瘾君子”的字眼。

大厦已经走空。我很紧张。

她淡淡说：“他也不是第一次卖小孩了。还有我的第一个崽，应该也是卖了……”此刻我看出来她身体的隆起，“叶老师，这一胎我不能让他卖。你教我怎么做。”

人流？她没钱。报警？她一笑，我就知道这建议的荒唐。她是一头誓要保护自己幼兽的雌兽，拼尽一切，打算与雄兽决一死战——她这么弱小，而我，无能为力。地狱在我面前开了个窗口，我只向里看了一眼，就想抽身而逃。

我起身道：“太晚了……”

明确的失望降落在她脸上。她像一个习惯被拒绝的人，顺从地也跟我站起。她发育不良的佝偻，老态毕现、全是皱纹的脸，她像已经吃尽人生的苦——但很可能，她只有二十出头。

我不敢与她并行，抢先几步上电梯，急急按钮。电梯门关上，才松一口气。

出得门来，已是凌晨两点，街市几无人声，商厦的霓虹还在无聊地闪动。我一路低头疾走，听见身后，一声一声，狼一样凄厉地嚎叫。

是她，在一声声惨嚎。

我不敢回头，不敢停留。穿过天桥的时候，简直像跨越火线。那惨噢声追着我，我在水果店、麻辣烫、地摊前面都不敢停留，我分明是在逃。

终于听不见了。

而在有尊严的国度，没有人应该生活得像兽。

# 谁还记得他年轻时的模样？

很久之前，我就想写冯叔叔的故事。但我一向母亲提起，她就极为不安："你写这些干什么？这都是过去了的事。"我母亲的智慧通达，令她一向处变不惊，她很少有这般几乎深入骨髓般的恐慌，我也害怕起来，就此不提。

好多年过去了，关于冯叔叔，始终是鲠在我喉头的骨碴。一般来说我也想不起来，但某些微妙多变的时刻，而我，感到每一口吞咽时，轻微的刺痛。

我第一次见到冯叔叔，应该是 1983 年。那年我 11 岁。

一个傍晚，我在外面玩久了，等我到家时，天已大黑，家人正围坐一桌开饭。我当然应该敲门，但站在昏黑的走廊上，看到客厅的灯火通明，其他人的热闹生活，我突然体会到作为局外人的奇异感受：一半是冷眼旁观，一半是矫情的自怜——饭热菜香，他们竟没有想到我。

原来家里有客人，是个不认识的叔叔，正在拼命扒饭扒菜，筷子一夹就是半盘，菜全抢到碗里才大口大口吃，如狮搏兔，如狼获鸡，呼噜噜几下，大号碗就见底了。不等我妈起身，他自己就飞快盛了一碗饭，饭勺在碗上狠狠拍了几拍，把饭压实。

我从没见过这么凶猛的吃相，看傻了，脑海里浮出一句话：饿牢里出来的——这是我妈有时骂我的话。

第二天，母亲告诉我：客人姓冯，是他们的大学同学，刚刚出狱。

那正是伤痕文学与伤痕电影大行其道的年头，我一听极为振奋："那他是右派了？"

《牧马人》《绿化树》《天云山传奇》都有一样的桥段：蒙冤右派被释放平反，从下九流立刻飞上九重霄，"走上了红地毯和领导人议政"。活生生的传奇就在我身边。

我妈摇摇头："不，他是左派。"

"左派？左派是什么？"

在我当时的文革概念里，右派就相当于旧戏文里的岳飞岳云父子，忠臣清官，忠君爱国，全家总动员献尽青春献一生。而"四人帮"就是秦桧王氏等人，专事迫害忠良。这黑白分明的戏份里，哪里冒出了左派的位置？

想了想，我自作聪明，"他打砸抢，是造反派？"

我妈正色："没有。我们都是大学生，不会参加武斗。他就是写文章。"

我妈讲不清楚。我才上初一，只喜欢听故事，一听不好玩儿，也就失去了兴趣。所以，关于冯叔叔的背景资料，我当时，就了解到那里。

很多事，我是后来才断断续续知道的。

1962 年，冯叔叔考取华中工学院（现在的华中科技大学），与我父母同班。我父母都是农家子出身，只懂好好学习，对未来的想头不过是"好好过日子"，同学们大抵如此。但冯叔叔出身知识分子家庭，从小受"家事国事天下事，事事关心"的教育，一方面真有"新天新地我是主人"的觉悟，另一方面他也不甘平庸，渴望逢乱世、做英雄，在人生大舞台展示才华。这念头没什么错，大丈夫当如是，那说"请君暂上凌烟阁，若个书生万户侯"的人，也不过是抱着同样的雄心壮志。

1966 年文革开始。1967 年原本应该是他们的毕业年份（工科院校当时是五年制），但全社会的行政事务已被打乱，毕业分配工作完全停止。所有人都无所事事，冯叔叔就在这个时段，与一些志同道合的战友，成立了"北斗星学会"，这名称来源于"抬头望见北斗星，心中想念毛泽东"。学会应该有一份会刊，他提议道："不是有过《湘江评论》吗？我们的就叫《扬子江评论》好了。"

略知历史的人，都应该知道《湘江评论》的典故：何人在何年月创办，又曾起过如何辉煌的作用。冯叔叔也就效仿着伟人的脚步，徒步走访乡村，写中国农村的调查报告，积极发表言论：彻底摧毁旧的国家机器、消灭新的官僚资产阶段、废除常备军、建立新农村——这，真的是左派吗？为什么有些自由主义的右派好像也是类似观点。我的困惑，大概只来源于我对政治的无知吧。

无序状态不可能永远延续，1968 年，毕业分配重新开始。我母亲说：学校给冯叔叔也发了派遣证。大家都劝他：拿上去单位报到吧，每个月 10 号就有工资拿了，写什么文章呀，别没事找事了。说话的人，有同学，有老师，也有嗅到政治风声、意识到巨网正在收拢的系上干部。

但冯叔叔说：要革命就不能怕牺牲。他在不同的场合都提到谭嗣同，提到他的“不走”，提到“我以我血荐轩辕”。他一定有很深的悲壮感，自觉是完成上苍赋予的使命。那一年，他只有 24 岁，他明白什么是牺牲吗？

那年九月，冯叔叔以“北决扬分子”的身份被捕入狱，我找到了 1979 年的官方结论：“作出了免予刑事处分的决定，予以释放。”但我母亲很肯定地告诉我：是 1983 年，他才脱离监狱。是文件与行动之间的时间差？还是我母亲记错了？冯叔叔已经过世，无法核实了。

有很长一段时间，冯叔叔与我家来往颇多。

当时他面临着极大窘境：他没有文凭，没有职业，无法求生，不能自养。为了毕业证的事，他先后找过老校长和人事处长，对方都表示：“政治上的事，我们无权干预，但你在我们华工读了书，毕了业，我们就要给你发文凭。”话是这么说，却迟迟没有下文。

1983 年秋天，他与我父亲偶遇。我父母都是善良热情的人，真心实意关心受苦的同事，立刻邀请他上我家来。听说他正在为文凭奔走，便告诉她，一位华工的女教授正好调任副省长，可以找她帮忙。事有凑巧，女省长就住我家隔壁，我父亲就以邻居身份，带冯叔叔去串了个门。找对了人，几个月后，冯叔叔拿到了毕业证。

（这件事，我父亲生前从来没提过，并非他甘作无名英雄，而是他很可能根本觉得这是稀松平常的事，带个老同学去老师家里而已。他完全不知道这举动里面的风险，他也没想过冯叔叔的处处掣肘意味着什么——那些远比他聪明能干的人，为什么此刻都站得远远的、一声不吭。而我，目前已经和当年的父亲年纪相仿，我诚实地问自己：我做不做得到？想了又想，答案是两个字：未必。）

下一个难关就是找工作了。上年纪 80 年代初期，一切都是计划经济，就业市场也远远没有开放，我不知他碰过多少壁。只听我母亲说，他动过念想考研究生，我父母还带他去拜访过几位老师。但他怎么过得了政审那一关？

我那时才十几岁，已经志大才疏地准备当个作家。冯叔叔也在写小说，有一次拿了一大厚本手稿给我，我大致看了一眼，是个一百多年前草原上的恩怨传奇。我年纪小小，却早已树立坚定的现实主义文学观，大不以为然，觉得冯叔叔从未去过草原，全凭道听途说，能写出什么好小说。多年后我才恍然大悟，这显然是冯叔叔在努力自救，寻找生计和出路。而写作，也许就是当时唯一能够找到的自谋职业吧。

幸亏当时还有顶职一说，到最后，冯叔叔的父亲——一位老工程师——退休，让冯叔叔顶职在工建公司上班。能够自食其力，也算在社会上有一席之地了。

忘了是什么时候，应该是父母带我，去过一次冯叔叔的家：很旧的汉口老房子，三代同居，属于冯叔叔的，似乎只有一间昏黑的小屋。不记得有没有见到冯叔叔的父母，他们可能没有出面见客。也许，这个儿子带给家庭的灾难远远多过荣耀，他们宁愿回避掉他的大学生涯，以及与大学相关的一切。

总之，有自由有饭碗，就可能有一切，冯叔叔也有成家的资格了。我父母为他介绍了对象，是附中一位女老师。听我姐姐说，有一次她考试，那位老师还特意多关照了她一些。但最后双方都不太满意，终究没成。冯叔叔觉得女老师生得老相，女老师那边呢，不知怎么听说了一个谣言：说冯叔叔在囹圄中，曾精神失常过。

直到四十七岁，冯叔叔才与一位熊姓医生结为伉俪。四十八岁，他有了宝宝。我母亲这一班同学来往密切，经常举行聚会，有一年冯叔叔带着正上幼儿园的孩子参加同学会，事后我母亲告诉我，无论他们怎么教宝宝喊“叔叔阿姨”，宝宝总是疑疑惑惑地看着他们，迟迟疑疑地喊：“爷爷奶奶”。

他在狱中的经过，我从未问过冯叔叔。我父母倒是约略提过几次。我一生都很害怕严刑拷打这类东西，连抗日片都不看，真人版则更加触目惊心，没敢细听。但那些日子一定严重毁坏了他的健康。大概在 1998 年，工厂不行了，冯叔叔下岗了,那年,他儿子才 6 岁。正在穷途末路,一位老同学帮他找了工作，冯叔叔感激人家，把酒相谢。当晚，他中风倒下，从此卧床不起。照顾病夫与稚子的重任，全压在妻子身上。他的妻子，我叫作熊阿姨的，我只见过她一次。

2003 年我父亲去世后，考虑到冯叔叔的病情，我们没有通知他。他在报纸上看到讣告,哭得不能自抑,嘱托熊阿姨一定要来看望。熊阿姨便在盛夏天时，转了两三道车上门祭拜。已过三日丧期，她一定要给唁金，我们坚决不接，推让很久她才眼泪汪汪地收回去。她站在父亲的照片前，说了好多感谢的话，我侍立一旁，为他们同学之间深长的情谊，既感激又感动，也哭得不像样子。

我相信冯叔叔与熊阿姨一定是相爱的好夫妻，因为这十多年的相濡以沫。也因为冯叔叔曾跟我妈说过：他想做年轻时候来不及做的事，好好地，谈一场恋爱。什么是“好好谈恋爱”？我想是不必抽风般的死生契阔，就是平实朴素的喜欢、互相爱护、生儿育女，并且一起老去。

2008 年 9 月，冯叔叔与世长辞，结束了他六十四年的艰辛生活。我听到这消息的第一感觉竟然是基督教式的：“终于可以息劳归主了。终于能够稍稍休息一下了。”

牺牲者的人生，在电影里在史书上，是华美的，像大银幕上的晚餐，碗盘精洁，菜肴都卖相极佳，勾人涎水，端盘子出来的主妇都穿包臀裙、着高跟鞋。但真实的晚餐，可能就是剩饭剩菜方便面，在微波炉里热了一下拿出来，搁在一张铺着旧报纸的破桌子上。

某种意义上，冯叔叔对我的人生是有影响的。

比如说，虽然我从小语文成绩就很好，但文理分科时候，家人毫不犹豫替我选了理科，他们举出的、不容驳回的例子就是冯叔叔：以文犯禁，是多么可怕的事。

出于同样的理由，当我开始写东西时，他们也始终提心吊胆，直到发现我不过写情情爱爱，才松一口气。偶尔跟他们见长辈熟人，听说我写东西，不着调的长辈会说:“好呀，多写写反腐倡廉，好好骂骂那些不象话的当官的。”我准备答“术业有专攻”，但我妈已经抢过话头:“就现在这些，她还写不过来呢，没时间写别的。”生怕她说晚一句，我傻乎乎答“好”，从此万劫不复。

也比如，我父母始终鼓励我在大学恋爱，一方面有他们从同学变成终身眷侣的美好前景，另一方面——冯叔叔又不幸成为反面例子。我母亲说，他那么帅气倜傥，当然有爱慕他的女生。但女孩无论如何苦劝，他始终不肯放弃政治理想，女生只好自己走了。“如果冯叔叔肯听一句……”这是出于“妻贤夫祸少”的传统观念。而对为人父母者来说:也许，参与政治，就是最大的祸患。谁希望自己的孩子在风波亭被杀害?谁愿意自己的心头肉不在自己膝下承欢，却成为炮灰?

但除此之外,也许只有文革史家,才会稍微注意到冯叔叔以及他当年的《扬子江评论》，对于外人来说，这人这刊，都是毫无意义的。但冯叔叔，就为了这毫无意义的事情，毁掉了一生。健康、职业、短暂的家庭幸福，对他来说，都变成奢求。

从入狱到最后去世，四十年来，他没有过好日子。我从来没机会问他是否后悔过年轻时候的热情与狂热，他到底如何定位自己的一生?是纯粹的牺牲者还是“无悔青春”?曾经的拳拳爱国之心，像鸡汤表面上的泡沫，毫无价值，而且随即被撇去，仿佛从来没存在过。

到底对于中国来说，他值不值得被铭记，他到底有没有为中国的发展进程或者建设，做过贡献?我无从知晓。

而冯叔叔，其实生得很帅，我记得他高高瘦瘦，有一头浓密的卷发。谁，记得他年轻时的脸孔?谁，还记得他的名字?

广场上有一块牌，叫“无名英雄纪念牌”，但，你可曾真的见过一个没有名字的人?只是被人忘记了。

我们，是一个记性很不好、很不好的民族。

# 也许，你是东莞家属

他说他痛，在右边第三根肋骨与第五根肋骨之间。——那是心脏的位置吗？

那时我在湖南一家广播电台做夜间谈话节目的主持人，午夜11点半之后，无数人的悲伤心事尘暴一样飙起，每一粒砂都在哭泣。但城市，要么在安睡，要么醒在网络、电视与夜生活里的热闹里，听不见。

在某一个深夜，他打电话进来，说：痛。

他是一个普普通通的农民工，一直在长沙打工，妻子在广州，两个小孩交给老人在带。这是当前最典型的农村家庭模式，青年男女各自飘萍，留在祖屋里的，是老的老，小的小。整个家，像一个被蛀空的苹果。

他们夫妻七八年了，每年只有过年回家才能聚半个月。为了省钱，电话也打得不多，主要靠短消息或手机QQ联系。这一两年，他发现，妻子的短消息回得少了，QQ也总是一片灰暗。是太忙了吧，他没多想。

偶尔一次相聚，他在妻子包里发现了上千元港币。

——他有口音，我没听清，问：港币？

他误会了我的用意，答得很苦涩：最开始，我也认不到（不认识），只认识一个港字，第二个字笔画很多（繁体字）。我藏了一张，问了好多人，他们都说是港币。

像垃圾箱盖被用力弹开，他没法假装看不见里面的污秽漆脏。他猜到了妻子在做什么，却无能为力。他说：她也是为了这个家。

他和妻子谈，恨不能把心肝掏出来给她看，让她摸一摸那炽热的痛：我们不要打工了，我们都回家吧，去种田。家里总还有好几亩水田，饿不死的。

妻子说：不要，有两个孩子要养。

生活继续，妻子按时给家里汇款。他拼命打工，业余时间跑遍长沙的每一个劳务市场。可是，他说：我没有文化，也没有手艺……他只有力气可卖，而力气，不值钱。

突然间，妻子的电话打不通了。

惊慌失措的他，联系到了妻子的娘家，人家说：你不要烦她了。她心里是有这个家的，会尽心的，会回来的。

终于，他从妻子的三亲六戚、七妯八娌里，探听到了妻子的手机号，也知道了，妻子遇到了一个愿意包养她的人。

——也许这对妻子来说，是职业生涯的一个新起点：伺候一个人，总比伺候面目模糊的几百几千人好。而“以色事人，色衰爱弛”，妻子和妻子的家人，全没当这是一份终身职，她们都泰然地接受未来：会回来的。

但是他不甘心。他给妻子发去了长长的短消息：你还记得我们在张家界、在湘潭说过的那些话吗？

她回：你不要放这些屁在我手机上。

他说：你就愿意这样当人家的二奶吗？

她答：他能带我去北京住哪里哪里，去香港看海洋公园，你呢？你莫来烦我，你去找一个和你一样的乡里堂客（妻子）。

妻子再次换号，他彻底联系不上她。

安慰无济于事，道德审判极其荒唐，诅咒离开魔法国度只显得苍白可笑。我缓缓地拉下话筒开关，推上音乐：语言停止处，音乐就开始，音乐是唯一的止痛剂。

下节目后已经很晚，我还把沈从文的小说《丈夫》找出来重看一遍：说的是上世纪20年代的湘西，“许多年青的丈夫，在娶妻以后，把妻送出来，自己留在家中耕田种地安分过日子，也竟是极其平常的事。……男人明白这做生意的一切利益。他懂事，女子名分上仍然归他，养得儿子归他，有了钱，也总有一部分归他”。

卖身，也就是做生意，和做桐油生意、鞋底生意、雨伞生意，一模一样。

但人总是人，有一天，一位年轻的丈夫到了花船上。丈夫是个老实人，对谁都赔着笑。他看到妻子的客人，大声豪气地说：“今夜不要接客，我要来。”——是当着一个丈夫面前说的。看到妻子在陪酒，伺候粗鲁的丘八。愤怒、嫉妒，悲从心头起。甚至钱都安慰不了他，“男子摇摇头，把票子撒到地下去，两只大而粗的手掌捣着脸孔，像小孩子那样莫名其妙的哭了起来”。

沈从文是温柔敦厚的，“第二天……两夫妇一早都回转乡下去了”。

而一百年后的妻子，没有这么做。

东莞之事，众公知恨不能为之鼓而呼，说到人权说到女权，打出来的旗号是“今夜我们都是东莞人”。也许，你其实是东莞家属。

# 中国从没有男人保护女人的传统

## ——近处总有河，或者井

好多年前，我第一次读《菊与刀》，里面说到日本的武侠电影，引以为例的是——美少年高仓健。我吃了一惊。

像大部分中国观众一样，我第一次看到高仓健那刀削剑砍过的脸孔，是在风靡一时的《追捕》里：那是 1978 年，高仓健已入中年，银幕上的他，沉默、隐忍，却会突然暴发，他单枪匹马杀出警察包围圈的一幕，是个人小宇宙爆发的极限。我没想到他年轻过，甚至曾经是美少年。

严格来说，他没美过，少年时是一种清洁的酷，脸容雪亮如刀，年纪渐长，刀锋上血迹斑斑，又有了磕碰过的痕迹，还隐隐生了锈——但刀就是刀，只是让他有了历史的厚重感。

我喜爱高仓健的电影，《幸福的黄手绢》里，他是失手打死滋事流氓的好男人，为了不耽误妻子，在狱中与她离婚。却又在出狱前夕，给她写信：如果你还在等我，就在门口的晾衣竿上系一块黄手绢吧。

一开篇，无人等待的监狱门口，高仓健对看守深施一礼后，默默独行。他的脸上看不出重获自由的欣喜若狂，却只是不动声色。等待在面前的是炼狱是天堂，是喜是悲，他都决定接受，并且甘之如饴。

而且，在许多许多影片里，他都曾经保护过、喜欢过心爱的女子。

《远山的呼唤》里面，带着儿子、独自在北海道农场拓荒的年轻母亲民子，大雨之夜，有个远道而来的陌生人拍门求避雨。从此，在农场上，高仓健默默耕作，任劳任怨，向来少言少语——沉默里却埋伏着更多的坚定。他仿佛在以身体语言说：请相信我的臂膀，它可以依靠。到最后，发现他是家破人亡、怒杀债主的逃犯，他被警方带走时，我们和民子一样相信：他，还会回来。

《夜叉》里面，小渔村忽然来了清纯里带妖娆的单身母亲萤子，开起了小酒馆，毁坏了渔村原本宁静的生活，也扰乱了高仓健的心。他曾经闯荡江湖，但终于厌倦了砍砍杀杀，宁愿和妻子过着平静的生活。但，为了保护萤子，他再次出手，衬衣被撕破，露出背上的巨幅夜叉刺青……到最后，萤子背着孩子上了火车，高仓健在车站远远的角落目送着，而家里的妻子，还在等待他。

几乎每部电影里的高仓健都是如此。人群喧嚣如海，他总沉默如岛：狂野的海风刮上来，他苦苦支撑；巨浪滔天像要吞噬一切，他安然不动。面对噩运，他逆来顺受？不，总在某一个瞬间，拔刀而起，向命运进击。他是一代中国人心目中的男子汉形象。

我们的民族性里面，不缺少温柔敦厚的老好人。直到现在，我还看到有人在微博上谆谆教导：“恶人越恶，请你越柔。他踩你，就放低身子——他习惯你的柔软，下次踩钉子时，会使同样力气。”看得我冷笑不已：怂就怂吧，还自欺欺人把懦弱拔高成谋略。自己被欺负，无力自保，把希望寄托在子虚乌有的钉子身上。问题是：人人都这样想，世上就根本没钉子。我们不缺无毒不丈夫的奸雄，我们更不缺刻薄冷血的负心汉——什么样的民族，能把“升官发财死老婆”视为人生幸事？无辜的黄脸婆只因挡了男人娶娇娃的路，就变成死有余辜。

但我们，委实缺坚毅善良的男子汉，如高仓健。

他少年时演的黑帮片，砍砍杀杀，但我们看到的，大部分是他中年之后的电影，他总演着小人物：《铁道员》里螺丝钉般默默的铁道员；《夜叉》里退隐杀手在小渔村里过着干净的生活，是武士刀，曾经削铁如泥，现在切瓜剁肉；《追捕》里蒙冤的地方检察官杜丘，想来平时也主要做文案工作吧，写写画画，是一笔老式钢笔——关键时候也能是杀人利器。

是的，就是这样，好用、平凡、不花俏却结实，多半是金属制品，寒光凛凛，却在把手上贴心地缠了布条，带给你一抹温暖——这就是高仓健在我们心目中的形象。

一把好菜刀，能用几十年吧，父一辈子一辈地往下传。中国这些年变动大，每城每市都在旧城区改造、新城区修建，门牌号码总在变来变去。有人京漂沪漂有人移民，不断迁居成为常态，一搬当三烧，旧物件丢的丢、甩的甩，宁肯去买华而不实的新东西。高仓健般的男人，现在生活中不多见。

也许，其实没存在过？纵观中国文学与银幕荧屏，硬汉子不是没有，狼牙山五壮士、史可法，但那都是为国为君为天下，不意味着他在日常生活中会呵护妻小、照顾妇孺。我记得小时候看《火烧圆明园》，被强暴的女子悲痛欲绝地去跳井，只有一个小孩想去救她——成年男人拦住这个孩子："她死了，更干净。"男人不能保家卫国的耻辱，由女人背负，却没有一个男人站起来说：你是无罪的，请到我这里来。

演员间最接近纯爷儿们形象的，我以为是张丰毅，《白鹿原》电影不得人心，我却欣赏其中他饰演的白嘉轩，忠孝节义、礼义廉耻，他信传统中国那一套，也就是这么做的。只是这一套里面，向来没有家庭、妇女和孩子什么事。中国男人，讲的就是"忠孝"二字，对妻儿子女的责任，勉强能提出来的就是两句："糟糠之妻不下堂。""子不教，父之过。"也就是说，不离婚、送小孩上学，就已经完成了他对俗世的义务了。为大家忘小家、杀妾饷军、为君王之子杀自己的儿子甚至是美德。

妇孺遇到浩劫，可否指望男人？

张爱玲写过她姨奶奶的故事：八国联军那年，李鸿章的大女儿十六岁，父亲和兄长们都出差在外，李鸿章的老姨太太带了她逃往南方。一直等到了常熟，老姨太太方才告诉她，父亲早先丢下话来，遇有乱事，避难的路上如果碰到了兵匪，近边总有河，或是井，第一先把小姐推下水去，然后可以自尽。

无论如何先把小姐结果了，"不能让她活着丢我的人！"李鸿章这么说了。

中国，并没有男人保护女人的传统，女人的归宿是"近边总有河，或是井"。

**图书在版编目（CIP）数据**

爱我少一点 爱我久一点 / 叶倾城著. —南京：译林出版社，2016.5
ISBN 978-7-5447-6243-4

Ⅰ.①爱… Ⅱ.①叶… Ⅲ.①随笔-作品集-中国-当代 Ⅳ.①I267.1

中国版本图书馆CIP数据核字（2016）第056380号

| | |
|---|---|
| **书　　名** | 爱我少一点 爱我久一点 |
| **作　　者** | 叶倾城 |
| **责任编辑** | 王振华 |
| **特约编辑** | 王雪婷　马　征 |
| **出版发行** | 凤凰出版传媒股份有限公司<br>译林出版社 |
| **出版社地址** | 南京市湖南路 1 号 A 楼，邮编：210009 |
| **电子信箱** | yilin@yilin.com |
| **出版社网址** | http://www.yilin.com |
| **印　　刷** | 北京凯达印务有限公司 |
| **开　　本** | 710×1000 毫米　1/16 |
| **印　　张** | 14.5 |
| **字　　数** | 200 千字 |
| **版　　次** | 2016 年 5 月第 1 版　2016 年 5 月第 1 次印刷 |
| **书　　号** | ISBN 978-7-5447-6243-4 |
| **定　　价** | 29.80元 |

译林版图书若有印装错误可向承印厂调换